Ein Geheimnis im Märzlicht

Der Autor

Kay Segler genießt nicht nur das Schreiben, sondern auch sein Leben als Manager. Er liebt schnelle Autos, Golf und Reisen. Und ja, er besitzt tatsächlich ein Haus an der spanischen Costa Blanca. Der Autor lebt in der Nähe von München.

Kay Segler

Ein Geheimnis im Märzlicht

Roman

Weltbild

Besuchen Sie uns im Internet:
www.weltbild.de

Ohmstraße 8a, 86199 Augsburg
Projektleitung und Lektorat: usb bücherbüro,
Korrektur: Susanne Dieminger
Umschlaggestaltung: Atelier Seidel – Verlagsgrafik, Teising
Umschlagmotiv: Aleksandrs Tihonovs / Alamy Stock Photo
Satz: Datagroup int. SRL, Timisoara
Druck und Bindung: CPI Moravia Books s.r.o., Pohorelice
Printed in the EU
ISBN 978-3-98507-161-6

ALCOY

ALTEA

ALICANTE

ELCHE

MIRADOR DEL FARO

TABARCA

GRAN MONTE

SAN MIGUEL

EL CHAPARRAL

MURCIA

LAS COLINAS

STRANDHAUS

SIERRA ESCALONA

CABO ROIG

TORRE DE LA HORADADA

MAR MENOR

CARTAGENA

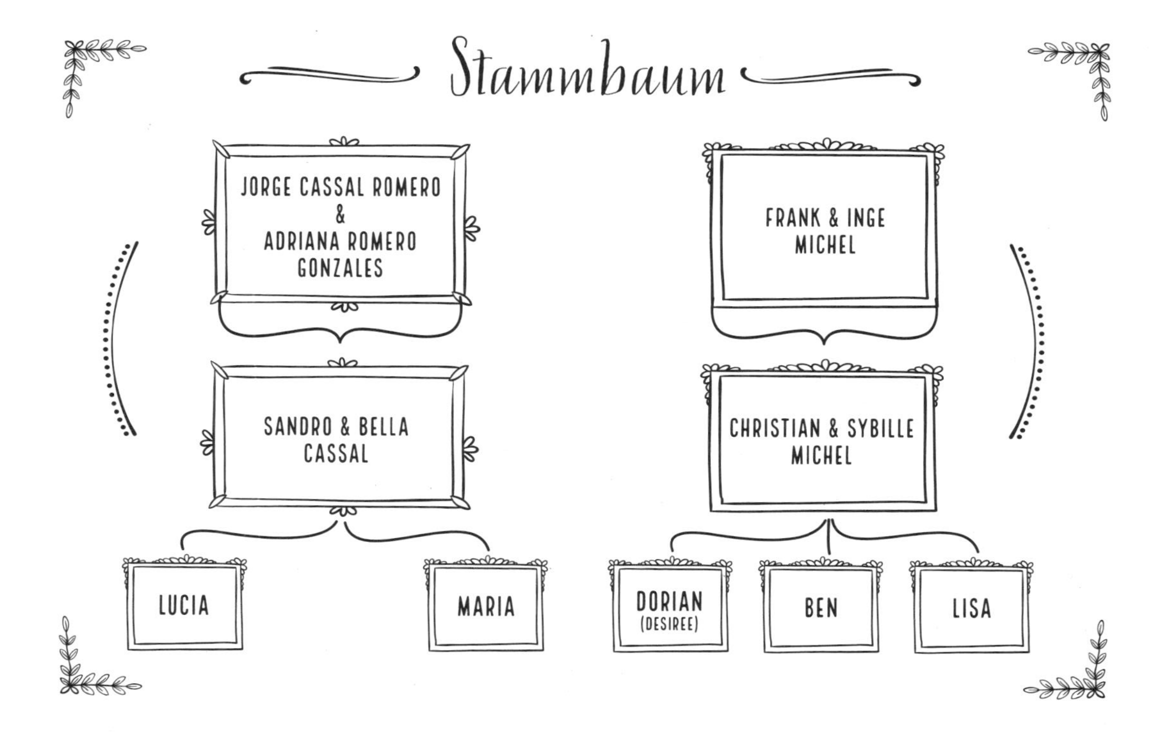
Stammbaum
JORGE CASSAL ROMERO & ADRIANA ROMERO GONZALES
FRANK & INGE MICHEL
SANDRO & BELLA CASSAL
CHRISTIAN & SYBILLE MICHEL
LUCIA
MARIA
DORIAN (DESIREE)
BEN
LISA

Kapitel 1

Aufbruch

»Das Licht verliert sich im Meer!« Dorian kannte diesen Satz seiner Mutter nur zu gut, war es doch das geflügelte Wort seines Großvaters seit Beginn von Gran Monte.

»Natürlich weiß ich, wie einmalig die Küste von Cabo Roig ist, Sybille. Und klar freue ich mich, bald wieder einmal dort zu sein. Aber ein wenig plötzlich geht das doch alles!« Vor allem verfluchte Dorian, dass sie nun mit dem Auto die lange Strecke bewältigen mussten, weil seine Mutter wollte, dass er drei zerbrechliche Skulpturen nach Spanien bringen sollte. Eine fadenscheinige Begründung …

Er drehte sich zu seiner Mutter um, die ihn mit ihrem typischen selbstbewussten Blick fixierte. Ihre groß gewachsene kräftige Statur unterstrich, dass sie klare Vorstellungen davon hatte, was sie von ihrem Sohn erwartete. Doch der hielt dagegen.

»Eigentlich sollte ich jetzt in dieser turbulenten Zeit bei meiner Firma bleiben. Hatte ich dir eigentlich erzählt, dass die nächste Finanzierungsrunde ansteht und ich für meinen Anteil noch keine Lösung finden konnte?«

»Irgendwie schon«, sagte Sybille in fast uninteressiertem Ton, denn geschäftliche Angelegenheiten hielt sie höchstens für ein notwendiges Übel, um das sich andere zu kümmern hatten. Ihr Mann hatte dieser Ansicht auch immer gerne zugestimmt. »Du kannst das bestimmt mit Christian besprechen. Er wird – wie immer – eine praktikable Lösung finden. Und du weißt genau, dass ich mit Christian auch nach Spanien geflogen wäre, um Sandro und seiner Familie beizustehen. Aber es passt in jeder Hinsicht nicht. So bleibt es halt diesmal an dir hängen, schließlich bist du der älteste Sohn. Wenn ich mich richtig erinnere, hattest du ja ohnehin einige Tage Urlaub geplant?«

Dorian wusste, wie zwecklos es war, diese Diskussion zu führen. Sandros Vater Jorge war seit Längerem krank, und sein Zustand verschlechterte sich zusehends. Vor diesem Hintergrund war jetzt die ganze Familie höchst besorgt. Dafür konnte er nur Verständnis aufbringen. Als ältester Sohn der Michels fiel ihm die Aufgabe zu, direkte Präsenz zu zeigen und Hilfe anzubieten, wenn sie gebraucht wurde. Gran Monte hatten die Großväter Jorge und Frank gegründet, und Gran Monte forderte jetzt eben seinen Tribut von der dritten Generation der Familien.

»Ich war zehn Jahre nicht mehr in Spanien. An Bella, Sandro und die Kinder habe ich nur blasse Erinnerungen«, sagte Dorian, der seine fast aggressive

Art im gleichen Moment bedauerte. Doch die Verletzung steckte tief; eine Verletzung, deren Ursache er nicht ergründen konnte. Warum hatten seine Eltern urplötzlich die schönen Urlaube an der Costa Blanca abgebrochen? Vor zehn Jahren war das gewesen, und es hatte nie eine schlüssige Erklärung dafür gegeben.

»Gerade deshalb wird es jetzt einfach Zeit, dass du dir alles vor Ort anschaust. Die blassen Bilder werden bald wieder hell leuchten, mein Lieber. Sei nicht so empfindlich. Die Jahre sind verflogen. Eine neue Zukunft steht dir offen!«

Was wollte seine Mutter wohl wieder damit ausdrücken? Sie wollte wohl alle konfliktträchtigen Konversationen glätten. Hatte sie sich eigentlich immer schon so verhalten?

»Hast du deiner Verlobten schon gesagt, dass sie mitkommen kann und soll? Sie wird sich doch ein Loch in den Bauch freuen, wenn sie für einige Tage aus ihrem Klinikalltag ausbrechen kann!«

Warum sagte sie nicht Desiree?, fragte sich Dorian. Wohl, weil der Titel »Verlobte« seiner Mutter wichtiger erschien als der Mensch. Im gleichen Moment wollte er sich eigentlich schon für diese Gedanken entschuldigen. Er tat es aber nicht.

»Warum sagst du nicht einfach Desiree wie immer?«

»Weil du jetzt bald in eine neue Lebensphase eintreten wirst! Weil du die Familie in die nächste Generation führen wirst.« Seine Mutter hatte aus ihrer Sicht alles Wesentliche gesagt, weshalb sie ihren Blick demonstrativ von ihrem Sohn abwandte.

Der liebliche Handy-Ton unterbrach das kleines Geplänkel. »Desi, ich wollte dich eigentlich schon längst angerufen haben. Wie geht es dir?« Ohne auf eine Antwort zu warten fuhr er fort: »Wie wäre es, wenn wir beide, statt nach Tirol zu fahren, die Costa Blanca erkunden?«

»Weiß ich schon und ist mehr als okay für mich. Deine Mutter hat mich heute früh angerufen und vorgewarnt. Das war wirklich lieb von ihr. Dass wir mit dem Auto fahren sollen, mag ein wenig heftig sein – aber ist auch nicht tragisch.«

Dorian war sprachlos. Mit dieser lockeren Reaktion hatte er nicht gerechnet.

»Und mit Ben und Lisa haben wir auch schon geredet. Sie kommen natürlich mit und freuen sich sehr.«

Dorian war fassungslos. Seine Geschwister hatte man hinter seinem Rücken schon informiert? Nicht, dass er etwas gegen sie hätte; dazu waren sie eine viel zu coole Truppe. Andere Familien hätten sich glücklich geschätzt bei so viel Zusammenhalt. Aber das hier ging zu weit.

Sein Bruder Ben war zwei Jahre jünger als er, ein sportlicher Typ, der keinem Abenteuer abgeneigt war. Ihm folgte die Jüngste, Lisa. Sie war noch einmal fünf

Jahre jünger, wollte diesen Altersunterschied nach außen aber immer vergessen lassen.

»Dann habt ihr wohl auch schon festgelegt, wann es losgehen wird.«

»Am besten *mañana por la mañana* mein Schatz«, antwortete Desiree fröhlich. Und die Art und Weise, wie sie diese Worte aussprach, ließ alle bösen Geister verfliegen. Dorian war einfach immer noch zu vernarrt in seine Traumfrau, als dass er ihr irgendetwas übelnehmen konnte. So fügte er sich nicht nur in die Situation, sondern schwamm gerne mit. Dass seine Mutter ihn bat, mit dem Auto zu fahren, war vermutlich auch Teil ihres Plans. Sie hoffte, dass ihre Kinder ausreichend Zeit miteinander verbringen würden.

»Dann bleiben uns noch vier Stunden, ein Abendessen und eine schöne Nacht, bevor es losgehen kann«, erwiderte er.

»Ich packe schon mal für dich, wenn du damit einverstanden bist. Lisa und Ben müsst ihr auf Trab bringen, damit sie nicht wieder alles aufhalten. Vor allem euer Nesthäkchen Lisa braucht etwas Aufsicht, sonst packt sie nur Bikinis und Tops ein. Am Meer kann abends auch in Spanien eine kalte Brise wehen. Wir haben schließlich erst März.«

Damit war das Treibrad gestartet. Das Organisationsgen der Michels-Familie wirkte von innen. Mutter kümmerte sich so intensiv um Fragen des Proviants, als würde sie selbst mitfahren – was sie auch liebend gern getan hätte. Ben stopfte alle Sachen, die er in seinem Schrank für sommertauglich erachtete, in einen viel zu kleinen Koffer und füllte noch eine Tasche mit den wichtigsten Sachen eines jungen Mannes wie Nassrasierer, Sonnenbrille und After Shave. Fertig. Lisa schaute verträumt vor sich hin und konnte sich einfach nicht entscheiden, was sie für die Reise einpacken sollte. Am wichtigsten aber schien es beiden Geschwistern, alle Freunde und Bekannte auf allen Kanälen von ihrer plötzlichen Reise zu informieren. Denn sie hatten von Familie Cassal immer und immer wieder romantische Fotos von Cabo Roig geschickt bekommen, ohne selbst seit zehn Jahren dort gewesen zu sein. Sehnsucht nach paradiesischen Wellen und duftenden Orangenhainen machte sich breit.

Außerdem freuten sich alle, mal wieder Spanisch sprechen zu können. Ihre Eltern hatten sie zweisprachig erzogen – ähnlich wie die Cassal-Kinder. Vielleicht konnten sie jetzt auch Desiree dazu motivieren, diese männlich harte, aber gleichzeitig wunderbare Sprache lieben zu lernen.

Als es dämmerte, kam Vater Christian aus dem Büro nach Hause. Er wirkte äußerlich wie immer etwas abgekämpft, war aber innerlich energiegeladen. Die Kraft, mit der er seine beruflichen Aufgaben anging, nötigte allen Respekt ab.

»Hallo, ihr Lieben! Alles schon für die lange Reise vorbereitet?«

Sybille warf ihm einen liebevollen Blick zu – sie fand ihn immer noch unwiderstehlich mit seinen grauen Strähnen, auch noch nach dreißig Jahren.

»Am Proviant wird die Fahrt nicht scheitern«, lachte sie, »und fehlende Kleidungsstücke können die Kinder überall an der Costa bekommen. Dort macht das Einkaufen sogar noch mehr Spaß als hier in München, ganz zu schweigen von den attraktiveren Preisen.«

»Ich hab einen Bärenhunger«, mahnte Christian. Er entledigte sich seines Jacketts und ersetzte es durch eine feine Strickweste. Mit diesem Wechsel fing für ihn immer das Feierabendgefühl an.

»Den müssen wir dann beim Italiener stillen. Zum Kochen hatte ich keine Zeit.«

Fünf Michels sowie eine blonde Verlobte machten sich dann auch bald auf den Weg in die »Antica«. Die Turteltauben Desi und Dorian schlenderten Arm in Arm voran. Sie hatten sich wie immer viel zu erzählen und wollten gern die Kontrolle über die bevorstehende Reise behalten. Deshalb mussten sie die Route für die Fahrt vorbesprechen. Sybille redete auf Lisa ein und mahnte sie, sich vor den attraktiven Spaniern in Acht zu nehmen. Ben versuchte indes bei seinem Vater herauszukriegen, was genau hinter der Reisenotwendigkeit steckte.

Es roch nach Frühling, der dieses Jahr zeitig zu kommen schien. Die Luft fühlte sich mild und irgendwie lieblich an. Die Sonnenstrahlen entlockten dem ersten grünen Blattwerk einen frischen Duft, Insekten tanzten in der untergehenden Sonne.

»Ben, du kennst den ganzen Hintergrund unseres spanischen Investmentprojekts nicht, aber …«, begann Christian.

»Kein Wunder, wenn ihr nie wirklich davon berichtet. Ein Geheimniskrämer bist du«, kam die unmissverständliche Antwort seines jüngeren Sohnes. Um seiner Feststellung Kraft zu verleihen, verschränkte Ben die Arme vor der Brust.

»Ihr alle sollt, und du ganz besonders, euren eigenen Weg bestimmen! Gran Monte verwalten Sandro und ich für euch und eure Zukunft. Es soll als finanzieller Grundstock für uns alle dienen und kein Klotz am Bein für euch Kinder sein. Deshalb belasten wir euch nicht mit den geschäftlichen Details.«

»… die einen studierten Betriebswirt ja auch nicht interessieren würden«, setzte Ben nach. Er versuchte, die peinlichen Erklärungsversuche seines Vaters abzukürzen. Da er seit einigen Semestern an der Universität St. Gallen Internationales Management studierte, gab es keinen vernünftigen Grund, warum sein Vater ihn nicht in das Immobilienprojekt Gran Monte einweihen wollte.

Christian verstand sofort, dass sein Sohn im Recht

war, doch wollte er diese Diskussion heute nicht führen. Er hatte seit jeher darauf geachtet, dass alle Kinder ihren eigenen Zukunftspfad fanden. Vielleicht auch einen Traumberuf, der nichts mit Spanien zu tun haben musste. Denn ein eigenes Investment zu verwalten – sei es noch so groß und gewinnbringend –, garantierte noch lange keine Erfüllung.

»Schau dir Dorian an, der in seiner neuen Firma vollkommen aufgeht und dafür glüht! Einsatz künstlicher Intelligenz für Forstbetriebe – das haben nicht wir ihm eingeredet. Er entwickelt dieses Thema mit seinen Kompagnons aus eigenen Stücken und hofft, bald einen Durchbruch zu erzielen. Ist doch klasse! Und du hast dich ja erst seit Kurzem in Richtung Internationales Management orientiert. Zukünftig kann ich dich gerne intensiver informieren, wenn du willst. Gran Monte läuft zurzeit fast von allein. Ich kümmere mich um Finanzierungsfragen, Sandro um den laufenden Betrieb. Dieses Teamwork funktioniert sensationell, wenn ich das einmal so sagen darf, ohne überheblich zu wirken.«

»Und warum müssen wir jetzt so plötzlich alle nach Spanien, wenn wir doch die letzten zehn Jahre nicht vonnöten waren?«

»Sandros Vater geht es gesundheitlich wirklich nicht gut – das wisst ihr. Seine Krankheit hat sich in den letzten Tagen verschlimmert, sodass wir mit allem rechnen müssen. Sandro bat, dass wir helfen, wenn es so weit kommen sollte. Da wir einiges hier in München um die Ohren haben, was wir nicht verschieben können, können wir aber nicht selbst reisen«, hieß es kurz und knapp.

»Klingt ja so, als stände der Tod vor der Tür«, feixte Ben.

»Sprich so etwas nicht aus, denk nicht einmal daran, Ben. Und mach keine Witze über Jorges Krankheit.«

Schweigen.

Wie Blei lag ein ungutes Gefühl auf der Familie, ohne dass sie sich dessen so richtig bewusst waren. Veränderungen lagen in der Luft. Ungewissheit über das, was kommen würde, schnürte ihnen den Brustkorb ein. Das Federleichte, dieses Spielerische, für das die Michels sich selbst rühmten, war verflogen, seitdem Jorge krank geworden war. Jeder von ihnen ahnte, nein, wusste: Dieses leichte Gefühl kommt vielleicht nie wieder. Auch das wie stets hervorragende Essen der »Antica« konnte daran nichts ändern.

Das Restaurant war wie jeden Abend ausgebucht. Doch der freundliche italienische Wirt fand trotzdem immer noch einen Tisch für seine Stammgäste im vollen Lokal. Das beeindruckende Stimmengewirr ermunterte die Michels, es den anderen Menschen gleich zu tun. Bald redeten alle durcheinander. In der aufgekratzten Stimmung versuchte jeder, noch wichtige Dinge zu klären und zumindest anzusprechen. Für zwei, drei Wochen würden sich Eltern und Kinder nicht sehen, und Telefon hatte bei den Michels die persönliche Aussprache noch nie ersetzen können.

»Lisa, du passt mir auf die beiden Jungs auf. Und ihr beiden Jungs verscheucht mir bitte die wilden Spanier, die es auf ein Mädchen wie Lisa abgesehen haben«, scherzte Sybille, die die Stimmung aufhellen wollte. Dabei fuhr sie sich durch ihre blonden Haare, als wollte sie sagen, dass sie sich in dieser Hinsicht auskannte.

»Da müssen sich eher die Spanier in Acht nehmen. Unsere Kleine versteht sich schon zu wehren«, konterte Dorian. »Sie hat sich letzten Herbst als oktoberfesttauglich erwiesen, das kann ich selbst bezeugen.«

Die Zeit schritt schnell voran, es wurde dunkel. Draußen frischte der kalte Frühlingswind stark auf und zerrte an den Sonnenschirmen, die noch vom Nachmittag geöffnet auf der Terrasse standen. Zwei Kellner eilten hinaus, um den Sonnenschutz für den nächsten Tag zu sichern. Der Geräuschpegel im Restaurant stieg, weil die zahlreichen Gäste ihrem Wein schon ordentlich zugesprochen hatten. Wortfetzen über Urlaubspläne für Ostern mischten sich mit Familiengeschichten. Italienische Restaurants entwickelten sich nicht umsonst für viele Münchner zum zweiten

Esszimmer, in denen Kellner und Wirt fast familiär behandelt wurden. Trotz der Kälte pilgerten viele zu Fuß zu »ihrem Italiener« – und so hielten es eben auch die Michels.

»Wie lange kannst du denn freinehmen, Desiree?« fragte Sybille, um ein neues Thema anzuschneiden. »Die Klinik kann dich doch sicher nicht zu lange entbehren?«

»Ich habe zwei Wochen fest vereinbaren können. Meinen Forschungsantrag habe ich bei einigen Universitäten und Forschungseinrichtungen zum Jahresende eingereicht. Jetzt warte ich auf positive Rückmeldungen. Diese Zeit müsste also für ein wenig Urlaub passen. Wenn wir jeweils zwei bis drei Tage für die Fahrt einkalkulieren, dann bleiben uns fast zehn Tage vor Ort. Eigentlich müsste das für die notwendige Erholung genauso reichen wie für einige Runden Golf sowie Ausflüge mit der Cassal-Familie.«

Desiree fühlte sich in der Familie angekommen. Sie wurde nach ihrer Meinung gefragt, und die anderen nahmen sie ernst. Sie rückte näher an Dorian heran und lächelte in Vorfreude auf die kommenden Tage.

»Mit Bella und Sandro habe ich am Nachmittag schon ausführlich telefoniert. Beide freuen sich sehr auf euch. Die Mädchen natürlich auch«, machte Christian seine Söhne neugierig.

»Die Mädchen«, das waren Lucia und Maria. Lucia war genauso alt wie Dorian. Sie war als Energiebündel bekannt, war verflucht anziehend und für ihre zwei Jahre jüngere und sportliche Schwester Maria immer ein Leitbild gewesen. Vor zehn Jahren hatten die Kinder sich alle wie Geschwister gefühlt, weil sie ja fast jeden Urlaub miteinander verbrachten. Was hatten sie nicht alles angestellt, wovon ihre Eltern nichts wussten! Legendär waren die gemeinsamen nächtlichen Ausflüge in den Pool der riesigen Villa Cerni an der Klippe. Mit nassen Badesachen hatten sie nach dem Schwimmen am Geländer der Villa gestanden und verträumt auf die mondbleichen Wellen geschaut. Die Eigentümer waren selten vor Ort – da durften, nein, mussten sie den Garten als den ihren betrachten. Der erste heimliche Schluck Tinto de Verano, der scheue Zug an der widerlichen Zigarette, die ersten heimlichen Blicke auf das andere Geschlecht. Gefühlt verbrachten sie den ganzen Tag am Strand mit neu gewonnenen Freunden. Sie sprachen Spanisch mit ihnen und Deutsch, wenn sie über sie sprechen wollten. Eine unbeschwerte Zeit jugendlicher Leichtigkeit, die so nie wiederkehren würde, die sich aber auch für immer in ihren Herzen verankert hatte.

Auch wenn sie sich regelmäßig schrieben, Fotos schickten und auch ab und an telefonierten: Jetzt freuten sie sich sehr, sich wieder direkt zu treffen. Zehn Jahre, in denen die Eltern fast wöchentlich miteinander sprachen und auch regelmäßig in Spanien zu Besuch waren, waren zehn stumme Jahre für die Kinder gewesen. Sie waren inzwischen nicht nur älter geworden, sie hatten sich alle ihre eigenen Zukunftswege gebaut, so wie Christian und Sandro es gewollt hatten. Doch sie verstanden sich nicht mehr als Teil einer großen wilden Familie, für die die Sommerferien in Spanien immer zu einem Fest wurden.

»Die beste Strecke scheint über Karlsruhe zu führen«, startete Dorian die Diskussion über die geeignete Route. Er wollte sich stark geben, weshalb er sich zu Beginn des Abends ans Tischende gesetzt hatte. »Und weiter über Lyon. Übernachten könnten wir dann in Valence. Damit hätten wir die Hälfte der Strecke schon morgen Abend geschafft.«

»Wie seid ihr denn früher immer gefahren?« Lisa richtete ihren Blick auf die Mutter. »Denn geflogen seid ihr ja nicht, oder?«

»Das waren noch andere Zeiten, da gehörte die Autoreise einfach mit dazu.« Sybille schaute verträumt in den dunklen Garten, als wollte sie die Jahre zurückholen. »Wir sind über Zürich und Genf gefahren. Meistens übernachteten wir dann in Avignon. Damals konnten wir noch normal durch die Schweiz rollen, ohne gleich fürchten zu müssen, den Führerschein zu verlieren oder die Hälfte unseres Vermögens. Tut euch diesen Stress nicht an.«

»Wie wäre es mit einer Romantiktour auf den Pfaden der verliebten Eltern? Ich fände das cool!« Lisa schaute nun ebenfalls für einen Moment aus dem

Fenster. Sie verstand ihre Rolle in der Familie als aktive Harmoniestifterin, die immer das Beste aus allen Situationen machen wollte. Mit ihrer athletischen Figur und ihren kurzen braunen Haaren unterstrich sie, dass sie nicht als Nesthäkchen gesehen werden wollte. Innenarchitektur und Möbelbau interessierten sie, und sie setzte gern ihre handwerklichen Stärken ein. In ihrem Praktikum bei einer anerkannten Münchner Schreinerei fühlte sie sich wohl, weil sie jeden Tag Neues kennenlernte. Dabei arbeitete sie lieber mit Holz als mit Stift und totem Papier.

Für die nächsten Minuten wogte die Diskussion hin und her. Alle zückten ihre Handys und versuchten sich als Pfadfinder. Einig waren sie sich, dass eine Hotelbuchung nicht erforderlich sei und man vor Ort schnell eine spontane Übernachtungsmöglichkeit finden würde. Doch über die Route gab es keine Einigung, denn jeder wollte sich durchsetzen.

»Lass Desi doch entscheiden, Dorian! Es ist ja gewissermaßen eure Verlobungsreise!« Sybille hatte die Initiative übernommen, indem sie mit einem klar verständlichen Vorschlag einen Punkt setzte, dem keiner widersprechen wollte. Dabei wusste sie, dass diese Aufforderung den beiden Angesprochenen natürlich gefiel.

»Ich muss mir das noch durch den Kopf gehen lassen. Morgen früh werde ich mich festlegen!«, ließ Desi verlauten. Sie spielte gerne das Orakel von München.

Während nun alle wieder in ihre Handys schauten, um geeignete Hotels ausfindig zu machen, drehte Dorian sich mit seinem Stuhl zu seinem Vater hin. Er hatte noch etwas auf dem Herzen, was er ansprechen wollte.

»Du weißt, dass unser Unternehmen eigentlich ganz gut läuft. Die ersten großen Aufträge könnten bald fixiert sein. Jetzt sind wir aber an einem Punkt angekommen, wo wir alle Farbe bekennen müssen.«

»So? Und was heißt das?« fragte Christian mit gespieltem Erstaunen, weil er spürte, dass Dorian ihn um etwas bitten würde. Sorgenfalten zeigten sich auf seiner Stirn.

»Die nächste entscheidende Finanzierungsrunde steht unmittelbar bevor. Genauer gesagt Ende des Monats. Peter und Michael haben sich bereits committed und auch Sicherheiten hinterlegt. Jetzt muss ich nachziehen.«

»Du bist doch der Firmengründer! Hältst du nicht die Mehrheit?«

»Jein. Seitdem TecInvest Ende letzten Jahres eingestiegen ist, halte ich noch vierzig Prozent, die anderen drei je 20 Prozent. Noch habe ich mit jeweils einem anderen Partner die Mehrheit, was mir faktisch die Kontrolle sichert. Aber wenn ich nicht mitziehe, verliere ich diese Position.«

»Und? Was bedeutet das jetzt? Steht deine Finanzierung?« Christian stützte seinen Kopf auf, als könne er dadurch schärfer nachdenken. Da er seit vielen Jahren die Finanzen des Gran-Monte-Projekts leitete, würde ihm gewiss eine Lösung einfallen.

»Im Prinzip schon. Aber die Bank braucht Sicherheiten. Ich dachte eigentlich, dass ich meine Anteile bei Forest-KI beleihen könnte. Da zieht die Bank aber nicht mit, sie will externe Sicherheiten.«

»Damit kommst du aber reichlich spät, mein Lieber. Ich nehme an, dass ich dir aushelfen soll.«

»Gewissermaßen, ja. Könnten wir nicht Anteile von Gran Monte als Sicherheit verwenden?«

Christian sah ihn nachdenklich an. Ihm dämmerte, dass es vielleicht doch problematisch war, seine Kinder bei Gran Monte vollkommen außen vor gelassen zu haben. So dachten diese, dass es sich um ein Sparschwein handelte, dass man jederzeit schlachten könne, wenn man Geld brauchte.

»Ich habe erst gestern die Absage der Bank bekommen«, ergänzte Dorian mit leicht verzweifelter Stimme. »Und mit einer zweiten Bank hatte ich nicht verhandelt, weil ich mir sicher war, den Kredit zu erhalten. Ich hielt das für reine Formsache.«

»Wir können Gran Monte für andere Zwecke nicht belasten, mein lieber Sohn, das haben unsere Väter vertraglich so festgelegt, und an diese Verträge bin ich gebunden. Außerdem halte ich es auch nicht für eine zweckmäßige Idee, weil die geplante Gran-Monte-

Erweiterung ebenfalls finanziert werden muss. Wir haben noch einiges vor, wie ihr bald mit eigenen Augen sehen werdet.«

»Hast du einen anderen Vorschlag für mich? Ich lande in einer Sackgasse! Sollte ich bis Monatsende keine Lösung finden, wird es eng.«

»Vielleicht können wir dir privat helfen. Um welche Summe geht es denn?« Christian hatte sich seit Langem nicht mehr über geschäftliche Dinge mit Dorian ausgetauscht, was sich nun rächte.

»Sechs Million Euro«, stellte Dorian trocken fest.

Sein Vater sah ihn an, als hätte er ihm einen Schlag in die Magengrube versetzt. »Eine heftige Summe, für die ich spontan keine Antwort habe«, erwiderte er. Damit wandte er sich den anderen zu und mischte sich in deren Gespräche ein. Ihm wurde schwindlig. Er dachte an zahllose Gespräche zurück, die er mit Sandro und dessen Eltern geführt hatte. Damals, als alle finanziellen Mittel in das Projekt geflossen waren, um es in Gang zu setzen. Als Familien hätten sie sich auch gerne etwas mehr geleistet, mehr genossen. Aber Gran Monte verschlang in den ersten Jahren des Aufbaus eben alle freien Mittel. Sie hatten als Team, als Familien zusammengehalten, hatten das Projekt durchgezogen und konnten nun voller Stolz auf das Erreichte blicken. Dorian stand jetzt vor einer ähnlichen Aufgabe, die keine einfache Lösung versprach. Mit einer attraktiven, selbstbewussten

Frau an seiner Seite, die ihren eigenen Lebensweg vor Augen hatte, musste er ein massives Projekt schultern und dabei nach außen den Strahlemann spielen. Christian kannte dieses Gefühl nur zu gut, und er wusste, dass er ihm dieses Mal nicht würde helfen können.

Kapitel 2

Fahrt nach Süden, Tag 1

Desiree stand am nächsten Morgen in der Küche und bereitete Frühstück für alle vor. Sie hatte sich Dorians Bademantel übergeworfen, um nicht zu frieren. Es war noch dunkel, kein erster Sonnenstrahl war zu erahnen. Sie kannte diese stille Zeit aus ihrem Krankenhausalltag. Morgens um halb sechs schien oft alles so friedlich und ruhig, bevor eine Stunde später Hektik ausbrach. Die anderen schliefen noch; so konnte sie den Tag für sich beginnen, planen und nachdenken, was noch zu tun sei.

Sie versuchte, Teller und Tassen möglichst leise auf den Tisch zu stellen, Butter, Brot und Aufstrich aus dem Kühlschrank zu holen. Ein üppig gedeckter Tisch sollte alle überraschen und damit einen guten Tag einläuten. Desiree fühlte sich geborgen, war verlobt und glücklich. Sie plante nicht mehr, ließ die Dinge einfach auf sich zukommen und fühlte sich fast wie ein Vogel, der mit Luft unter den Schwingen in einen sonnigen Tag startete. Mit beiden Händen fuhr sie durch ihre lange blonde Mähne.

Mit einem heftigen Rumms schloss sich die Tür: Dorian stand leicht verschwitzt in der Küche. Er umarmte seine Desi von hinten, fasste sie an den Hüften und gab ihr einen sanften Kuss auf den Hals.

»Hu, du kalter Frosch! Las mich los und dusch dich. Und die dreckigen Laufschuhe stellst du sofort vor die Tür.«

Dorian hatte nicht schlafen können und war noch früher als sonst joggen gegangen. Er hatte versucht, die geschäftliche Last in der Dunkelheit abzuschütteln, und er hatte sie abgeschüttelt. Gestern Abend war ihm nach Zärtlichkeit nicht zumute gewesen, doch jetzt verspürte er Lust. Sollte Desi seine morgendliche Männlichkeit ruhig spüren, die sich nun abzeichnete. Er ließ sie nicht los, sondern drückte sie noch stärker an sich, schob den Bademantel beiseite und legte seine Hände auf ihren Bauch. Ihr wunderbarer sanfter Duft stieg ihm in die Nase.

»Raus hier, du Lustmolch. Ich habe zu tun!«Mit einem zarten und doch festen Griff nach hinten berührte sie ihren Lieben in dessen Mitte«Heute Nacht, nur nicht jetzt!« Mit leichtem Druck schob sie Dorian von sich, nicht ohne ein schelmisches Lächeln aufzusetzen.

Dorian setzte sich mit einem gespielt unwilligen Brummen in Bewegung. Auf dem Weg nach oben öffnete er die Zimmertüren der Geschwister mit Schwung. »Buenos dias, gente perezosa, ihr Faulpelze! Raus aus den Federn, die Sonne des Südens wartet auf euch!« Eigentlich hätte noch gefehlt, sie mit einem nassen Waschlappen zu überraschen, wie es der Großvater gerne getan hatte.

Murrend standen Ben und Lisa auf und schlurften langsam zum Bad, das nun aber vom älteren Bruder besetzt war. Dieser duschte singend bei bester Laune. Das Geschwisterleben konnte herrlicher einfach nicht sein. Die anderen ein wenig an der Seele zupfen, einige freche Bemerkungen machen und dabei immer cool bleiben. Einfach wunderbar.

Eine geraume Weile waren sie nicht mehr gemeinsam für längere Zeit in Urlaub gefahren. Jeder hatte seinen eigenen Freundeskreis gefunden, mit dem er Zeit verbrachte. Doch nun versprachen die kommenden Tage eine unbeschwerte Wiederkehr geschwisterlicher Gefühle. Bilder der Vergangenheit erschienen vor seinen Augen. Barfuß durch den feinen weichen Sand rennen, der sich im Sommer wie eine Herdplatte aufheizte. In den Wellen sich mit Wasser bespritzen, sich gegenseitig umwerfen. Von den Tellern der anderen leckere Gambas klauen.

Lisa hatte den Kürzeren gezogen und musste auch Ben noch das Bad überlassen. Mit ihrem noch leicht zerzausten kurzen Haar, einen Schal über die Schulter geworfen, erschien sie verschlafen am Frühstückstisch. Sie rieb sich den Schlaf aus den Augen. Die Dusche musste warten.

»Guten Morgen, Turteltaube.« Flüchtig umarmte sie Desi, die die letzten Dinge fürs Frühstück zum Tisch trug. »Habe ich einen Mordshunger!«

»Bei deiner Figur kannst du auch eine doppelte Portion vertragen. Die Rühreier sind gerade fertig geworden.«

»Morgen, Bruderherz. Du hast dich ja schon fesch gemacht. Das Parfum riecht man im ganzen Haus. Ich sehe, was dir deine Geschwister wert sind.« Lisa beeindruckte immer wieder, wie gestylt sich Dorian morgens präsentierte. Wie aus dem Ei gepellt, hätte die Großmutter wohl dazu gesagt.

»Du wirst sehen: Ben wird mich beim Duft übertreffen, wenn er gleich runterkommt«, frotzelte Dorian zurück.

Und er sollte Recht behalten. Als der jüngere Bruder die Küche betrat, wehte ein herbes After Shave vor ihm her. Mit seinen kurzen dunkelblonden Haaren und dem Dreitagebart versuchte er seine sportliche Figur zu betonen. T-Shirt und Jeans hielt er für die optimale Kluft, um in den Urlaub zu starten. Dass es draußen kalt sein würde, ignorierte er bewusst. Nur Schwächlinge froren.

Keine zehn Minuten später saßen alle gemeinsam am Tisch. Trotz der frühen Stunde schienen die Stimmbänder schon wieder bestens zu funktionieren. Alle redeten durcheinander. Und die Eltern schauten sich glücklich in die Augen. Sie hatten wohl doch alles richtig gemacht.

Die Idee, die Geschwister gemeinsam nach Spanien zu schicken, war Sybille gekommen, als Bella sie über die Krankheit ihres Schwiegervaters Jorge informierte und um Unterstützung im Fall der Fälle bat. Bella hatte bei ihrer Bitte natürlich zunächst ihre Freundin im Sinn gehabt, Sybille wehrte dieses Ansinnen jedoch gleich mit dem Argument ab, dass sie und Christian alle aufschiebbaren Reisen in der jetzigen Zeit vermeiden wollten. Sie hätten noch viele aktuelle Projekte abzuschließen. So kamen die Freundinnen auf die Idee, Dorian einzuspannen. Als dann Sybille vorschlug, alle drei Kinder gemeinsam zu schicken, damit sie auch Lucia und Maria mal wieder treffen könnten, stimmte Bella spontan zu.

Christian betrat das Esszimmer mit einem Autoschlüssel in der Hand. »Hier sind die Fahrzeugpapiere. Der Wagen ist vollgetankt.« Er hatte seinen großen BMW-Geländewagen für die Fahrt zur Verfügung gestellt. »Nur einladen müsst ihr selbst.« Das sollte wohl als Startsignal für die Fahrt gelten.

»Habt ihr jetzt eine Entscheidung über die Route getroffen?« fragte Sybille.

»Als Orakel habe ich heute Nacht entschieden, dass wir genau dieselbe Route nehmen werden wie ihr bei eurer ersten Reise. Die erste Nacht bleiben wir in Avignon, die zweite in Valencia. Dann kommen wir am dritten Tag mittags in Cabo Roig an.« Desi hatte sich klar festgelegt, die Tour nicht zur Tortur werden zu lassen. Sie wollte etwas Entspannung und Erholung vom Stress in der Klinik. Außerdem wollte sie die Eindrücke der südlichen Landschaften bewusst in sich aufnehmen. Damit sich bleibende Bilder einprägten, brauchte sie Zeit. Damit sich ein Gefühl einbrannte, brauchte es Muße.

Längst vergangene Gefühle von der damaligen Fahrt drängten bei Sybille und Christian nach oben, als sie schließlich ihre Kinder mit guten Wünschen zum Auto begleiteten. War das denn wirklich schon so viele Jahre her? Jetzt kam es ihnen so vor, als wäre es gestern gewesen. Sämtliche Koffer und Taschen wurden verstaut, die zerbrechlichen Skulpturen vorsichtig an die Seite verstaut, der Proviant obendrauf gepackt. Und wie immer konnte ein Auto nie groß genug für eine lange Reise sein. Christian steckte Dorian noch reichlich Tankgeld zu, wie es sein Vater früher auch immer gemacht hatte. Zum Schluss brachte Sybille noch einen Geschenkkorb für die Familie Cassal, der irgendwie hineingezwängt werden musste. Dann war die Truppe startklar.

Mit der aufgehenden Sonne im Rücken fuhr das Quartett nach Westen. Sie vereinbarten, exakt alle 100 Kilometer ihre Plätze im Uhrzeigersinn zu tauschen und die erste längere Pause nach einer Viererrunde zu machen. Dieses System sollte der langen

Fahrt eine klare Struktur geben. Der Wochenendverkehr hatte noch nicht begonnen, sodass sie schnell vorankamen. Dabei wurde die Höchstgeschwindigkeit des X5 natürlich ausgetestet, solange es noch ging. Für Blicke auf die liebliche Landschaft des Allgäus blieb keine Zeit, aber sie erreichten den Bodensee immerhin noch vor neun Uhr. Die große Wasserfläche lag einer grauen Steinplatte gleich vor ihnen, dichte Wolken verdunkelten den Himmel. Einsetzender Nieselregen begleitete sie auf der Strecke nach Zürich.

Als sie St. Gallen passierten, dachte Ben an sein Studium, das er hier bald abschließen würde. Er war stolz, sich den Studienplatz selbst erkämpft zu haben – eine nicht gerade triviale Angelegenheit. Immer schon hatte er Wert darauf gelegt, unabhängig zu sein. Er wollte ohne die Hilfe anderer auskommen, damit er später behaupten konnte: Meinen Weg habe ich mir selbst gebahnt! Nun fühlte er sich wohl in dieser Stadt, die geprägt schien von eifrig lernenden Studenten. Einer Stadt, von der man im Winter schnell herausfordernde Skigebiete erreichen konnte und im Sommer das Wasser zahlreicher Seen. Doch Ben hatte sich auch förmlich in das Studium hineingefräst. Er entwickelte Freude an Managementfragen, wie er es sich zuvor nicht hatte träumen lassen.

»Ich fand, dass Mama heute Morgen irgendwie nervös war. Ihr nicht?«, startete Lisa wieder eine Gesprächsrunde. »Denkt ihr, dass sie sich Sorgen macht, ob wir ohne Zwischenfälle heil ankommen?«

»Da gebe ich dir Recht«, pflichtete ihr Desi bei. »Gestern Abend sagte sie mir, dass sie Dorians Routenvorschlag besser fände. Vielleicht kamen aber auch Gefühle von ihrer ersten Reise mit Christian und Bella hoch.«

»Dann verstehe ich das aber nicht ganz. Denn diese Gefühle können ja besser nicht sein. Mit dieser Reise startete ja das Traum-Tandem der jungen Cassal-Michels«, warf Dorian ein.

»Und deren netten Kindern«, ergänzte Ben.

Sie fühlten sich gemeinsam wie ein Dreamteam, das nichts und niemand aufhalten konnte. Sie lachten viel und laut, sangen zu den Songs, die sie mitgenommen hatten, und freuten sich mit jedem Kilometer, den sie ihrem Ziel näher kamen. Ihre Stimmung hätte besser nicht sein können. Bei Kirchberg vor Bern stoppten sie zum ersten Mal für längere Zeit. Bei geöffneten Türen und lauter Musik reichte Lisa Tee, Brote und gekochte Eier. Wie immer bei den Familienreisen – nur dieses Mal ohne die Eltern.

»Buenos Dias, Bella, Sybille hier.«

»Hola Sybille, que tal. Sind die Kinder schon unterwegs?«

»Ja, sie sind zeitig bei Sonnenaufgang gestartet und müssten bald in Bern sein. Sie nehmen den gleichen Weg wie wir damals.«

Sybille hatte Christian nach dem Frühstück ermuntert, eine Runde zu joggen. Ihm täte ein wenig Bewegung sicherlich gut, motivierte sie ihn neckisch. So verschaffte sie sich Zeit, in Ruhe mit Bella zu telefonieren.

»Montagmittag wollen sie dann bei euch in Cabo Roig ankommen. So könnten sie nach dem Lunch das Haus in Las Colinas beziehen.«

»Das wäre perfekt, denn ich muss morgens das Haus noch fertig vorbereiten. Die Einrichtung ist mittlerweile vollständig. Auch neue Betten stehen in den Schlafzimmern, aber Bettzeug und Handtücher muss ich noch rüberbringen. Ich bin einfach noch nicht dazu gekommen. Den Kühlschrank haben unsere Leute von Gran Monte bereits gefüllt. Am liebsten wäre es mir, du wärst hier, um mir zu helfen.«

Sie sprach von der großen schönen Villa der Familien, die jahrelang unbewohnt gewesen war. Diese lag direkt am Golfplatz des Las Colinas Ressorts und kam doch nie zu ihrem Recht, Gäste zu beherbergen. Jetzt war die Zeit gekommen, die Casa de Verano – das Sommerhaus – mit Leben zu füllen. Dabei würde dann das Geheimnis um das Haus auch gelüftet. Bella war sich bewusst, dass die Kinder viele Fragen stellen würden, sobald sie die Villa bezogen. Sie würde ihnen dann erklären müssen, warum dieses Schmuckstück so lange leer stand – und warum keiner in der Familie von dem Haus sprach. Früher oder später, dachte Bella, wird eben alles ans Tageslicht kommen.

»Wir sollten schauen, dass eure Kinder ihr eigenes Heim für die Frühlingstage bekommen. Uns und die Mädchen können sie dann von dort besuchen. Es ist ja ein gefährliches Alter. Lucia ist solo und freut sich schon sehr auf den Besuch eurer Jungs«, betonte Bella besorgt. »Ich werde ein Auge darauf werfen müssen. Einmal Mutter, immer Mutter.«

»Dorian ist jetzt in festen Händen, Bella, das weißt du. Vor einer Woche hat er sich offiziell verlobt. Er bringt seine Desiree auch mit. Ich weiß nicht, ob ich dir das schon erzählt hatte?«

»Nein. Aber das beruhigt mich.« Sybille konnte das Aufatmen am anderen Ende der Leitung förmlich spüren.

»Ansonsten hätte ich ihn auch nicht fahren lassen. Aber es wird außerdem höchste Zeit, dass die Kinder Gran Monte mit eigenen Augen sehen können.«

Das Gespräch plätscherte noch eine Weile vor sich hin. Belanglosigkeiten wurden ausgetauscht: über Wetter, Gamba-Preise und die neuesten Restaurants in der Gegend. Dabei hätte Sybille fast vergessen, sich nach der Gesundheit von Bellas Schwiegervater zu erkundigen.

»Wie geht es denn Jorge? Frank hat mich auch schon danach gefragt; er traut sich nicht, ihn direkt anzurufen.« Frank war Christians Vater, der mit Jorge Gran

Monte aus der Taufe gehoben und über Jahre konsequent ausgebaut hatte. Die Freundschaft der beiden ließ sich durch nichts erschüttern. Jeder half dem anderen, wann immer es notwendig war.

Bella wollte ihre Sorge nicht nach außen tragen. So versuchte sie, mit lockerer Stimme zu antworten. »Eigentlich stabil, er klagt aber über Brustbeschwerden, die einfach nicht besser werden wollen. Er ist weiterhin bei sich zu Hause, hat aber schon mit dem Krankenhaus gesprochen. Sollte es ihm schlechter gehen, weiß er, an wen er sich wenden muss. Madrids Krankenhäuser sind besser als ihr Ruf. Sein Kardiologe riet ihm aber, sich erst einmal die nächsten Tage auszuruhen, bevor er sich Stents setzen lassen sollte.«

»Er soll das nicht auf die leichte Schulter nehmen! Vielleicht sollte er doch noch einen anderen Kardiologen fragen, um eine zweite Meinung zu hören.«

Christian schloss die Haustür auf. Sybille musste das Telefonat beenden. »Wir hören uns später, Bella!«

Dorian war wieder mit dem Fahren an der Reihe. Links und vor ihnen sahen sie die imposanten Schweizer Berge im Mittagslicht. Die weißen, schneebedeckten Gipfel hoben sich vom strahlenden Blau des Himmels ab. In den tieferen Lagen fielen die steilen Bergflanken wie graue Wasserfälle in die Täler. Bedrohlich und schön zugleich wirkte diese Szenerie.

Das für die bedächtige Art seiner Bewohner bekannte Bern lag bald hinter ihnen. Am Murtensee vorbei fuhren sie auf Lausanne zu. Phasen angeregter Gespräche wechselten mit Zeiten, in denen jeder sich in seine eigene Gedankenwelt vertiefte. Vor allem Desiree versuchte zu verstehen, was gerade mit ihr passierte. Sie spürte Erleichterung und Druck gleichermaßen. Eigentlich konnte sie mehr als zufrieden sein, weil ihre berufliche Karriere reibungslos voranschritt. Während die meisten ihrer Freunde aus dem Studium in mittelgroßen Standardkliniken arbeiteten, hatte sie in München eine Stelle gefunden. Sie hatte einen Forschungsantrag für ihre Untersuchungen zur Reduktion von Medikamenten durch Fasten fertiggestellt und eingereicht, der ihr jetzt vielleicht eine internationale wissenschaftliche Karriere eröffnen würde. Und letzte Woche hatte sie sich mit Dorian verlobt, dem Mann, der ihr bei all dem beruflichen Stress Halt zu geben versprach. Dorian war ein Mann, der selbst klare, solide Vorstellungen für seinen Lebensentwurf besaß. Nach all den Leichtgewichten, die sie geliebt hatte, war er ein Anker.

Tief im Inneren spürte sie aber auch einen Druck, dessen Ursache sie nicht präzise ausmachen konnte. Er kam nicht davon, dass im Herbst die Hochzeit geplant war, denn diese hatte sie sich lieber früher als später gewünscht. Der Druck hing irgendwie mit Spanien zusammen. Desiree ahnte, dass die Costa Blanca in Dorians Leben eine wichtigere Rolle spielte, als ihr bislang bewusst war. Es zeichnete sich ab, dass der Umfang des Gran-Monte-Projekts, das Dorian ihr gegenüber immer nur am Rande erwähnt hatte, wohl bedeutsamer war als gedacht. Sie befürchtete tief im Inneren, dass die Familie Erwartungen in diesem Zusammenhang an Dorian entwickeln könnte, die ihre Beziehung belasten würden.

»Jetzt bin ich an der Reihe.« Lisa übernahm das Steuer. Und da sie immer für eine Überraschung gut war, bog sie am Genfer See bald von der Hauptstraße ab. Ihr Ziel war die Uferstraße und hier die Gemeinde Saint-Prex. Diese ragte wie ein Zipfel in den See hinein und besaß eine schöne romantische Altstadt sowie eine beeindruckende Promenade. In der Erinnerung der Familie begann Frühling immer am Genfer See; bereits Anfang März wehte der milde Wind das Rhonetal entlang nach Norden. Das konnte man förmlich fühlen, ja, riechen. Hier blühten deutlich mehr Blumen, hier lag ein sanfter Duft von Gräsern in der Luft. Das Licht strahlte heller, nur spärlich bedeckten Wolken den Frühlingshimmel. Man merkte es auch den Menschen an, die in die kommende Jahreszeit hineinlächelten.

Es gelang Lisa, einen Parkplatz fast direkt am Ufer zu finden. Alle stürmten sogleich aus dem Auto. Sie tauchten ihre Hände in den See; Ben krempelte sich sogar die Hosenbeine hoch und ließ die Füße im kalten Wasser baumeln. Er hatte sich einen Apfel aus dem Fresskorb geschnappt und biss kräftig hinein.

»Das ist ja ein schönes Fleckchen Erde, Lisa. Wie bist du denn auf diesen Ort gekommen?«, meinte Dorian, der nicht an einen Zufall glaubte.

»Ich habe die alten Familienfotos durchgeschaut und bin auf ein Bild von dem Stadttor gestoßen, durch das wir vorher kamen. Unsere Eltern haben sich hier schon bei ihrer ersten Fahrt eine Pause gegönnt. Später sind wir als Familie aber immer an Saint-Prex vorbeigerauscht. Leider.«

»Sehr romantisch«, schwärmte Desiree. »Eure Eltern hatten schon damals ein Gespür für schöne Dinge.« Sie umarmte Dorian deutlich fester, als sie es üblicherweise tat. Sie hielt ihren Glücksbringer fest!

Sie alle konnten sich nicht wirklich losreißen von diesem Fleck, vom Blick auf den ruhigen See, auf das klare, schimmernde Wasser, auf die Bergrücken am anderen Ufer. Eine gefühlte halbe Ewigkeit blieben sie hier sitzen. Lange Zeit sprach keiner von ihnen ein Wort. Alle schauten wie in Trance auf das glitzernde Wasser des Genfer Sees.

Hatten ihre Eltern damals die gleichen Gefühle gehabt? Hatten sie eine ähnlich milde, warme Luft geatmet? Ließen sie ihre Füße im See baumeln? Wer weiß.

»Wir haben erst etwas mehr als die Hälfte der Strecke geschafft«, trieb Lisa dann doch die Geschwister an. »Und weil ihr so gebummelt habt, lassen wir das Mittagessen sausen. Heute Abend haben wir dann umso mehr Appetit.«

So ging die Fahrt schließlich weiter. Bald erreichten sie die französische Grenze und fuhren auf einer ziemlich leeren Autobahn gen Süden. So kamen sie schnell voran, doch die breiten Schnellstraßen raubten durch ihre Sterilität der Landschaft ihren Charme. Die Orte links und rechts der Fahrbahn degenerierten zu puren Häuserklumpen. Die südliche Vegetation sah aus wie die Plastikteile einer Modelleisenbahn. Frankreich hätte es wahrlich verdient, dass die Michel-Kinder die Landstraße genommen hätten.

Sybille und Christian saßen in Decken gehüllt auf ihrer Münchner Terrasse. Sie wären am liebsten mitgefahren. Aber weil dies nicht möglich war, wollten sie wenigstens die Strahlen der Frühlingssonne auf ihrer Haut spüren.

»Hoffentlich wird Jorge bald wieder gesund, wenn er seine Operation hinter sich gebracht hat. Ich mache mir Sorgen.« Sybille schenkte in beide Tassen heißen Tee ein.

»Das wird schon. Frank und Jorge haben ja mit Gran Monte keine Last mehr. Das Geschäftliche erledige ich mit Sandro doch schon seit fast dreißig Jahren.«

»Aber du weißt, dass sich das alles ändern wird, wenn einer der beiden nicht mehr da sein sollte.«

»Sybille!« Christian entsetzte es, dass seine Frau dieses Tabu so offen aussprach, als würde das Undenkbare bald Wirklichkeit.

»Lass es uns doch einmal aussprechen, Christian. Warum denn nicht? Du hast mir nie erzählt, was dann passieren wird. Du hast nur immer gesagt, dass sich dann alles ändert.« Schon seit Langem wollte Sybille Klarheit, die sie nie bekam, weil ihr Mann das entweder nicht für notwendig hielt oder weil er meinte, seine Frau verstünde vom Geschäftlichen zu wenig. Wie dem auch sei, jetzt war es an der Zeit, dem Thema auf den Grund zu gehen. Sybille wollte die Gunst des Moments nutzen.

»Ich kann es dir wirklich nicht sagen. Ich habe meinen Vater mehrmals dazu angesprochen, aber er hat immer behauptet, er hätte mit Jorge einen Schweigepakt geschlossen, doch die Angelegenheit sei klar geregelt.«

»Und Sandro? Weiß er mehr?«

»Nein, auch nicht. Wenn einer der beiden nicht mehr leben sollte, würden wir die Unterlagen dazu im Safe der Villa von Las Colinas finden, hieß es immer. Frank hätte sie eigenhändig dort hinterlegt.«

Sybille erschrak, als sie Christian so sprechen hörte. Warum verriet er dieses seltsame Geheimnis nur auf Nachfrage? »Und den Code hast du nicht?«

»Woher sollte ich den haben? Nur unsere alten Starrköpfe kennen ihn. Und sie halten sich für so unsterblich, dass sie ihn wohl nicht einmal irgendwo anders schriftlich hinterlegt haben.«

»Hoffen wir das Beste, Christian!«

Beide wühlte das Gespräch auf, weil sie das Gefühl beschlich, dass Jorge und Frank ihr Schicksal diktierten, als wären sie noch unmündige Jugendliche. Unzählige Jahre arbeitete Christian mit Sandro für das Gedeihen von Gran Monte und musste jetzt feststellen, dass er nicht sein eigener Herr war. Christian spürte sich plötzlich schwach und geschrumpft in seinem stattlichen Körper. Ängstliche Fragezeichen schienen vor seinem Gesicht zu tanzen.

Um Lyon herum verdichtete sich der Verkehr. Diese Stadt war ein Moloch, der kaum zu bändigen war. Die Rhone litt sichtlich, musste sie sich doch durch diese Metropole zwängen. Der wunderschöne breite Fluss gehörte eigentlich in eine freie Natur. Nun presste dieses Häusermeer das wilde Gewässer in ein viel zu enges Flussbett.

Leichte Müdigkeit hatte sich eingeschlichen. Immer wieder döste oder schlief der eine oder andere. Ben drehte die Musik herunter, sodass jeder seinen eigenen Gedanken nachhängen konnte. Alle waren mit sich im Reinen. Die orangerote südliche Sonne verklärte die Gedanken. Dorian hatte seine Probleme mit der Finanzierung beiseite geschoben. Desiree überlegte beim Anblick der Landschaft, ob sie wieder mit dem Malen anfangen sollte; Klinik, Patienten und Ärzte verschwanden im Nebel. Ben hatte das Studium vergessen und konzentrierte sich darauf, möglichst knapp über der Geschwindigkeitsgrenze zu fahren, ohne geblitzt zu werden. Lisa überlegte, in welchem Bikini sie wohl am besten aussähe.

»Jetzt bist du wieder dran Lisa«, unterbrach Ben ihre Gedanken. »Wir nähern uns schon Avignon.«

Als sie für den letzten Fahrerwechsel ausstiegen, rochen sie den betörenden Duft des Lavendels, den selbst die Autobahn nicht vertreiben konnte. Die Wärme der zauberhaften Provence hatte sich in den Abend hinein gehalten. Bald würden sie in der Stadt ankommen, in der ihre Eltern bei ihrer ersten Fahrt übernachtet hatten. Romantische Gefühle stiegen in ihnen auf.

Zwar gestaltete sich die Fahrt in die Innenstadt ein wenig beschwerlich, weil die Einwohner von einem Ausflug an der Küste wieder in das Zentrum strömten. Mit etwas Geduld fanden sie dann aber doch zu ihrem kleinen Hotel, das Desiree während der Fahrt reserviert hatte. Es lag nur einen Steinwurf vom Papstpalast und dem Dom entfernt in der Altstadt und verfügte sogar über einen eigenen gesicherten Parkplatz. Was wollten sie mehr? Ihre Fahrt stand unter einem guten Stern.

Sie beschlossen, ihre großen Koffer, den Geschenkkorb sowie die Statuen im Fahrzeug zu lassen, das auf einem bewachten Parkplatz untergebracht war. So mussten sie morgens keine Zeit mit Packen verschwenden. Das Abendessen wollten sie im Hotel einnehmen, um danach noch ein wenig die Altstadt zu erkunden. Der freundliche Portier half ihnen bei der Reservierung.

»Wir machen uns noch etwas frisch. In einer halben Stunde können wir uns dann unten im Restaurant treffen«, gab Desiree die Planung vor.

»Wir sind frisch genug«, entgegnete Ben. »Komm, Lisa, ich lade dich auf einen Pastis ein.«

»Bis gleich!«

Die beiden Turteltauben verschwanden in ihrem Zimmer, von dem aus sie Teile des Doms sowie den Papstpalast sehen konnten. Während Desiree rasch unter die Dusche huschte, zog sich Dorian bis auf die Shorts aus, ging zum Fenster und schaute auf den markanten Papstpalast im Sonnenuntergang. Über diese Stadt und ihre Geschichte wurde immer wieder im Französischunterricht gesprochen. Auch seine Eltern berichteten oft von der Schönheit und Anmut dieses Ortes. Jetzt aber war er zum ersten Mal selbst hier und spürte, dass eine neue Zeit für ihn anbrach. Seine eigene Erzählung. Verträumt, neugierig, fast aufgeregt verharrte er am Fenster, den Blick auf die Gemäuer einer mittelalterlichen Stadt gerichtet – doch schaute er jetzt in sich hinein.

Ihm stand die Zukunft offen, eine Zukunft, die er selbst gestalten konnte – so wie er es immer vorgehabt hatte. Nicht als Erbe mit vorgefertigter Planung, sondern als eigener Unternehmer, dessen Erfolg unvermeidlich war. Aus einer Idee, für die er seine zwei besten Freunde begeistern konnte, war erst ein kleines Unternehmen von Idealisten geworden, das zu Beginn mehr Geld ausgab als einnahm. Eine umfassende Softwarelösung für die Planung von Forst- und Waldbetrieben konnte kein anderes Unternehmen anbieten. Aus dem Vorhaben hatte sich eine solide Firma entwickelt, in die sogar ein professioneller Fonds im Vertrauen auf die Geschäftsidee investiert hatte. Seine Firma »Forest-KI« war ein echtes, erfolgreiches Unternehmen mit ersten materiellen Projekten und Aufträgen. Darauf konnte er stolz sein.

»Hallo, Traumtänzer!« Frisch geduscht, noch leicht nass, nur ein Handtuch leicht übergeworfen, stellte sich Desiree vor ihn hin. Mit ihrem bloßen Körper verstellte sie Dorian den Blick durchs Fenster auf den Palast. Bevor Dorian überlegen konnte, wie er reagieren sollte, schubste sie ihn mit Schwung auf Bett. Er ließ es gerne geschehen und wehrte sich nicht. Wie eine feuchte Katze sprang sie hinterher und platzierte sich direkt auf seine Shorts. Sie beugte sich über ihn, gab ihm einen ausgiebigen Kuss und hielt seine Hände fest.

»Du sagst jetzt nichts!«

Dorian war erregt, wollte sie umarmen und im Bett umdrehen. Doch seine Verlobte ließ es nicht zu. Nackt wie sie war, schob sie eines seiner Shortbeine beiseite und erlaubte ihm, in sie einzudringen. Doch sobald er sich bewegen wollte, sagte sie: »Halt still!«

Sie biss ihn zärtlich in die Brustwarzen, während sie auf ihm sitzen blieb. Sie küsste ihn leidenschaftlich. Bald konnte er sich nicht mehr zurückhalten. Mit einem tiefen Gefühl ließ er es geschehen.

»Jetzt kann ich mich gleich noch mal waschen. Komm, lass uns gemeinsam duschen.« Sybille sprang vom Bett, ergriff Dorians Hand von Dorian und zog ihn mit ins Bad.

Das Essen war provenzalisch lecker, mit dem Geschmack und Duft frisch gepflückter Kräuter. Sie entschieden sich für eine gemeinsame Platte mit Fleisch und Geflügel und wurden nicht enttäuscht. Das Gemüse stammte genauso aus der Gegend wie der schwere Châteauneuf du Pape, den sie ausgewählt hatten. Das köstliche Essen und Trinken löste die Zungen, eine heitere Stimmung kam auf. Die jungen Michels waren an ihrem ersten Etappenziel angekommen.

Für ein Gespräch mit den Eltern fand keiner von ihnen die notwendige Zeit. Nur Nachrichten und Fotos wurden zwischendurch im Familienchat verschickt. Sie versicherten, dass »alles in Ordnung« sei. Nachdem die Bäuche gefüllt waren, schlenderten sie noch durch die Gassen, atmeten die milde Luft des Rhonetals, die

die Gebäude umwehte. Jeder von ihnen träumte seinen eigenen kleinen Traum.

Was gab es Romantischeres, als über Pflastersteine durch enge Gassen einer mittelalterlichen Stadt zu laufen? Das Echo der Schritte hallte an den Kalksteinfassaden der gedrungenen Häuser wider. In den Schaufenstern der kleinen Geschäfte, die sich noch gegen die Wucht der Kettenläden gehalten hatten, lagen mit Liebe fürs Detail arrangierte Waren. In den Patisserien leuchteten die bunten Süßwaren verführerisch um die Wette. Hätten die Glasfenster es nicht verhindert, wäre die Versuchung groß gewesen, einfach zuzugreifen.

Spät – sehr spät – kehrten sie in das kleine Hotel zurück. Sie mussten den Portier wecken, der an seiner Rezeption eingenickt war. Leise stiegen sie die Treppe hoch, schlossen behutsam die Zimmer auf. Tiefer Schlaf und bunte Träume überfielen jeden Einzelnen von ihnen.

Christian hatte abends noch den Kamin angezündet. Mit seiner Sybille hatte er sich es auf dem Sofa bequem gemacht. Stück für Stück kamen Fotos von der Fahrt ihrer Kinder herein; Fotos, die romantisch schöne Erinnerungen aus vergangenen Tagen in ihnen weckten.

»Ich hab Lust auf dich, Christian!«

Sybille schlang die Arme um ihren Mann; sie küsste

ihn wie lange nicht mehr, als wolle sie etwas wiedergutmachen. Mit ihren warmen Händen fasste sie erst unter sein Polohemd, dann tiefer. Beide machten sich frei und liebten sich spontan – vor ihnen die Flammen im Kamin.

Alles war verschüttet gewesen. Alles vergessen. Nun brach es sich Bahn. Schön, intensiv, dann verträumt.

Kapitel 3

Fahrt nach Süden – Tag 2

»Aufwachen!« Lisa klopfte an die Tür von Bens Zimmer. »Draußen sieht man schon die ersten Sonnenstrahlen auf dem Dom.«

Ben war auch schon wach, öffnete angezogen die Tür. »Ich habe meine Tasche bereits ins Auto gepackt. Frühstück gibt´s ab sechs Uhr. Gerade wollte ich runtergehen. Kommst du mit, Schwester?«

»Klar! Ich wecke nur noch unser Ehepaar«, lachte Lisa und klopfte auch schon an der Tür von Dorian und Desiree. Erst als im Zimmer Geräusche zu hören waren, ging sie nach unten.

Keine halbe Stunde später saßen alle am Frühstückstisch, den die verschlafene Mamsell mit Croissants und Marmelade bestückt hatte. Kräftiger Kaffee mit Milch, in den sie ihre Blätterteigstücke tunken konnten, erzeugte dieses Energie-Gefühl eines neuen, ungebrauchten Tages, wie man es nur in einem französischen Hotel erleben kann.

Der Frühling konnte kommen, dachte Lisa, die mit Fahren bis Nîmes an der Reihe war. Es versprach ein warmer, sonniger Tag zu werden. Eigentlich hatten sie gestern noch geplant, diese charmante Stadt gründlicher zu besichtigen, doch allen war die Vorfreude auf Spanien inzwischen wichtiger. Montpellier ließen sie ebenfalls an der Seite liegen. Bald lag auch Perpignan vor ihnen; der Blick auf die ersten hohen Pyrenäengipfel beeindruckte sie auch diesmal tief. Eigentlich war man als Reisender nicht auf diese massive Gebirgskette so weit im Süden gefasst. Hier herrschte vielerorts noch Wildnis, die Steinböcken, Geiern, Bären eine Heimat bot. Nicht nur Lisa verstand plötzlich, dass eine Fahrt nach Spanien mit dem Auto viel mehr Überraschungen bieten konnte, die man einfach nutzen sollte, indem man Zeit dafür einplante. Doch diese Zeit gaben sich die Michels dieses eine Mal nicht.

In Le Perthus überquerten sie die Grenze nach Spanien. Einige gelangweilte Zöllner standen an ihre Fahrzeuge gelehnt in der Sonne und beobachteten die Karawane der Autos, die nach Süden rollte. Doch eine Kontrolle fand nicht statt.

Die Herzen hüpften höher: Spanien war noch vor der Mittagszeit erreicht. Ben hielt an und arrangierte ein Gruppen-Selfie, das er sofort nach München schickte. Desiree sandte es gleichzeitig ihren Eltern mit den begeisterten Worten: »Der Spanientraum beginnt!« Vor lauter Aufregung vergaßen alle ihren Hunger. Sie wollten nur weiter nach Süden, nach Valencia.

»Wie seid ihr eigentlich früher nach Spanien geflogen? Gab es schon immer Direktflüge nach Alicante?«, fragte Desiree, die mehr von der Vergangenheit der Michel-Familie erfahren wollte.

»Nein. Wir sind immer irgendwo umgestiegen: Madrid, Mallorca, Barcelona, auch mal über Düsseldorf.« Dorian erinnerte sich noch vage. »Vor allem an Barcelona kann ich mich erinnern, da haben wir manchmal einen Zwischenstopp für eine Nacht eingelegt und sind dann mit dem Auto die sechshundert Kilometer nach Südwesten gefahren. Oder es ging nach San Javier. Der kleine Flugplatz liegt keine zwanzig Kilometer von Cabo weg. Aber Flüge gab es eben nicht zu jeder Jahreszeit. Erst in letzter Zeit ist Alicante immer besser angebunden.«

»Sandro hat uns meistens abgeholt«, erinnerte sich Ben. »Er nahm den Bus der Gran-Monte-Organisation. »Das war dann immer ein Hallo, wenn wir ankamen! Lucia stand mit Maria meist schon draußen auf der Straße. Wir sind dann gleich runter zum Strand, um zu baden. Hätten uns die Eltern nicht geholt, wären wir ohne Essen und Trinken bis zum Abend am Wasser geblieben.«

»Stimmt. Aber ich durfte nie allein ohne euch runter zum Strand, weil alle dachten, ich sei noch zu klein«, klagte Lisa. Ihr Altersnachteil hatte sie zum Nesthäkchen der Familie degradiert, und das verhasste Gefühl war irgendwie geblieben. Da sie damals noch sehr jung gewesen war, ließen ihre Brüder sie oft auch in der Villa bei Bella und Sandro zurück, um ungestört nach spanischen Mädchen Ausschau halten zu können. Sie fühlte sich dann verletzt, ausgeschlossen, einsam. Erst wenn die Brüder wieder zurückkamen und haarklein alles Erlebte erzählten, verschwand das Gefühl langsam wieder.

Viele verschüttete Erinnerungen kamen hoch – fast nur gute, intensive. Der kräftige Geruch des Meeres, der Algen, der Sonnencreme. Das Gefühl heißer roter Haut am Abend, die sich nicht abkühlen ließ. Sandkörner in den Haaren, die man nicht herauskämmen konnte und die sich dann nachts auf dem Kopfkissen sammelten.

»Wie kann ich mir die beiden Mädchen vorstellen?«, fragte Desiree neugierig. »Ihr habt bislang nicht viel über sie erzählt.« Sie wollte noch mehr erfahren, wollte die Vergangenheit ergründen. Sie nahm ihre Sonnenbrille ab, um Dorian tief in die Augen zu blicken, damit er ihr nicht nur ein paar Brocken nutzloser Informationen hinwarf.

»Wir schreiben uns ja noch regelmäßig und schicken uns Fotos, aber telefoniert haben wir eine Ewigkeit nicht mehr. Lucia genoss es schon immer, im Mittelpunkt zu stehen. Sie war ja die Ältere, empfand sich auch als das attraktivere Mädchen, weil sie größer ist als ihre brünette, kräftiger gebaute kleine Schwester. Sie legte auch immer viel Wert auf ihre dunkelblonde Mähne, die sie von ihren spanischen Freundinnen un-

terschied. Sie trug ihre glänzenden Haare immer lang, wie heute noch auf den Fotos. Ich erinnere mich, dass es eine Ewigkeit dauerte, bis die Pracht nach dem Schwimmen getrocknet war. Viele ihrer spanischen Freunde schienen vernarrt in sie zu sein, obwohl sie damals ja noch jung war – sie aber ließ sie kalt ablaufen. Ich natürlich war stolz, dass sie mich respektierte.«
In Dorian stiegen Bilder vergangener Tage auf. Er fuhr sich durch die Haare – sein Blick verlor sich im Blau des Himmels.

»Und Maria?«, hakte Desiree nach.

»Die ist zwei Jahre jünger. Lief immer so mit, wie man wohl sagt. Mir kommen Worte wie neugierig, keck, flink in den Sinn, wenn ich an sie zurückdenke. Inzwischen scheint auch sie hübsch geworden zu sein, wenn ich mir die Fotos so ansehe. Sie wirkte immer sportlich, fast athletisch. Bin echt gespannt, wie sie heute in natura aussieht.«

»Dorian, Dorian. Nicht, dass du mir auf andere Gedanken kommst.«

»Vom Alter her passt sie besser zu Ben«, lachte er.

»Die Cassal-Mädels sind ja fast Familie. Ich werde mich hüten!«, gab Ben zurück. »Mehr als flirten werde ich nicht erlauben, weder dir noch mir!«

Alle lachten herzlich. Die Spannung hatte sich gelöst, wenn es überhaupt eine solche gegeben haben sollte.

Nach einigen Stunden und Fahrerwechseln merkten sie, dass es schon Nachmittag geworden war. Bald war auch Valencia nicht mehr allzu weit. Aber keiner von ihnen hatte Lust, nach einer Unterkunft zu suchen. Es war an Dorian, das Unausgesprochene auszusprechen: »Sollen wir durchfahren? Ich habe keine Muße, noch einmal irgendwo im Hotel zu übernachten.«

»Von uns aus fahren wir durch«, fasste Lisa die gefühlte Meinung der anderen zusammen. »Du musst aber bei Bella anrufen, ob wir kommen können. Überfallen sollten wir die Cassals nicht. Wir wissen ja auch gar nicht, wo das Haus in Las Colinas liegt. Meine Google-Suche ergibt, dass Las Colinas ein riesiges Areal mit Golfplatz in der Mitte ist. Das Haus ohne Hilfe zu finden, halte ich für ein Ding der Unmöglichkeit.«

Nach einigem Hin und Her rief Dorian an.

»Hola, quien habla?!«

»Dorian hier, bist du es, Bella? Wir rufen aus dem Auto an, kurz vor Valencia.«

»Dann habt ihr es ja bald geschafft. Wo übernachtet ihr denn dort? Valencia ist eine so wunderschöne Stadt – am liebsten würde ich euch gleich entgegenfahren.«

Bella konnte spüren, wie Dorian ein wenig herumdruckste. »Das ist es ja, Bella. Wir halten es nicht mehr aus; wir wollen euch bald sehen. Valencia lassen wir links liegen. Können wir schon heute zu euch kommen?«

Dorian fühlte eine Sekunde Zögern auf der anderen Seite. Oder irrte er sich? »Klar. Wir würden uns freuen, wenn ihr heute schon kämt. Wie wir es mit dem Übernachten machen, muss ich noch schauen, weil ich das Haus in Las Colinas noch nicht fertig vorbereitet habe. Ich wollte morgen früh alles erledigen – so der ursprüngliche Plan. Ich bespreche das gleich mit Sandro und melde mich. Fahrt also einfach weiter und bleibt auf der Autobahn, dann müsstet ihr so um acht Uhr ankommen.« Bella legte auf.

»Du hast Bella ganz schön überfallen«, mahnte Lisa. »Vielleicht hat sie deshalb ein wenig kühl reagiert. Hast du nicht gehört, dass sie gesagt hat, sie würde sich freuen – nicht, sie freue sich. Als Diplomat eignest du dich nicht.«

Dorian hatte Bella in der Küche erreicht. Sie musste sich zunächst etwas sammeln, ging dann sogleich ins Schlafzimmer, um Sybille anzurufen.

»Sybille?!«

»Bella! Was ist?«

»Dorian rief gerade aus Valencia an. Sie wollen durchfahren, also übernachten sie nicht dort. Um acht Uhr schlagen sie bei uns auf. Das Haus in Las Colinas habe ich noch nicht fertig. Jetzt muss ich sie bei uns im Haus unterbringen – nicht ganz optimal.«

»Mir haben die Kinder von ihren spontanen Plänen nichts erzählt. Ihr habt doch das kleine Hotel in der Nähe. Oder nimm unsere Unterkunft in Gran Monte.«

»Das werden die Kinder nicht verstehen. Wir haben ja Platz genug in unserer Villa. Sie werden bei uns übernachten müssen. Ich halte dich auf dem Laufenden.« Sie legte auf.

»Wer hat gerade angerufen?«, rief Sandro von der Terrasse. »Etwa Dorian?«

»Ja.« Bella ging auf die Terrasse hinaus. »Die Michels kommen schon heute. Um acht Uhr sind sie hier.«

»Ach, das ist ja klasse! Sie können ja bei uns schlafen. Platz gibt es genug. Einige unserer Betten haben schon eine Weile keine Gäste mehr gesehen. Ich werde nur noch Gambas und Fisch vom Markt holen zum Grillen. Haben wir noch ausreichend kalten Cava? Du hast ihnen sicher schon gesagt, dass sie hier herzlich willkommen sind. Ich gebe den Mädchen noch gleich Bescheid; nicht, dass sie heute etwas anderes geplant haben.«

Mit Lucia im Schlepptau machte sich Vater Sandro sogleich auf den Weg zum Einkaufszentrum La Zenia. Wie üblich kauften beide weit mehr ein als notwendig. An der großen Fischtheke herrschte reichlich Betrieb, weil auch einige andere Einkäufer das ungewöhnlich warme Frühlingswetter für einen Grillabend nutzen wollten. Das Ritual, erst eine

Nummer zu ziehen, auf deren Aufruf man warten musste, kam Männern entgegen, weil die Bedienung – sobald man drankam – zur Eile bei der Bestellung mahnte. Die lange Wartezeit konnten die unerfahrenen Herren dann zum Nachdenken nutzen. Sandro konnte sich zudem auf Lucias Hilfe und Rat stützen. Einfach wurde es aber auch für sie nicht, weil die Theke sich über zehn Meter erstreckte. Unzählige Arten von Fisch und Krustentieren warteten darauf, von den Kunden ausgewählt zu werden. Schon die Auswahl der Gambas entwickelte sich zur Herausforderung. Im Zweifel kaufte Sandro dann immer die teuersten, womit er sich auf der sicheren Seite wähnte.

Lucia unterbrach ihren Vater beim Nachdenken. »Leider kann ich mich gar nicht mehr richtig an die Michels erinnern. Die Fotos, Mails und Chats können das Echte nicht ersetzen. Du hast sie ja immer wieder getroffen«, kommentierte sie.

Sandro sah sich zu einer Antwort gezwungen, obwohl er sich viel lieber über die Auswahl des Fisches unterhalten hätte. »Ja. Alle sind nette Kinder. Natürlich und locker drauf. Ihr werdet euch gleich wieder gut verstehen, auch wenn euer Deutsch vielleicht nicht mehr auf der Höhe der Zeit ist.«

»Mamas und damit unser Deutsch ist zeitlos und immer modern. Das ist nicht das Thema. Sag einmal, warum haben wir vor zehn Jahren die gegenseitigen

Besuche so plötzlich abgebrochen?« Lucias Frage kam wie ein Pfeil aus dem Nichts.

»Nummer achtundsiebzig. Was wollen Sie?«

»Ah, von den roten Gambas, zwei Kilogramm, Tintenfisch, die kleinen. Vier Seeteufel-Filets – nein, acht wäre besser.«

»Alles?«

»Alles!«

Mit dem Fisch und allerlei Gemüse bepackt gingen sie wieder zurück zum Auto. Sandros Erleichterung war ihm am Gesicht abzulesen, musste er Lucias Frage jetzt doch nicht beantworten. Er wusste aber, dass das angesprochene Thema nicht begraben blieb – es würde bald wieder auftauchen, lebendiger als gewünscht.

Später im Haus wurde es hektisch, da nicht nur der Grill vorbereitet und der Gartentisch gedeckt werden musste. Die Betten mussten hergerichtet, Handtücher bereitgelegt, die Bäder noch einmal kurz durchgewischt werden. Fast hätte Bella dabei vergessen, Dorian zurückzurufen. Sie unterbrach ihre Küchenarbeit.

»Hola Dorian, wo seid ihr?«

»Soeben an Elche vorbei. Laut Navi bleibt uns noch eine knappe halbe Stunde zur Autobahnausfahrt La Zenia.«

»Kannst du dich noch an die Villa Cerni erinnern, das Haus direkt neben unserem alten? Das ist seit letztem Herbst unser neues Zuhause. Den Weg wirst du ganz bestimmt finden.«

»Klar finden wir das. Ihr könnt schon einmal Getränke kaltstellen«, lachte er. Im Hintergrund stimmten die anderen mit ein und spornten Dorian an, schneller zu fahren. Der rötliche Widerschein der Lichter von Torrevieja und anderer Küstenorte begleitete sie. Der abendliche Wind schob die Wolken stetig zum Meer hin. Obwohl zehn Jahre vergangen waren, schien alles plötzlich so frisch, als wäre es gestern gewesen. Vertraute, wohlige Gefühle wärmten die Seelen der Michel-Kinder. Die Brücke zwischen Vergangenheit und Jetzt baute sich auf.

Als sie von der Autobahn abbogen, öffneten sie instinktiv die Fenster, um den Geruch der Küstenlandschaft hereinzulassen. Diese milde, weiche salzige Luft, die die Sehnsucht eines jeden Urlaubers beflügelt, spürten sie in ihren Gesichtern. Dorian fuhr jetzt bewusst langsamer. Er wollte das Ankommen bei der Cassal-Familie genießen, die schönen Erinnerungen aus seinem Innersten aufsteigen lassen. An einem der vielen großen Kreisverkehre folgte Dorian dem Schild nach Cabo Roig, dem Ort, den sie suchten. Palmen säumten überall die Straßen zur Küste. Schließlich erkannte Dorian die Abzweigung der Straße, in der die Villa Cerni stand. Er drosselte nun noch einmal das Tempo, sog die Luft ein, als könnte er mit ihr die Vergangenheit einatmen.

Bald tauchte der Wendehammer vor ihm auf, sie hatten die Villa erreicht. Lucia und Maria standen vor dem Tor wie vor zehn Jahren. Keine Mädchen mehr, sondern zwei hübsche junge Frauen, die sich schnell noch spanisch fein gemacht hatten: etwas farbigeres Make-up, kräftigeren Lippenstift, Wimperntusche und Eyeliner. Dahinter wartete Bella, umarmt von Sandro. Der Vorplatz der palmengeschmückten imposanten Villa prangte hell erleuchtet.

»Herzlich willkommen!« Die Cassals winkten gemeinsam das Auto in die Einfahrt. Die Gastgeber zogen die Autotüren auf, und eine intensive Herzlichkeit des Empfangs umströmte die Gäste. Küsschen links und rechts und Umarmungen folgten. Koffer wie Taschen schienen sich selbst zum Haus zu tragen.

»Kommt erst mal herein. Die Koffer bringen wir später auf eure Zimmer.« Sandro freute sich sehr, dass die Michels schon am Sonntag angekommen waren. »Lasst uns in den Garten gehen. Der Cava wird sonst warm.«

»Aber nicht bevor ich euch dieses bayerische Mitbringsel überreicht habe.« Dorian holte den üppig gefüllten Fresskorb mit Münchner Spezialitäten aus dem Kofferraum und übergab ihn dem Hausherrn. »Und diese Skulpturen möchte ich nicht vergessen. Sie haben die Reise gottlob heil überstanden. Sybille bestand auf persönlicher Lieferung!«

Der riesige Garten erstreckte sich wohl zwanzig Meter über dem Meer. Der beleuchtete Pool lag auf halben Weg zum Geländer, von dem man aufs Meer schauen konnte. Zwei alte Pinien standen Spalier. Das Licht der Strahler ließ sie wie majestätische Statuen aussehen. Einige hohe Palmen überragten die Villa an der Seite, als wollten sie ihr Luft zufächeln.

Das ist also die Villa Cerni, dachte Dorian, in deren Garten wir uns das eine oder andere Mal als Jugendliche eingeschlichen haben, um zu schwimmen. Nur trauten wir uns damals natürlich nicht, die Lichter anzuschalten – in gespenstischer Dunkelheit sprangen wir ins verbotene Wasser. Die Cassal-Mädchen begleiteten uns, wie auch einige ihrer Freunde. Erst leise, dann immer lauter genossen wir das abendliche Pool-Erlebnis.

Auf einem kleinen Tischchen hatte Sandro Gläser und Cava vorbereitet. »Salud. Und noch einmal herzlich willkommen! Wir freuen uns sehr, dass ihr nach so langer Zeit wieder hier seid. Salud.«

»Ich denke, wir kennen uns ja fast alle. Nur Desiree, mit der ich mich gerade verlobt habe, ist neu in der Runde«, startete Dorian.

»Vielen lieben Dank euch allen«, ergänzte die von all der Gastfreundschaft und Herzlichkeit gerührte Desiree. »Ich bin ganz hin und weg. Dieser Blick ist einfach einmalig. Das Meer scheint so nah und liegt doch weit unten. Der laue Wind. Alles erscheint mir wie ein Traum.«

Bald war der Grill angezündet, und die ersten Gambas verströmten ihren verlockenden Geruch. Das mit Öl eingestrichene und mit Kräutern garnierte Gemüse an der Seite des Grills garte langsam vor sich hin. Die Michels fühlten sich sogleich wieder in die Familie aufgenommen. Sandro schenkte reichlich Cava nach. Trotz der langen Fahrt war keiner müde, sondern sie fühlten sich eher aufgekratzt.

»Christian! Kannst du uns sehen?«, unterbrach Sandro kurz die Gespräche. Er hatte auf dem Handy einen Facetime-Kontakt nach München hergestellt. Jeder wurde kurz um einen Gruß gebeten. Die Kamera streifte alle Gesichter der Anwesenden. In München konnten die Michel-Eltern sehen, dass sich die Stimmung in Cabo Roig bereits bestens entwickelte. »Wir trinken ein Glas auf euch. Salud!«

»Grüße zurück von uns. Wir wären gerne mit dabei. Sicher werden wir in nicht allzu langer Zeit auch wieder zu euch reisen können, Sandro.« Wehmut lag in Sybilles Stimme. Im Hintergrund winkte Christian, der sich schnell ein Glas Wasser eingeschenkt hatte.

Die Zeit verflog. Nach dem Essen verlagerte sich die Runde zum Aussichtspunkt über der Küste. Die Rotweingläser in der Hand, schauten sie auf die Wellen, in denen sich der Mond spiegelte. Die Häuser vom

Mar Menor im Süden schimmerten gelb-grünlich in der Ferne. Davor die Isla Grosa, die aussah wie ein Vulkankegel im Meer. Kein Mensch verlor sich mehr auf dem Küstenweg unter ihnen, es war spät geworden. Das Rauschen der Wellen drang sanft und rhythmisch nach oben. Zehn Jahre ohne dieses Gefühl schmerzten. Vermissen und Sehnsucht. Wie gut, dass der Rotwein als Medizin dagegen eingesetzt werden konnte.

»Ihr wollt vielleicht noch unter euch Jungen sein«, verabschiedete sich der Vater, als alle Stimmen vom Strand verstummt waren, und nahm seine Frau liebevoll an die Hand. Gemeinsam schlenderten sie langsam zum Haus. »Maria zeigt euch später eure Zimmer. Gute Nacht!«

»Was macht ihr eigentlich beruflich?«, fragte Ben. »Ich studiere Internationales Management in Sankt Gallen. Im nächsten Jahr hoffe ich, meinen Master in der Tasche zu haben. Danach soll es in die weite Welt gehen – am besten nach Asien. Dort dominiert die junge Generation, die mit innovativen Gedanken an der Zukunft baut. Sie fragt nicht immer nach dem Warum, sondern eher nach dem Wie. Europa erscheint mir eingeschnürt in seiner Vergangenheit und den moralischen Diskussionen.«

»Lisa, du bist so still«, mischte sich Maria ein. »Bist du noch in der Ausbildung?«

»Ich habe zwar mein Abitur gemacht, möchte jedoch eher handwerklich tätig werden. Zurzeit mache ich ein Praktikum in einer Münchner Schreinerei für Innenausbau.« Lisa freute sich über das Interesse von Maria. »Ein Studium empfinde ich als langweilig, weil meist nur Theorie gelehrt wird. Und dass man damit auch nicht mehr verdient, erkennen gerade immer mehr von meinen Freunden.«

»Da liegen wir fast auf einer Linie«, stimmte Maria lächelnd zu.

»Meine Zukunft sehe ich in Gran Monte!«, unterbrach Lucia. »Erst dachte ich, dass ich Architektur in Barcelona zu Ende studieren werde. Gleichzeitig half ich Sandro bei der Verwaltung von Gran Monte. Nur zu gerne würde ich beides: studieren plus arbeiten. Bei den vielen Aufgaben scheint aber alles gemeinsam unmöglich zu sein. Ich denke, dass ich das Studium an den Nagel hängen werde und hier bleibe.«

»Dann liegt die Zukunft ja in familiären Händen! Klingt ja super«, kommentierte Ben.

»Langsam, mein Lieber, Sandro und Christian geben den Ton an, und das wird auch so bleiben. Die beiden werden das Zepter noch lange nicht aus der Hand geben. Ich unterstütze, helfe, gebe Anregungen für die Gestaltung. Das genügt erst einmal«, erwiderte Lucia.

»Vielleicht will ich ja auch ein Wörtchen mitreden«, kokettierte Maria. »Immer werden die jungen Geschwister vergessen.«

»Ich dachte, du studierst Mode? Seit wann interessierst du dich denn plötzlich für Gran Monte?«

Das Wortgefecht wurde spanisch hitzig, wobei nicht klar wurde, ob sich die Schwestern wirklich um die Sache stritten oder ob es sich um schlichtes Spiegelfechten handelte. Die Erfahrung zeigte aber: Diskussionen in Spanisch wirkten meist ernster, als sie waren. Selten blieb eine Partei als wahrer Verlierer übrig. Wie junge Füchse, die vor dem Bau ihre Kraft demonstrierten und dazu ihre Zähne fletschten. Dabei mochte der Vergleich, welche von beiden die attraktivere war, auch eine Rolle spielen. Lucia strahlte Eleganz und Weiblichkeit aus. Maria wirkte wild, exotisch, sportlich – was sie durch blaue Strähnen im dunkelbraunen Haar und ihr eng anliegendes Kleid unterstrich. Beide wussten um ihre Wirkung, so unterschiedlich sie auch sein mochten.

»Irgendwie scheint es ja verrückt, dass wir uns so lange nicht mehr in Wirklichkeit gesehen haben«, wechselte jetzt Lisa das Thema. Ihr ging es eher darum, Gemeinsamkeiten in der Gruppe herauszuarbeiten. »Unsere Eltern erklärten uns immer, dass sie vermeiden wollten, uns auf Gran Monte und Spanien zu fixieren. Wir sollten uns zunächst unsere eigene berufliche Richtung suchen.«

»Humbug«, erwiderte Lucia. »Uns erzählte Mutter, dass ihr plötzlich andere Länder und andere Hobbys interessanter fandet, als immer nur in Cabo Roig am Strand zu liegen.«

Diese Anmerkung traf sämtliche Michel-Geschwister wie eine Keule, wussten sie jetzt doch, dass ihre Eltern ihnen gegenüber nicht offen und ehrlich sprachen. Bei nächster Gelegenheit wollten alle Klarheit verlangen.

»Sei´s drum. Jetzt seid ihr wieder hier, und wir freuen uns«, schloss Maria die in ihren Augen sinnlose Diskussion. »Schaut doch nur, wie diese Wellen den Mond einfangen. Das Weiß der Wellenkämme schaut silbrig aus. Ich kann mich niemals daran satt sehen. Die Boote unten im Hafen schwanken friedlich vor sich hin, als ruhten sie sich bis zum Morgengrauen aus.«

Keiner wollte ins Bett gehen, so müde sie allmählich auch wurden. Jeder erzählte ein wenig von sich und seinen Plänen. Morgen stand der Einzug in die Villa von Las Colinas an. Am Nachmittag wollten die Mädchen gemeinsam einen Ausflug an den Strand unternehmen, denn der Tag versprach Wärme und Sonne pur, obwohl es doch erst März war.

Lange nach Mitternacht sahen sie, wie das Licht im Schlafzimmer der Eltern angemacht wurde. Sandro öffnete die Balkontür, ging nach draußen und schien zu telefonieren. Er wollte wohl Bella nicht stören.

»… Atmung … Luft … vielleicht solltest du …« Lediglich Wortfetzen waren zu hören, bevor das Licht wieder gelöscht wurde und Sandro die Terrassentür geschlossen hatte.

Dieses Signal führte dazu, dass die Jugend sich entschied, schlafen zu gehen. Mit einem letzten Blick aufs dunkel schimmernde Meer liefen sie durch den Garten in die Villa. Tiefer, traumloser Schlaf überfiel alle – bis früher als gedacht die Sonne über dem Meer aufging.

Kapitel 4

Las Colinas

Die Uhr zeigte neun, als Dorians Telefon klingelte. Lange klingelte es, doch er schlief wie ein Stein weiter. Nur Ben und Lisa wachten darüber auf. Die Sonne hatte ihre sanfte Farbe bereits abgelegt und ließ mit ihrem hellen Licht die Bäume hellgrün erscheinen. Ihre Strahlen krochen durch die Lamellen der Jalousien. Geräusche drangen von der Terrasse in den ersten Stock herauf. Verschlafen warf sich Lisa eine Jacke über und schlich nach unten. Ein gedeckter Tisch mit allerlei Köstlichkeiten wartete schon auf sie: Früchte, warmes Gebäck, vor allem aber kräftiger Kaffee.

»Guten Morgen, meine Schöne«, schmeichelte Bella. »Lass mich dir Kaffee einschenken, damit du wieder zu Kräften kommst. Sandro ist schon mit Lucia ins Büro gefahren. Maria kommt sicher auch bald.«

Dieser dampfende frische Kaffee, der deutlich stärker geröstet war als der in Deutschland, verhieß Urlaub! Mit warmer Milch wurde er nicht nur erträglich, nein: Er verwandelte sich in einen intensiven Genuss. Zu jedem Land passt ein anderer Kaffee, dachte sich Lisa, wobei Spanien aromatische schwarz geröstete Bohnen verlangt, die mit Milch besänftigt werden müssen. Ein eleganter österreichischer Kaffee wäre an der Costa Blanca fehl am Platze.

»Wir haben heute Nacht einfach nicht den Weg ins Bett gefunden. Nach der Fahrt waren wir viel zu aufgekratzt. Dann das schöne Wiedersehen, ganz zu schweigen vom nächtlichen Blick auf das Meer. Herrlich!«

Ein Biss in das warme Schoko-Croissant. Mhhm. Ein Schluck vom frischen Orangensaft machte das Glück perfekt.

»Ich bin so froh, dass wir jetzt bei euch sind. Endlich hat das Warten ein Ende, es ist so lange her!«

»Auch wir freuen uns, glaub mir!« Im Gegensatz zu Lisa hatte sich Bella geschminkt und fein gemacht. Sie trug ein Kleid mit dezenten Blumenmotiven, das ihre weibliche Figur betonte. Darüber hatte sie eine dünne Baumwolljacke gegen die morgendliche Kühle übergestreift. Aufmerksam blickte sie zu Lisa hinüber.

»Darf ich dich etwas fragen?«, fuhr Lisa fort.

»Klar doch.«

»Warum waren wir fast zehn Jahre lang nicht mehr bei euch, wo wir doch als Familien ein gemeinsames Geschäft betreiben und die Zeit in Cabo Roig immer so sehr genossen haben?«

»Ihr wolltet damals andere Länder sehen. Und Skifahren wurde eure neue Leidenschaft. Das kann die Costa Blanca nicht bieten. So kamt ihr dann einfach nicht mehr – aber jetzt seid ihr ja wieder hier. Das ist das Einzige, was zählt.«

Wieder diese unglaubwürdige Standardantwort, der sie keinen Glauben schenkte. Ein Nachfragen schien zwecklos, ohne die harmonische Stimmung zu verderben. Deshalb schwieg sie.

Ben hatte sich mittlerweile dazugesellt. Dabei wäre er fast mit Maria zusammengestoßen, die auf die Terrasse tänzelte. Seine Haare hatte er in der Eile nicht gekämmt, entsprechend wild sah er aus.

»Buenos dias«, brachte er noch halb verschlafen über seine Lippen. So schnell Maria verschwand, so schnell tauchte sie wieder auf. Bewaffnet mit einer Bürste schritt sie auf Ben zu und glättete seine wilden krausen Haare. Bella lachte, Bens Wangen wurden rot.

»So, jetzt bist du wieder adrett«, kommentierte sie schelmisch.

Oben auf dem Balkon hörten sie die angestrengte Telefonstimme von Dorian, der versuchte, seine Schlaftrunkenheit abzuschütteln. Worum es ging, konnte keiner von der Terrasse aus verstehen. Doch der raue, gestresste Ton verhieß nichts Gutes. Die Businesswoche hatte wohl begonnen.

Kurz angebunden kam Dorian wenig später mit Desiree zum Frühstück. Er blieb freundlich und charmant, konnte aber eine gewisse Last, die auf ihm lag, nicht verbergen.

»Wie geht es eigentlich Jorge?«, fragte er Bella, um davon abzulenken, dass ihm sein Geschäft Sorgen ganz offensichtlich bereitete.

»Nicht besonders gut. Er hat Sandro noch heute in der Nacht angerufen und klagte über Atembeschwerden. Hoffentlich bleibt sein Zustand stabil. Er benötigt dringend einige Stents, die ihm jedoch nicht behagen. Er lehnt Metall in seinem Körper ab. Sandro hat ihm trotzdem geraten, heute früh ins Hospital zu gehen. Sicher ist sicher.«

Mit zwei Autos fuhren alle nach Las Colinas. Dazu nahmen sie den Weg, der am prächtigen Real Golfclub de Campoamor vorbeiführte. Zunächst kamen sie durch die typischen Einheitssiedlungen, wo jedes Haus dem anderen glich. Der romantische Stil der einzelnen Häuser verlor dadurch viel von seinem Charme. Aber das gehörte eben zu Spanien wie die Weißwürste zu Bayern. Dafür kamen sie hinter dem Golfclub durch malerische Orangenhaine, die diesen Teil der Costa Blanca so unvergleichlich machten. Palmen säumten die Straßen, Pinienbäume standen an den Hängen. Buschwerk blühte an den Rändern der Plantagen. Die Orangen- und Zitronenbäume glänzten mit ihren weißen Blüten um die Wette. Kein anderer Baum zeigte Blüten und reife Früchte gleichzeitig nebeneinander. Es war ein Anblick wie in einem Paradiesgarten.

Bella hatte ihr Auto mit Proviant und Bettzeug vollgeladen. Sie fuhr mit Maria voraus. Nervös dachte sie an das, was kommen könnte. Sie drückte die Automatik-Taste für das Telefon.

»Guten Morgen, Sybille.«

»Auch dir einen guten Morgen, meine Liebe.«

»Ich bin mit Maria jetzt auf dem Weg nach Las Colinas. Deine Kinder folgen uns mit Sack und Pack in eurem BMW. Ich habe es nicht mehr geschafft, das Haus vorzubereiten. Unsere Helfer haben aber einmal gründlich durchgeputzt, den Kühlschrank befüllt und den Pool gesäubert.«

»Wann warst du denn das letzte Mal in der Villa?«

»Ist schon eine Weile her. Was soll ich auch dort, wenn ich ein so tolles Haus am Meer genießen kann.«

»Da hast du recht. Für die Kinder passt die Villa aber perfekt. Da können sie sich austoben, golfen und schwimmen. Sie sollen sich einmal richtig erholen, Sonne tanken, nicht an den Alltag denken. Hier in München ist das Wetter kalt-grau und regnerisch. Grüß alle von mir. Mich rufen sie nämlich nicht an, weil sie vermutlich zu beschäftigt sind«, lachte sie gequält und legte auf. Sie wusste, dass sie nicht offen sprechen konnte, weil Maria alles mitgehört hätte.

Sie erreichten den großen, prächtig gestalteten Kreisverkehr. Auf der Mauer linker Hand prangte in mächtigen Metallbuchstaben das Wort »Las Colinas«. Hier also lag der Eingang zum Golf & Country Club. Die Wachen an der Einfahrt schauten ernst und korrekt, als sie die Schranken öffneten. Die Nummernschilder wurden aus Sichergründen automatisch fotografiert. Dahinter fuhren sie eine zweispurige breite

Straße hinauf, die in den Felsen gesprengt war, bis sich schließlich hinter der Kuppe die beeindruckende Clubanlage in ganzer Pracht präsentierte. Die Michels waren erstaunt über die Ausmaße dieser gewaltigen, edlen Anlage. Zahlreiche Villen lagen eingebettet im satten Grün des Clubs. Am Horizont standen weiß strahlende Apartmenthäuser, von denen aus man das ferne Meer erblicken konnte. Las Colinas hieß »die Hügel« – wahrlich imposant. Die gesamte Anlage glich einem riesigen gepflegten Garten. Nur einzelne andere Fahrzeuge verloren sich auf der weiterhin zweispurigen breiten Straße.

Nach zahlreichen Abzweigen überquerten sie den Golfplatz und erreichten das höher gelegene Zentrum der Anlage. Wegweiser wiesen den Weg zu den einzelnen abgeschotteten »Communitys«, in denen jeweils ein Dutzend Villen oder Häuser zusammengefasst waren. Ihre Namen klangen naturverbunden: Roble – die Eiche, Jacaranda – Palisander, Madroño – Erdbeerbaum.

Vor einem massiven Stahltor hielten sie an; es öffnete sich langsam über die Fernbedienung. Sie hatten ihre Community erreicht. Vorbei an haushohen Natursteinmauern ging es wieder hinunter, bis sie schließlich ihr Ziel erreichten.

Das Weiß der Villa betonte die klassische Moderne des Gebäudes. Die helle Farbe wirkte natürlich auch kühlend; sie reflektierte die gleißende Sonne. Ben und Dorian packten die Taschen und Koffer aus dem Auto.

Staunend standen sie vor dem beeindruckenden Haus. Es herrschte erholsame, ungestörte Ruhe. Nur vereinzelte Vogelstimmen waren zu hören. Am Eingang empfing ein rund geschnittener Kumquatbaum die Besucher. Im Vorgarten standen prächtige Palmen. Lisa wollte nicht warten. Sie lief sogleich um die Villa herum und rief: »Kommt einmal her. Der Ausblick ist wunderschön, ihr müsst das einfach sehen!«

Sie hatte recht, die Lage hätte imposanter nicht sein können. Der Golfplatz grenzte direkt an den Garten. Dieser lag ein paar Meter tiefer, sodass kein Spieler auf das Grundstück blicken konnte. Pinien und Kiefern spendeten Schatten. Weitere Palmen standen zu beiden Seiten. Linker Hand vor der Terrasse lud ein blauer Pool zum Baden ein.

Bella schloss die Haustür auf und ließ die Michels ein. Das Zentrum des Hauses bildete ein großzügiges Wohnzimmer, das durch eine Höhe von sechs bis sieben Meter beeindruckte. Massive Holzbalken an der Decke verliehen dem Wohnraum den Charakter eines spanischen Landhauses. Die Villa verfügte über vier Schlafzimmer, je zwei auf die beiden Stockwerke verteilt. Im zweiten Stock befand sich außerdem noch eine großzügige Terrasse mit magischem Ausblick auf das Clubhaus, das 300 Meter entfernt lag.

Die Zimmeraufteilung erfolgte automatisch nach Alter. Dorian und Desiree wählten den »Master Bedroom«, Ben und Lisa nahmen sich je eines der

Zimmer im oberen Geschoss. Beide träumten gleichermaßen davon, nachts auf der oberen Terrasse zu sitzen, um den Sternenhimmel zu bestaunen. Gemeinsam mit Bella und Maria bezogen sie die Betten und versorgten die Badezimmer mit Handtüchern. In der Küche stapelten sie den mitgebrachten Proviant in den schon gut gefüllten großen Kühlschrank. Das Personal von Gran Monte hatte gründliche Arbeit geleistet. Schneller als gedacht erledigten sie die notwendige Arbeit, sodass sich alle bald im Garten trafen.

»Trinkt ihr ein kaltes Bier mit?« Ben öffnete demonstrativ eine Dose San Miguel. Danach die nächste, die sofort Abnehmer fand. Die Michels ließen sich in den Stühlen auf der Terrasse nieder. Bella konnte nicht ausweichen. Auch sie nahm jetzt eine Dose – wie damals vor mehr als zwanzig Jahren im Strandhaus. Ein heiteres Gespräch entspann sich. Lisa brachte Oliven, frisch geschnittenen Schinken und Manchego an den Tisch: Ein Beispiel für das Konzept der Philosophie an der Costa Blanca – es zählte das Hiersein, die Gemeinsamkeit, das Gespräch, die gegenseitige Bestätigung, nicht ein theoretisch wahres Ergebnis. Dabei wachte eine gütige südliche Sonne über dieses Gemeinschaftsgefühl.

Die Golfer schlugen ihre Bälle vom Abschlag in der Nähe der Villa ab und fuhren mit ihren Carts unten am Grundstück vorbei. Ihre Stimmen drangen in den

Garten. Kaninchen duckten sich im Gebüsch oder liefen schnell über das Fairway, wenn ihnen die Golfer zu nahe kamen. Die jungen Rothühner kamen aus dem Buschwerk und tippelten ihrer Mutter hinterher. Ein Idyll.

Man entschied sich, quer über den Golfplatz zu Fuß zum Clubhaus zu laufen, um dort eine kleine Stärkung einzunehmen. Wenn man direkt über die Fairways lief, brauchte man kaum zehn Minuten bis dahin. Hier gab es keine Luxuskost, sondern Tapas und Kleinigkeiten – allemal genug für einen kleinen Imbiss. Bella führte die Entourage an, bestellte eine Auswahl einfacher Speisen – dazu einen Tinto Verano, den köstlichen Sommerwein mit Limonade, Zitrone und Eiswürfeln. Die Zeit verflog wie ein Windhauch. Konnte das Paradies so nah sein, konnte ein schlichter früher Nachmittag, gepaart mit ein paar Tapas, Glück bedeuten? Ja, er konnte – zumindest hier, zumindest an der Costa –, wenn man es zuließ.

Maria überlegte indes, in Las Colinas zu bleiben. Sie pfiff auf die bevorstehende Woche, die sie eigentlich in der Modeschule in Valencia verbringen sollte. Für ihren Kursleiter würde sie sich schon eine passende Entschuldigung ausdenken. Sie verspürte ehrliche Freude, Zeit mit den Michels verbringen zu können – die alten Bande wieder zu erneuern.

Ihre Mutter unterbrach ihre Gedanken: »Ihr Lieben, leider muss ich bald zurückfahren. Ich denke, ihr kommt dann erst einmal selbst zurecht. Ruht euch aus, sonnt euch, badet. Ich komme morgen nach dem Frühstück mit Sandro, und dann schauen wir uns zusammen Gran Monte an. Ihr werdet staunen, was sich dort entwickelt hat.«

»Eine hervorragende Idee«, antwortete Dorian, ohne mit den anderen Augenkontakt aufzunehmen. Sie würden ihm schon nicht widersprechen.

»Solltet ihr noch weggehen wollen, nehmt eure Wertsachen am besten mit. Im Haus gibt es zwar einen Tresor, aber darin liegen Geschäftsunterlagen eurer Großväter. Franz hat sie dort nach dem Bau des Hauses deponiert, und nur er hat die Kombination.«

»Diese alten Geheimniskrämer«, kommentierte Maria.

Dann geschah etwas, was keiner so erwartet hatte. Bella richtete sich auf, um besser gesehen zu werden. Sie strich die Haare nach hinten. Ihr Tonfall wurde nachdrücklich: »Ich habe noch eine wichtige Neuigkeit für euch. Die Villa, in der ihr wohnen werdet, gehört eurer Familie. Sie wurde für euch gebaut. Weil ihr nicht mehr gekommen seid, stand sie zehn Jahre leer – jetzt könnt ihr sie wieder ganz und gar in Beschlag nehmen.«

Sprachlosigkeit war kein ausreichendes Wort für die Überraschung der Michels. Keiner von ihnen wusste mit dem umzugehen, was sie gerade vernommen hatten. Eine solch schöne und edle Villa, und ihre Eltern hatten ihnen nie etwas davon erzählt! Ungläubig reagierte aber auch Maria: »Ich dachte, dass die Villa zur Firma Gran Monte gehört und vermietet wird.« Sie konnte den Zorn in ihrer Stimme kaum verbergen. »Warum habt ihr nie etwas erzählt? Diese Geheimnistuerei geht mir an die Nieren.«

»Ihr habt ja auch nicht gefragt, euch nicht interessiert«, erwiderte Bella in künstlich gespielter Gelassenheit, wohl wissend, dass sie im Unrecht war. Da die Stimmung bislang eigentlich sehr gut gewesen war, versuchten alle Beteiligten, kein Öl ins Feuer zu gießen. Sie akzeptierten die Tatsache einfach, wenn sie auch mehr als verwunderlich war. Doch jeden drängte es innerlich danach, die Hintergründe dieser seltsamen Geschichte zu erfahren. Wenn nicht jetzt, dann später.

Zurück im Haus, verabschiedete sich Bella bis zum nächsten Morgen. Maria teilte ihrer Mutter mit, dass sie nicht mit nach Cabo Roig käme und Lucia bitten würde, sie später abzuholen. Währenddessen beschäftigten sich die Michels damit, ihre Sachen in die Schränke und Schubladen zu packen.

Danach ging Dorian ins Schafzimmer zum Telefonieren, während die anderen es sich am Pool gemütlich machten. Er sprach zuerst mit seiner Bank, um sich die erwartete Abfuhr bei der Finanzierung zu holen. Danach versuchte er seine Kompagnons zu erreichen.

»Hallo, Michael. Ich rufe aus Spanien an. Peter konnte ich nicht erreichen. Gut, dass du da bist.«

»Was machst denn du in Spanien? Unsere Kunden lassen grüßen! Du solltest dich lieber ums Geschäft kümmern, als am Strand zu liegen. Wir dachten uns schon, dass du die letzten Tage anderes im Sinn hattest.«

»Der Partner von meinem Großvater ist ernstlich erkrankt. Meine Eltern baten mich deshalb, mit dem Auto nach Spanien zu fahren, um zu helfen, wenn es notwendig werden sollte.«

»Sorry, das wussten wir natürlich nicht. Hättest du aber ruhig vorher erzählen können. Wir haben derweil unsere Finanzierung gesichert – das wird dich freuen. Jetzt können wir Gas geben. TecInvest weiß Bescheid.«

Also hatten seine beiden Teilhaber-Freunde bereits mit der Beteiligungsgesellschaft gesprochen – etwas, was eigentlich ihm vorbehalten war. Dann wusste TecInvest auch, dass Schwierigkeiten bei seiner Finanzierung aufgekommen waren. Dorian fluchte, weil ihm bewusst wurde, dass ihm die Kontrolle entglitt.

»Ich kann gerade keine Finanzierung auf die Beine stellen. Jedenfalls brauche ich noch ein bisschen Zeit. Meine Bank hat unerwartet abgesagt. Jetzt stehe ich etwas im Regen, irgendeine Alternative muss her. Ich wollte dich fragen, ob ihr mich irgendwie unterstützen könnt.« Dorian fiel kein anderer Plan ein. Er musste in die Offensive gehen.

»Das klingt nicht gut, mein Bester. Peter und ich sind am Limit mit den Sicherheiten. TecInvest wäre vielleicht bereit, seinen Anteil zu vergrößern.«

»Dann wäre ich nicht mehr der größte Teilhaber. Kommt nicht in Frage, das weißt du genau.« Dorian spürte, wie ihm seine Felle davonschwammen. Seine Freunde verbündeten sich vermutlich schon gegen ihn, um die Kontrolle zu übernehmen. Doch fast noch schlimmer erschien ihm die Dreistigkeit, mit der sie ihn ausbooten wollten.

»Dann zermartere dir dein Gehirn. Ende des Monats ist D-Day«, schloss Michael die Diskussion kalt ab. Dorian ärgerte sich, da er sich diese Abfuhr hätte selbst geben können. Das war ein klares Zeichen, wie verzweifelt er sein musste. Schlimm, dass nun Michael von dieser Schwäche erfuhr. Er streckte sich auf dem Bett aus, um nachzudenken. Doch anstatt guter Gedanken übermannte ihn der Schlaf.

Ben sprang als Erster in den Pool. Maria und Desiree verharrten zunächst regungslos auf ihren Liegen.

Dann trat Lisa auf die Terrasse. »Soll ich dir einen Bikini leihen, Maria? Der könnte passen. Dann können wir in den Pool springen.« Sie warf Maria ihren gepunkteten Bikini zu.

»Nicht notwendig. Danke!« Dabei stand Maria auf, zog Hose und Polo aus. Da sie keinen BH trug, stand sie mit ein wenig Etwas in der Sonne. Als sie auch dieses Etwas abstreifte und zur Dusche lief, konnte Ben den Blick nicht abwenden. Doch auch die jungen Frauen blickten zu Maria, die sich sichtlich wohlfühlte. Als Maria geduscht hatte, blieb sie eine winzig kleine Weile stehen, sodass Ben sah, wie das Wasser zwischen ihren Beinen abtropfte. Keine Sekunde später sprang sie kopfüber in den Pool. Kein Mädchen, nein, eine verdammt aufreizende Frau.

»Das bleibt aber in der Familie, dass ich mir nicht einmal einen Bikini leisten kann«, kokettierte sie weiter, als sie mit nassen Haaren wieder auftauchte.

Ben schwamm nun mit Maria um die Wette. Fünfzig Bahnen wurden als Zielmarke ausgegeben, die Maria als Erste meisterte. Welche Blamage für den sportlichen Münchner! Etwas kleinlaut verließ er den Pool, nicht ohne Maria zu beglückwünschen.

Maria stieg eilig aus dem Pool. Sie warf sich ein Badehandtuch um ihren nackten Körper, bevor sie sich wieder zu ihrer Liege begab. »Kein Wunder, dass ich gewinnen musste. Ich schwimme auch mit weniger Ballast!« Maria grinste keck.

Das Sonnenlicht wurde zunehmend wärmer. Es tauchte die Kiefernäste in ein orange-rötliches Licht. Auch das Gras des Golfplatzes leuchtete jetzt in einer kräftigeren Farbe. Dies deutete Desiree als Signal, die elementare Frage nach dem Abendessen zu stellen.

Da der Kühlschrank gut gefüllt war, beschlossen alle gemeinsam, im Haus zu bleiben und auf der Terrasse zu essen. Der Plan lautete: leckere Tapas, gefolgt von einer Gazpacho und Steak vom Grill. Dazu Rosmarin-Kartoffeln aus dem Ofen. Alle – bis auf Dorian, der anscheinend noch schlief – beteiligten sich mit Freude an der Vorbereitung. Gebadet hatten sie alle genug.

Dorian aber war schon längst wieder aufgewacht. Als er den Inhalt seines Koffers in den Schrank packen wollte, entdeckte er den Safe, der mit einem Zahlenschloss versehen war. Neugierig starrte er auf die Tür. Was sich wohl darin befand? Die Geheimniskrämerei der Großväter versprach eine Überraschung.

Kurz darauf gesellte er sich zu den anderen, die ihn mit einigen frechen Anmerkungen empfingen.

»Alter Mann – auch wach?!«, lachte Ben. Geschwister blieben eben Geschwister sagte sich Dorian, dem solche Frotzeleien nichts anhaben konnten.

Dass Desiree deshalb ihren Verlobten schützend in den Arm nahm, gefiel ihm allerdings nicht. Er konnte sich selbst verteidigen, brauchte keine bemutternde Hilfe oder Unterstützung. Mag sein – dachte Dorian –, dass dieses Verhalten vom Klinikalltag herrührte, in dem Hilfe für Patienten erstes Gebot war. In seiner Beziehung hielt er es für unpassend.

Die Gespräche beim Abendessen kreisten um die Villa. Deren Geheimnis war allen ein bisschen unheimlich. Wie konnten die Familien ein so beeindruckend schönes Haus zehn Jahre lang leer stehen lassen? Eigentlich war auch kaum über diese Villa gesprochen worden. Nur am Rande äußerte sich das eine oder andere Elternpaar mit einem Halbsatz über das Haus. Maria schimpfte am meisten über ihre Eltern, die so taten, als gäbe es dieses Anwesen nicht. Sie hatte es nicht ein einziges Mal gesehen. Ein Gutes aber brachte die Diskussion: Die Nachfolgegeneration der beiden Familien kam sich darüber näher. Sie mussten und wollten früher oder später die Ursachen der Geheimnistuerei ergründen.

Als es langsam dunkler wurde, näherte sich plötzlich ein Auto dem Haus. Schritte im Kies kamen näher. Lucia erschien strahlend schön auf der Terrasse.

»Mit dir hatten wir fast nicht mehr gerechnet«, empfing Desiree sie.

»Die wichtigsten Gäste kommen immer zum Schluss.«

»Ein tolles Kleid hast du an.«

»Danke! Habt ihr noch was zu trinken oder muss ich auf dem Trockenen sitzen?«

»Klar doch«, rief Len, der sogleich in Richtung Küche eilte. »Cava passt immer, denke ich. Leider haben wir nur noch wenige Tapas für dich. Die gegrillten Gambas schwimmen alle schon in unseren Bäuchen.«

Ben brachte eine neue eiskalte Flasche Cava, Maria holte für ihre Schwester ein paar Tapas aus der Küche. Bald gab es Musik im Wohnzimmer, und das Geschehen verlagerte sich nach drinnen. Zu guter Musik gehörte, dass getanzt wurde. Bei der Überzahl der Frauen konnten die Männer nicht aussetzen. Quer wurde durchgewechselt. Maria mischte spanische Brandy-Drinks oder was sie dafür hielt. Spanisch und Deutsch wurde durcheinander gesprochen. Während es draußen dunkel wurde, wurde es drinnen turbulent.

Von Neugier angetrieben, nahm Desiree bei passender Gelegenheit Lucia beiseite und bat sie, mit in den Garten zu kommen, wo sie in Ruhe sprechen konnten.

»Wie war Dorian eigentlich früher?«, fragte Desiree geradeheraus. »Ihr kennt euch ja von Kindesbeinen an. Ich bin einfach neugierig.«

»Du müsstest ihn allerdings inzwischen besser kennen, denn ich habe ihn wirklich seit zehn Jahren nicht mehr gesehen«, wich Lucia der Frage etwas aus.

»Schon. Aber erzähl doch mal.«

»Obwohl wir ja gleichaltrig sind, habe ich in ihm immer den großen Jungen gesehen. Wenn er dabei war, durfte ich länger ausgehen. Er hat mich auch irgendwie beschützt.«

»Als Bruder?«

»Ja, schon. Aber ich fand ihn damals auch schon recht anziehend. Platonisch«, ergänzte Lucia. »Warum fragst du?«

»Irgendwie wirkt Dorian verändert, seitdem er in Spanien ist. Trotz all dem Stress mit seiner neuen Firma strahlt er hier, als wäre er innerlich befreit. Als kämen schöne Erinnerungen in ihm hoch. Diese Gegend der Costa Blanca ist wohl auch ein Stück echte Heimat für ihn.«

»Es wäre ja auch komisch, wenn es nicht so wäre. Diese Sonne, diesen Duft der Orangenhaine und Kräuter vergisst kein Mensch – warum sollte er auch? Er dringt tief in den Körper ein und verändert ihn.«

Die beiden Frauen standen noch länger an der Mauer zum Golfplatz. Ringsherum war es sehr dunkel geworden. Die Strahler des Golfplatzes malten lebendige Skulpturen in die Landschaft. Beide Frauen sogen den sanften Harzgeruch der Kiefern ein. Rechts von ihnen schrie ein Käuzchen. Glücksgefühle fanden eine Heimat. Desiree nahm Lucia kurz in den Arm. »Lass uns ins Haus zurückgehen. Es ist doch frisch geworden.«

Drinnen saßen alle auf der Sofalandschaft beieinander. Ein Stimmengewirr, durchwoben von Herzlichkeit war zu hören. Jeder wusste eine Geschichte aus der Jugend zu erzählen, die die Vergangenheit in Cabo Roig zurückbrachte.

Dorian durchfuhr es unvermittelt. Ein Gedankenblitz ließ ihn aufstehen und vorsichtig ins Schlafzimmer gehen. Er wollte es versuchen, obwohl es sich vermutlich bald als Illusion herausstellen würde.

Er ging zum Tresor. In der Familie hatten sie sich auf einen einheitlichen Code geeinigt, den sie immer in Hotelsafes eingaben. So mussten sie sich nicht jedes Mal eine neue Zahlenreihenfolge merken: Das Geburtsdatum des Familienoberhaupts Frank. Vielleicht siegte diese Tradition. Dieser Safe verlangte 6 Ziffern. 231940. Dorians Herz pochte. Er tippte die Zahlen ein, drehte nach links und hörte das Klacken des Verschlussriegels. Die schwere Tür öffnete sich. Dorians Herz hörte für einen Moment auf zu schlagen. Dann schoss ihm das Blut in den Kopf.

Einige Goldbarren lagen im unteren Fach; daneben stand eine kleine alte Madonnenstatue aus Holz. Im mittleren Fach lag ein dünnes blaues Kuvert. Sonst war der Tresor leer. Dorian griff nach dem Kuvert, das unverschlossen dalag. Er öffnete es. Darin befand sich nur ein Blatt Papier, handschriftlich beschrieben. Er las gespannt.

Las Colinas im Juli 2012. Hiermit bestimmen wir beide, Jorge Cassal sowie Frank Michel, bezüglich der Nachfolge über die Firma Gran Monte S.L. und deren Management. Sollte einer von uns beiden versterben, tritt unverzüglich folgende Regelung in Kraft: Damit eine klare Zukunftslinie für die Gesellschaft sichergestellt bleibt, soll ab dem Ersten des Folgemonats nach dem Ableben der älteste männliche Nachkomme aus einer der beiden Familien die Geschäfte übernehmen, wenn er sich dazu bereit erklärt. Ab diesem Zeitpunkt kann er die

Ausrichtung der Gesellschaft für zehn Jahre bestimmen und wesentliche Festlegungen treffen (Verkauf, Beleihung, Verpachtung, unveränderter Weiterbetrieb usw.). Sollte er nicht willens dazu sein, geht dieses Recht zum Ersten des Folgemonats auf den nächsten männlichen Nachfolger über. Sollte auch dieser nicht gewillt sein, folgt die älteste Tochter usw. Die Erbrechte bleiben von dieser Regelung unberührt.

Diese Regelung kann nur mit Zustimmung und Unterschrift beider Unterzeichner verändert werden. Frank Michel, Jorge Cassal 8.7.2012«

Was dieser Brief bedeutete, war klar. Dessen Auswirkungen jedoch musste Dorian erst in Ruhe verarbeiten. Was blieb zu tun?, dachte er hastig. Beim Lesen hatte er sich so konzentriert, dass er nichts wahrgenommen hatte. Jetzt hörte er wieder die Stimmen, die aus dem Wohnzimmer an sein Ohr drangen. Hektisch griff er nach seinem Handy, um ein Foto des Briefs zu machen. Dann verschloss er das Kuvert wieder und legte es eilig zurück in den Safe. Er verriegelte die Tür – klack.

Er stand auf, um wieder zu den anderen zu gehen. Dabei stellte sich ihm plötzlich noch eine Frage: Konnte die Batterie des Safes zehn Jahre durchhalten? Die Antwort darauf erschien klar. Sie konnte es nicht. Irgendjemand außer Frank kannte also die Zahlenkombination. Sandro vielleicht, oder jemand anderer?

Es war spät geworden, die Lichter des Clubrestaurants erloschen. Nur die Strahler des Golfkurses schienen noch. Dorian und Ben setzten sich noch auf einen Brandy nach draußen, während sich die Mädchen bettfertig machten. Lucia schickte eine Nachricht an Bella, dass sie wegen einiger Weingläser zu viel nicht mehr nach Cabo Roig führe. Kurze Zeit später kehrte Ruhe im Haus ein. Alle schliefen tief und fest.

Kapitel 5

Ausflug

Als Erste wachte Lisa auf. Sie streifte sich eine Jacke über und lief dann hinunter zum kleinen Laden des Golfclubs, wo sie frische Croissants kaufte. Die Ladung eines ganzen Backblechs, das die Verkäuferin gerade aus dem Ofen holte, nahm sie mit. Ihr machte es sichtlich Spaß, die anderen mit einem gedeckten Tisch zu überraschen.

Bei ihrer Rückkehr war Maria bereits aufgestanden, sodass sich beide gemeinsam an die Arbeit machen konnten. Bald zog der Geruch von frisch aufgebrühtem Kaffee durch das Haus. Aufgeweckt von Musik, tauchte einer nach dem anderen auf der Terrasse auf. Die Sonne begann ihr Tagwerk. Sie vertrieb die Kaninchen von den Grasflächen in das Buschwerk der Hügel. Eine Rothuhnmutter stolzierte mit ihren Küken über das Fairway und suchte Futter, bevor die Sonne zu heiß strahlte. Stück für Stück füllte sich der Frühstückstisch mit hungrigen Geistern, die erst mal Kaffee und Croissants benötigten, bevor sie gesprächig wurden.

Lucia unterbreitete einen Tagesplan, wie sie es abends noch angekündigt hatte. Sie hatte mit Sandro noch am Abend besprochen, dass sie sich nach dem Ausflug alle in Gran Monte treffen würden, sodass er sich nicht die Mühe machen müsse, zum Frühstück zu kommen.

»Lasst uns eine kleine Rundtour durch die Gegend unternehmen. Ihr folgt mir einfach. Nachmittags sollten wir wieder zurück sein. Sandro hat mir quasi Urlaub genehmigt. Packt eure Badesachen ein – auch du, Maria«, lachte Lucia, die den anderen keine allzu lange Bedenkzeit einräumen wollte. Der sonnige Tag war ihr zu kostbar, um ihn zu vertrödeln.

Als sie Las Colinas verließen, bogen sie im großen Kreisverkehr nach links ab. Die kleine Stadt San Miguel de Salinas lag nur zehn Minuten entfernt. Sie konnte nicht mit Sehenswürdigkeiten glänzen, bis vielleicht auf den neu gestalteten Kirchplatz. Dafür blieb sie sich als Ort treu, in dem fast nur Einheimische lebten. Hinter der Stadt wurden Orangen- und Zitronenhaine zu ihren Begleitern links und rechts. Von ferne sahen sie bald die Salzlagunen von La Mata und Torrevieja. An das Rosarot des größeren Sees konnten sich die jungen Michels noch gut erinnern. Man sah ihn schon beim Anflug auf Alicante, wenn die Maschinen einmal den Flughafen von Süden anflogen. Zwischen den Seen lag das nicht besonders charmante Örtchen El Chaparral, von dem aus man ans Wasser hinablaufen konnte, um Flamingos zu beobachten. Dies war ihr erstes Ziel. So parkten sie zwischen den letzten Häuserzeilen am Schilfgürtel der Lagune. Von hier konnten sie über kleine Fußpfade ans Wasser gelangen.

Versteckt neben dem Schilf entdeckten sie einige der grazilen Vögel, die so typisch für diese Gegend waren. Mit ihren langen Beinen standen sie ruhig im milden Frühlingswind und schöpften Nahrung mit ihren krummen Schnäbeln. Nahe herangehen konnten sie nicht, denn die anmutigen Tiere verhielten sich sehr scheu. Sie behielten ihre Umgebung immer im Auge.

Es entstand ein ruhiger Moment. Dorian hielt seine Desi eng umschlungen. Er vergaß für einen Augenblick die Sorgen um die Finanzierung, deretwegen er heute früh unbemerkt schon im Morgengrauen telefoniert hatte. Lisa überlegte, ob Bikinis mit Flamingo-Motiv nicht eine gute Idee wären – wie aber sollte man die großen Vögel auf so wenig Stoff bannen? Ben versuchte vergebens, die malerischen Tiere fotografisch festzuhalten. Maria setzte sich auf einen Steinblock und schaute auf die Hügel hinter der Lagune. Wie unwichtig erschienen jetzt die politischen Wirren der Welt. Nur die Natur zählte mit ihrer heilenden, beruhigenden Kraft. Keine Boote oder Badenden störten das Idyll, weil kluge Politiker schon vor langer Zeit hier ein Naturschutzgebiet eingerichtet hatten.

»Jetzt machen wir uns auf den Weg zum Mirador Del Faro«, trieb Lucia die anderen an. »Die Aussicht von dort begeistert mich immer noch jedes Mal aufs Neue.« Mit einer auffordernden Geste mahnte sie zum Aufbruch, denn sie wollte ihren Gästen noch viel Schönes zeigen.

Von El Chaparral nahmen sie den Weg durch die landwirtschaftlich geprägten Hügel in Richtung Santa Pola und bogen dort in den Feldweg ab, der zum Ausblick führte. Wer den Weg nicht kannte, verpasste ihn leicht, ausländische Touristen fand man deshalb nur wenige dort. Die vielen Schlaglöcher sowie die karstige Gegend, die bis zum Ziel die Landschaft prägte, ließen selbst entschlossene Besucher oft umkehren, noch bevor sie am Ziel ankamen.

Beim Leuchtturm am Ende des Weges parkten sie auf einem Schotterplatz. Die letzte Strecke mussten sie sich ihren eigenen Weg zu Fuß suchen. Dann lag der Mirador del Faro Santa Pola auch schon vor ihnen. Eine waghalsige Stahlkonstruktion erhob sich über den Rand einer Klippe. Unter ihren Füßen lagen gefühlte 200 Meter Nichts. Mit Blick nach vorne zeigte sich am Horizont die kleine Insel Tabarca, die man mit dem Ausflugsboot von Alicante aus ansteuern konnte. Links sah man diese Großstadt, die sich bis ans Wasser erstreckte. Das Meer erschien durch die Höhe, auf der sie standen, entrückt und fern.

Dieser Punkt schrie nach Selfies jeder Art und Form. Das erste davon erreichte bald auch Christian und Sybille in München, das nächste all die Freunde, die im kalten Deutschland gefangen waren.

»Könntest du dir bei diesem Ausblick vorstellen, an die Costa Blanca umzuziehen?«, fragte Lucia Dorian spontan.

»Dieser Blick verlockt schon, Lucia. Es kommen so viele wunderbare Bilder hoch, die vergraben waren. Nicht nur hier – auch vorhin bei den Flamingos.« Dorian drückte die Hand von Desiree jetzt fester, als er diese Worte sprach, womit er zeigte, was ihm die Erinnerungen bedeuteten. Desiree entging dieses Gefühl nicht – sie merkte, dass Dorian hier eine zweite Heimat hatte.

»Na also, nur zu. Gran Monte gehört beiden Familien gemeinsam. Vielleicht kannst du dich ja für Immobilien erwärmen. Nachher wirst du das Paradies von Gran Monte sehen. Sei gespannt darauf. In den letzten zehn Jahren ist so viel Neues dort entstanden.«

»Dorian lebt eher in Wald und Forst mit seiner neuen Firma«, versuchte Ben, den Ernst aus dem Gespräch zu nehmen.

»Ben hat recht. Ich bin leider schon vergeben!«, lachte Dorian herzlich.

Auf dem Weg in Richtung Cabo Roig machten sie einen Abstecher nach Torrevieja. Da die Mägen knurrten, steuerten sie ein nettes Restaurant am Paseo de Maritimo an, der Promenade von Punta Prima. Viele Menschen bevölkerten den Küstenweg; vor allem Einheimische, weil die Frühlingssaison noch nicht begonnen hatte. So gehörten die Orte noch den lokalen Bewohnern. Auch die geliebt-verhassten Madrileños pilgerten noch nicht aus der Hauptstadt in ihre Apartments.

Die Sonne wurde von den Kellnern hinter einen Sonnenschirm verbannt. Die Gruppe orderte Tapas, Calamari und Fisch, als hätten sie stundenlang nichts mehr zu essen bekommen. Die Camereros bedienten mit Fleiß und Aufmerksamkeit. Auch hatten sie gute Ideen für ein eigentlich nicht erforderliches Dessert. Der abschließende Cortado durfte natürlich nicht fehlen. Das war ein kleiner Schwarzer mit Milch, wie ein Österreicher es wohl beschreiben würde. Aus der geplanten Stunde Pause wurden im Nu fast zwei Stunden, sodass sie erst am frühen Nachmittag wieder losfuhren.

»Zeit besitzt am Meer eine andere Dimension. Der Beweis der spanischen Relativitätstheorie!«, merkte Maria an. »Trotzdem wird in diesem Land nicht weniger gearbeitet. Das deutsche Durchplanen birgt nur Stress, vernichtet die Freude.«

»Bei solch strahlender Sonne könnte ich nicht effizient arbeiten«, sinnierte Lisa.

»Und ich nicht bei dem Regen in Deutschland«, grinste Maria.

»Wir fahren jetzt am besten direkt in unser Gran Monte. Sandro wartet sicher schon sehnsüchtig auf euch.« Wieder trieb Lucia die Gruppe zur Eile.

So ging es wieder nach Süden auf die Landstraße. Rechts lagen die Salzlagunen, links das blaugrün schimmernde Meer. Möwen spielten mit dem Wind. Bald schon tauchte Gran Monte auf, eine Wohnanlage, die sich an einen großen Hügel schmiegte. Im Gegensatz zu den Standardsiedlungen mit Einheitshäusern, präsentierte sich Gran Monte, als wäre es ein gewachsenes Dorf. Eine leicht gewundene Straße führte hinauf zu einem Aussichtsplatz, um den sich ein Restaurant sowie einige hübsche Geschäfte gruppierten. Auch die Verwaltung der Siedlung hatte dort ihren Sitz. Inmitten des gepflasterten Platzes plätscherte ein stattlicher Brunnen. Blumen, Büsche und Sträucher umrandeten die Fläche.

»Herzlich willkommen in oder auf Gran Monte. Euer Lunch hat wohl spanisch lange gedauert. Ich habe euch schon erwartet«, begrüßte Sandro die Ankömmlinge. »Kommt herein!«

Sie traten in eine Halle, an deren Wänden Fotos aus der Geschichte des Projekts hingen. Auf einigen von ihnen prangten Unterschriften von Offiziellen zur Eröffnung oder zu Jubiläen, wie man es typischerweise in Spanien vorfindet. Einige waren noch aus der Zeit der Schwarz-Weiß-Fotografie. Sie zeigten einen häuserlosen Berg, der landwirtschaftlich genutzt wurde. Eines bildete zwei Männer vor einem Torbogen am Fuße des Berges ab.

»Diese jungen Herren waren die Gründer des Projektes – eure Großväter«, verkündete Sandro stolz. »Ohne sie wären wir alle nicht hier – im doppelten Sinne. Wir haben letztes Jahr dieses Verwaltungsgebäude neu errichtet, weil das alte aus allen Nähten platzte. Oben liegen die Büros, im Erdgeschoss sind Besprechungsräume untergebracht.«

Sie stiegen die Treppe nach oben. »Hier links neben meinem Büro liegt Lucias Reich. Sie plant die Erweiterungen der Anlage.« Sandro öffnete die Glastür ins Freie.

»Von hier aus habt ihr den besten Blick auf Gran Monte«, Sandro machte eine Pause. »Wie gefällt euch unser Paradies?«

Eine laue Brise ließ die Sonne erträglich erscheinen. Dorian und seine Geschwister fanden keine Worte. Schon die Website der Anlage beeindruckte; der Wirklichkeit konnte sie aber nicht das Wasser reichen. Häuser mit fein angelegten Gärten. Pools mit blau schimmerndem Wasser. Palmen an den Wegen und Straßen. Blaue Emaille-Hinweisschilder an den Kreuzungen.

»Wow!« Lisa strahlte. »So etwas Schönes habe ich noch nicht gesehen: so gepflegt, so grün, so ruhig.«

Die Michel-Geschwister blickten auf die Häuser, auf das Meer im Hintergrund. Sie ließen ihren Träumen freien Lauf. Belastende Gedanken lösten sich hier einfach in Luft auf.

Sandro erklärte danach an einem Modell die Einzelheiten der Anlage, die neuen Flächen, die zukünftig noch bebaut werden sollten. Er berichtete über Zahlen des Projekts, über Details, die ihm wichtig erschienen. Aber seine Gäste hörten alle nicht so genau zu, denn sie waren noch ganz verzaubert vom Charme der Anlage.

»Wir wollen noch an den Strand«, unterbrach Lucia das Schweigen, das eintrat, als Sandro mit seinen Erklärungen zu Ende war.

»Das Wasser ist doch noch viel zu kalt fürs Schwimmen«, wandte Sandro ein.

»Stimmt schon. Aber unsere deutsche Familie lässt sich von kalten Fluten nicht abschrecken. Stimmt das?«

»Stimmt, Luci.«, bestätigte Dorian. »Lass uns starten.«

»Wollt ihr zum Abendessen vorbeikommen?«, fragte Sandro und bekam eine positive Reaktion von allen.

Das nächste Ziel hieß Torre de la Horadada. Hier konnten sie schnell an den Strand gelangen, und einige nette kleine Bars boten eine Hilfe, wenn sie Durst bekommen sollten. Der Weg nach Torre war kurz, einen Parkplatz fanden sie wegen der Vorsaison schnell. Die Sonne verlor schon langsam ihre Kraft. Solange man nicht nass war, wärmte sie jedoch noch ausreichend.

Die Mädchen machten sich schnell strandfertig, hielten sich vom Wasser aber fern. Auf Decken ausgestreckt ließen sie die Sonne ihre Gespräche begleiten. Frauengespräche – nichts für Männer. Wie sie jetzt dalagen: ein wahrer Beauty-Contest. Die selbstbewusste Desiree besaß Traummaße; nicht nur in einem Dirndl kam ihre Figur bestens zur Geltung. Dazu wallende Haare, die über ihre Wangen fielen. Lucia war groß und schlank, die dunkelblonden Haare schulterlang; ihr knapp geschnittener Bikini betonte ihre langen Schenkel und die Sinnlichkeit ihres wohlgeformten Venushügels. Ihr klarer Blick strahlte eine enorme Energie aus. Marias Bikini musste für Ben eine Versuchung bedeuten; der Stoff spannte sich so dünn und zart über ihrem sportlichen Körper, dass alles darunter erahnbar erschien. Dazu ein unschuldiger Blick für jeden, der Maria ansah. Lisa schien – wie sie sich jetzt zeigte – die Phase des Nesthäkchens hinter sich lassen zu wollen. Sportlich schlank mit einem jugendlichen, straffen Körper. Die braune Kurzhaarfrisur umrahmte ihr frisches Gesicht. Hier ließ sich keine Gewinnerin ausmachen, hier lagen ganz einfach vier Verlockungen für jeden Mann.

Ben und Dorian wiederum stellten ihre Männlichkeit unter Beweis, indem sie sich todesmutig in die Wellen stürzten. Keiner der beiden dachte auch nur einen Moment daran, zu frieren oder schnell das Meer zu verlassen. Gegenüber der holden Weiblichkeit wäre dies ja als ein Eingeständnis ihrer Schwäche zu deuten gewesen.

Durchgekühlt bis auf die Knochen, liefen sie erst nach einer halben Stunde wieder zu den Frauen. Sie priesen das Salzwasser und betonten, dass dessen Temperatur frisch, aber ausreichend warm gewesen sei. Männer eben.

Der weiche, warme Sand brachte bei allen Michels zarte Erinnerungen zum Vorschein. Stundenlang hatten sie mit den Cassal-Kindern am Strand herumgetollt. Sie hatten sich gegenseitig mit Sonnenmilch eingecremt. Das Kratzen des Sandes, der sich dazwischengemogelt hatte, spürten sie noch jetzt auf ihrer Haut. Sie ließen Drachen steigen, wenn der Wind stark genug blies, oder tauchten unter den Wellen durch, wenn diese sich kräftig aufbäumten. Sie vergaßen die Schule zu Hause in München. Ein tiefes Gefühl der Leichtigkeit, die der Jugendzeit vorbehalten blieb.

Während die Mädchen die schwächer werdenden Sonnenstrahlen genossen, telefonierte Dorian etwas abseits mit seiner Firma. Er versuchte, neue Finanzquellen aufzutun, verhandelte erst mit Peter, dann mit Michael. Doch diese Diskussionen sollten die harmonische Stimmung in Spanien nicht trüben, weshalb er lachend zurückkam.

»Alles läuft ganz vernünftig – auch ohne mich.«

»So sollte es ja auch sein bei einem erfolgreichen Chef«, antwortete seine Desi ein bisschen provokant. Sie störten die andauernden Unterbrechungen harmonischer Stunden durch diese ewigen Telefonate, in denen Dorian keinen Schritt weiterzukommen schien. Sie telefonierte ja auch nicht andauernd mit ihrer Klinik, um zu erfahren, ob eine Förderungszusage für ihr Forschungsvorhaben eingegangen sei.

»Habt ihr etwas gegen einen Cortado oder einen Drink einzuwenden? Wenn nicht, gehen wir kurz noch in den Club Nautico«, unterbrach Maria.

Dieser Club lag im Hafen, zu dem sie sich nun auf den Weg machten. Von hier konnte man kleine bis mittelgroße Boote bestaunen. Nicht so protzig wie auf den Balearen oder in Nizza, sondern praktisch und erreichbar. Man konnte kurz davon träumen, sich ein solches Boot zuzulegen oder zumindest eines für eine Fahrt zu leihen – nach Tabarca oder ans Mar Menor. Dorian hatte hier früher oft mit Lucia am Ende der Mole gesessen, wenn sich die Eltern zum gemeinsamen Fischessen verabredet hatten. Sie hatten sich gegenseitig von anderen Mädchen und Jungen erzählt, die sie cool oder schrecklich fanden. Und sie reiften durch solche Gespräche langsam zu erwachsenen Wesen heran, Junge zu Mann, Mädchen zu Frau. Lucia entwickelte sich in Dorians Augen zu einem bildhübschen Wesen; er war mächtig stolz, dass er sie vor anderen Jungs beschützen durfte. Aber auch Lucia gefiel es, von Dorian begleitet zu werden, dem »großen Bruder«, auf den sie sich blind verlassen konnte.

»Jorge geht jetzt ins Krankenhaus. Sein Freund Silva fährt ihn hin. Ihm geht es sichtlich schlechter, hat er gemeint. Aber wir sollten uns keine Sorgen machen. Er rief mich vor einer halben Stunde an«, berichtete Bella, als Sandro zur Tür hereinkam. Sie wusste, dass Jorge sich jetzt sehr allein fühlen musste. Wäre seine Frau nur nicht vor drei Jahren gestorben, dann hätte er nun einen stabileren seelischen Halt in Madrid gehabt. So aber musste er sein Leiden allein durchstehen.

»Ich werde versuchen, ihn später anzurufen. Mir erzählt er ehrlicher als dir, wie es ihm geht.«

»In einer Stunde sind die Aufnahmeformalitäten wohl erledigt. Dann solltest du es versuchen. Jetzt lass uns den Grill vorbereiten. Die Kinder sind bestimmt hungrig, wenn sie vom Meer kommen.«

So war es dann auch. Gut gelaunt öffnete Maria die Tür zum Haus und lief sogleich auf die Terrasse zum Grill.

»Ihr habt sicher einen Mordshunger.«

»Stimmt exakt«, bestätigte Lucia. »Unsere bayerischen Gäste haben außerdem schon nach Bier verlangt, obwohl ein frischer Orangensaft gesünder wäre.«

Die heitere Stimmung übertrug sich sogleich auf die Eltern. Bella kam mit einer reichlich gedeckten Platte Fleisch aus der Küche, die sie zum Grill trug. Sandro hatte zuvor Bierdosen in einen Eiskübel gelegt und verteilte diese jetzt an jeden, der Durst verspürte. Die Mädchen allerdings bevorzugten Orangensaft oder kalten Cava. Nach einem ersten Glas halfen sie, die zubereiteten Tapas und Salate aus der Küche zu holen.

Der Lärm entfernter Lokale drang zu ihnen herauf. Der Widerschein der Lichter auf der Promenade tauchte die Palmen im Garten in ein intensives Orangerot. Später hinterließ die untergegangene Sonne einen rotblauen Strich am Horizont. Kein Sonnenuntergang glich dem vorherigen.

Das Thema von Jorges Verlegung ins Krankenhaus sparten Bella und Sandro in der Unterhaltung des Abends bewusst aus. Von hier aus konnte ohnehin niemand helfen. Madrid lag weit entfernt. Der befreundete Kardiologe wusste am besten, wie Jorge zu behandeln sei. Die geplanten Stents versprachen baldige Entlastung für das schwache Herz. Danach würde Jorge wieder auf die Beine kommen.

Die gestern begonnenen Gespräche fanden eine direkte Fortsetzung. Neu eingeflochten wurden die Planungen für Gran Monte. Lucia schlug diese und jene Neuerung vor, die Sandro nur mit einem fast unsichtbaren Hochziehen seiner Augenbrauen kommentierte. Er wusste um die Ungeduld der jungen Menschen, weil er so etwas auch von seiner Jugend kannte. Aber musste er deshalb jeden Vorschlag gleich gutheißen und ihm zustimmen?

»Als mein Chef und Vater könntest du wenigstens ernsthaft zuhören«, beschwerte sich Lucia. »Wenn wir eine Verjüngung unserer Mieter und Eigentümer anstreben, sollten wir auch andere Freizeitangebote entwickeln. Deshalb schlage ich diese Marktforschungsstudie vor.«

»Du hast ja recht, aber …«

Dieses »Aber« brachte Lucia auf die Palme. »Du brauchst deinen Satz gar nicht erst fortzusetzen. Im Grunde genommen bist du dagegen, weil du meinst, alles schon zu wissen!« Sie stand demonstrativ auf und lief nach vorne zum Ausblick.

»Lucia hat ja ganz schön Power«, wagte Ben zu sagen.

»Nur wenn man sie reizt«, ergänzte Bella. »Aber das gilt eigentlich für alle Frauen. Was meinst du dazu, Desiree?«

Die Angesprochene enthielt sich eines Kommentars, indem sie lachte und damit die anderen ansteckte. Und so setzte sich der spanische Abend mit Temperament, Emotion und Geschichten fort.

Als Sandro Nachschub für Getränke holen musste, nutzte er die Gelegenheit, um in Madrid anzurufen. Er wählte mehrfach Jorges Nummer, jedoch ohne Antwort zu bekommen. Auch die WhatsApp-Nachrichten liefen ins Leere, sie wurden nicht gelesen. Das machte ihm große Sorgen.

Bei all den leckeren Steaks und dem kräftigen Wein hätten die Michels fast die Zeit vergessen. Lisa, die nichts trinken durfte, mahnte schließlich zum Aufbruch. An den Orangenhainen vorbei, fuhren sie in genüsslichem Tempo wieder zurück. In tiefer Dunkelheit erreichten die Michels ihr Haus in Las Colinas. Aufgewühlt von den Eindrücken des Tages, setzten sie sich noch eine Weile auf die Terrasse. Eingehüllt in Decken, genehmigten sich die Herren der Schöpfung noch einen warmen Brandy. Lisa zündete einige Kerzen an. Tiefe Ruhe legte sich über Haus und Landschaft. Nur ein Käuzchen rief. Die Sterne leuchteten hier viel heller als in München. Wer Friedlichkeit hätte malen wollen, der hätte diese Villa in der Nacht gezeichnet.

»Frank?! Heute habe ich mich ins Krankenhaus eingewiesen. Mir ging es richtig dreckig. Du solltest das wissen.«

»Danke, dass du mir Bescheid gibst, Jorge. Die Ärzte sollen dir ein paar anständige Stents setzen und dich danach rasch wieder gesund pflegen.«

»Sollte es dumm laufen, dann weißt du ja Bescheid, was zu tun ist. Wir hätten den Enkeln längst schon die Wahrheit sagen müssen.«

»Werde du wieder gesund, Jorge!«

»Wir waren von Anfang an ein Dreamteam, Frank.«

»Sind wir doch noch immer.«

»Danke, Frank. Du weißt Bescheid!«

Jorge beendete das Gespräch. Er sah einige WhatsApp-Nachrichten, aber die konnten warten.

Kapitel 6

Vergangenheit 1 – Damals

Als Christian in seine Wohnung zurückkehrte, schaute er auf den Anrufbeantworter. Seine Freundin Sybille hatte angerufen, zwei seiner Bekannten, mit denen er gerne abends durch Schwabing zog, ebenfalls. Auch Frank, sein Vater – er hatte es gleich drei Mal versucht.

»Frank hier, kannst du bitte kurz zurückrufen / Frank noch einmal. Wir sitzen hier mit Jorge und Adriana zusammen. Wir wollen etwas mit dir besprechen / Bitte rufe doch zurück, Christian. Wir gehen um acht Uhr zum Essen.«

Er schaute auf die Uhr: Acht Uhr! Vielleicht hatte er noch Glück. Er wählte.

»Frank hier.«

»Christian hier. Ich habe gerade deinen Anruf abgehört.«

»Gut. Wir wollten gerade runter zum Hafen ins Fischlokal. Aber jetzt bist du ja dran. Ich möchte etwas mit dir besprechen – eigentlich wir beide: Jorge und ich.«

»Klingt ja spannend. Um was geht es denn? Braucht ihr etwa meine Hilfe?«

»In gewisser Weise schon. Wir haben uns die letzten Tage zusammengesetzt und sind übereingekommen, dass wir langsam festlegen sollten, wer Gran Monte in Zukunft betreuen soll.«

»Sandro, dachte ich?!«

»Ja und nein. Lass uns das in Ruhe bereden. Wir haben jetzt neunzehnhundertfünfundneunzig, und wir beide sind fit und gesund. Es besteht eigentlich keine Eile von unserer Seite. Aber du planst jetzt deine Zukunft. Wir wollen einfach schauen, ob sie etwas mit Gran Monte zu tun haben sollte oder nicht.«

»Und das willst du am Telefon besprechen?«

»Nein, natürlich nicht. Wir wollen das gemeinsam mit Sandro und dir hier in Cabo Roig besprechen. Dazu müsstest du allerdings zu uns stoßen.« Christian schwante nichts Gutes; er ahnte, dass sein Sommerurlaub in Gefahr war, den er mit Sybille plante. Er holte tief Luft.

»Du weißt, ich wollte eigentlich mit meiner Freundin nach Frankreich fahren.«

»Das ist uns allen bewusst. Sandro fliegt aber in vierzehn Tagen zu einem Universitätskurs nach Boston. Ihr könntet ja auf dem Rückweg von Spanien in Frankreich Urlaub machen.«

»Ich muss mir das durch den Kopf gehen lassen. Und ich muss es mit Sybille abklären.«

»Ruf bitte morgen bis zehn Uhr an. Wir freuen uns auf dich. Natürlich auch auf deine Sybille. Deine Mutter grüßt dich im Übrigen auch sehr herzlich.« Frank legte auf.

Christian kannte seinen Vater und die bestimmte Art, die er hinter seiner konzilianten Stimme verbarg. Ob es daran lag, dass er im Kriegsjahr 1940 geboren worden war? Oder hatte seine Tätigkeit als Unternehmer ihn dazu erzogen? Diese Einladung war als Befehl zu verstehen, dem sich ein Sohn, zumal der einzige, nicht entziehen durfte oder konnte.

Christian stand eine heikle Diskussion mit Sybille bevor. Er kannte sie seit acht Wochen, sie waren ein Paar. Jetzt stand ihr erster Urlaub an, auf den sich beide freuten. Dieser Urlaub sollte sie enger zusammenschweißen, er sollte einfach entspannt sein, schön sein. Und vor allem sollte er nicht zu einem Ausflug mit Familienstress mutieren. Am liebsten würde er diese Diskussion um einen Tag auf das Wochenende verschieben, nur erschien dies angesichts der Forderung seines Vaters unmöglich. Sein Herz pochte, als er zum Hörer griff.

»Sybille? Ich bin´s, Christian. Gut, dass du zu Hause bist. Ich habe eine Überraschung für dich. Kannst du heute noch vorbeikommen?«

»Bin gespannt und gleich da«, freute sich Sybille und machte sich auch schon auf den Weg.

Der Hafen von Torrevieja lag in der milden Abendsonne vor ihnen. Am Fischrestaurant fuhr eine Kolonne Fahrzeuge von Touristen und Einheimischen vorbei. Die sommerliche Hochsaison ließ die Lokale überquellen. Wer nicht reserviert hatte, konnte nicht auf die Gnade des Wirts hoffen. Jeder Tisch wurde am Abend doppelt vergeben. Ein undurchdringliches Stimmengewirr und das Klappern von Geschirr und Gläsern lagen in der Luft. Der Geruch von frisch gegrilltem Fisch legte sich auf die Nasenschleimhäute, schien tief ins Gehirn einzudringen und ließ einen unersättlichen Appetit entstehen. Vor allem die deutschen Gäste, die meinten, die letzten Monate überhart gearbeitet zu haben, bestellten Mengen an Meeresgetier, als gäbe es kein Morgen.

Jorge hatte rechtzeitig in ihrem Lieblingsrestaurant reserviert, dessen Chef sie herzlich begrüßte. Floskeln flogen hin und her. Natürlich wurden die Frische und Qualität des Fisches gelobt, der hier unvergleichlich sei. Jorges Frau startete mit Komplimenten, was den Wirt motivierte, Komplimente über die Schönheit und Eleganz der weiblichen Gäste zu äußern. Feriengefühle, die die Costa Blanca heraufzauberte wie kaum ein anderes Gebiet in Europa. Wenn es auch noch so viele schöne Küstenorte in Europa geben mochte; die ehrliche Freundlichkeit der Menschen, gepaart mit der abendlichen warmen Brise des Meeres und dem Geräusch der raschelnden Palmenblätter ließ jeden Gast sich sogleich zu Hause fühlen. Hier fand man keine künstlich gespielte Gastfreundschaft, wie sie für viele italienische Lokale typisch war, sondern stolze, geradlinige Wirte und Kellner.

Es war gelebte Tradition zwischen beiden Familien, dass das Geschäft von den Männern gestaltet wurde. Die Frauen waren für den Zusammenhalt der Familie zuständig. Zwei Mal im Jahr trafen sich für drei oder vier Wochen die Ehepaare Cassal und Michel in Spanien. Nach Weihnachten fuhren die Cassals nach München, um von dort aus zum gemeinsamen Skilaufen aufzubrechen. Im Urlaub vermieden es die Senioren peinlichst, geschäftliche Themen in großer Runde anzusprechen. Der Urlaub schien ihnen heilig und für den Zusammenhalt der Familien unerlässlich. Sollte es etwas Wichtiges zu besprechen geben, zogen sich Jorge und Frank nach dem Essen mit einem Glas Brandy auf zwei Stühle zurück, die abseits der Terrasse standen. Sie erhoben sich nicht eher, als bis das Diskussionsthema geklärt war – sollte dies auch drei Brandys lang dauern. Nichts und niemand durfte die beiden dabei stören.

Die Tapas hatten den ersten Hunger gestillt. Jetzt warteten alle auf den großen Grillteller mit Fisch und Krustentieren. Davor wurden noch die legendären roten Garnelen mit Knoblauch serviert, deren Anblick und Geschmack unvergleichlich waren. Danach schien es Jorge an der Zeit, einige gewichtige Worte an die anderen zu richten.

»Frank und ich wollen etwas mit euch besprechen.« Er machte eine lange Pause, in der er sich aufrichtete und jeden Einzelnen anblickte, bevor er weitersprach.

»Wir beide überlegen uns, unseren Söhnen etwas mehr Verantwortung zu übergeben. Natürlich nur, wenn diese es wollen.«

»Es hätte vielleicht noch Zeit«, ergänzte Frank »denn wir sind an und für sich noch nicht alt. Aber die Jungs haben ihre Ausbildung abgeschlossen und sicherlich schon konkrete Pläne für ihre Zukunft geschmiedet, die nicht direkt mit Gran Monte zusammenhängen. Wenn wir sie jetzt nicht für unser Gemeinschaftsprojekt gewinnen, verlieren sie vielleicht auch in Zukunft ihr Interesse daran oder sind anderweitig verpflichtet.«

Adriana und Franks Ehefrau Inge schauten sich an, unschlüssig, wer zuerst etwas sagen sollte. Dann fasste sich Inge ein Herz. »Ihr beide seid wirklich mutig. Solch eine Entscheidung erscheint mir fast revolutionär. Wer hat denn gedacht, dass ihr das Zepter jemals aus der Hand geben wollt?« Sie erwiderte Jorges Blick keck, aber auch gutmütig.

Adriana schmunzelte. »Jeder alte Mann war einmal ein ungestümer Jüngling. Wer dies nicht vergisst, wird seine Kinder mit Voraussicht erziehen.« Wie wahr.

»Sandro habe ich heute Morgen schon informiert, dass wir etwas Wichtiges klären wollen. Er weiß Bescheid, um was es geht, kann sich also seine Gedanken machen.« Jorge sah Frank an, der ergänzte: »Ich telefonierte vorher mit Christian und bat ihn, bald direkt hierherzukommen. Er will dies mit seiner neuen Flamme besprechen. Vielleicht deutet sich hier schon der erste Test der Beziehung an. Sie müssen ihren geplanten Urlaub in Frankreich komplett über den Haufen werfen. Morgen wird er vor dem Frühstück anrufen. Dann wissen wir, wo wir stehen.«

Christian nahm Sybille in den Arm, als sie die Wohnung betrat. »Mein Liebes! Schön, dass du gleich kommen konntest.«

Sie erwiderte seine Umarmung mit einem langen, intensiven Kuss. Sie freute sich, bei ihm zu sein, ihm nahe zu sein. Verliebte Blicke wechselten die Seiten. Sie wollte Christian nicht loslassen, ihren neu gewonnenen Freund. Federleichte Verliebtheit.

Doch für Sinnlichkeit hatte Christian keine Zeit, jedenfalls noch nicht. Es galt, die Dinge auf den Tisch zu legen, die ihm seit dem Gespräch mit seinem Vater auf der Brust lagen. »Mein Vater rief vorhin überraschend an. Er bat, dass ich doch dringend nach Spanien kommen solle. Er möchte geschäftliche und familiäre Dinge mit mir bereden.«

Sybille schaute besorgt. Sie wusste die Worte nicht zu deuten, ahnte aber dass der gemeinsame Urlaub sich gerade direkt vor ihren Augen in Luft auflöste. Und sie spürte Unruhe, Ungeduld, Ärger in sich aufsteigen. »Ich freue mich so sehr auf unseren ersten Urlaub. Und jetzt zerstörst du alles. Willst du mir das sagen?«

»Nein, Sybille. Wir werden zusammen nach Spanien

fahren, mit meinen Eltern und Jorge sprechen. Und auf dem Rückweg gönnen wir uns einige Tage Frankreich. Versprochen.«

»Das klingt schon etwas besser«, meinte sie versöhnlich, während sie im Innersten schon daran arbeitete, sich mit den neuen Gegebenheiten zu arrangieren. »Was soll ich dann aber allein in Spanien machen, wenn du deine Familiengeschichten regelst?«

»Uns wird schon etwas einfallen.« Mehr als diese uninspirierten Worte kamen Christian nicht in den Sinn.

»Weißt du was, ich nehme Bella mit. Ich meine, wenn sie Lust hat.« Bella war Sybilles treueste Freundin, mit der sie schon seit ewigen Zeiten durch dick und dünn ging. Sie war zurzeit solo und würde vielleicht mitkommen wollen. Allein würde Sybille sich weigern. »Wann soll es denn losgehen?«

»Das kann ich dir nicht genau sagen. Mein Vater klang allerdings recht fordernd. Wahrscheinlich wäre es ihm lieb, wenn wir bald kämen. Dann wirst du auch Sandro kennenlernen. Er wird dir gefallen, denn er sieht mir mit seinen dunklen Haaren und seinem markanten Gesicht irgendwie ähnlich. Aber ich warne dich vor ihm. Er ist ein Charmeur ersten Ranges.«

Doch Sybille dachte zunächst einmal an Bella, die sie zum Mitkommen bewegen müsste. »Und ich warne dich vor Bella. Sie wickelt jeden Mann um den Finger. Aber ich versuche trotzdem, sie jetzt anzurufen.«

Christian ahnte es. Er würde fahren müssen, mit oder ohne seine Freundin. Auch wusste er, dass er sehr bald würde starten müssen, weil sein Vater keinen Aufschub akzeptieren würde. Deshalb ging er in sein Schlafzimmer, um sich Gedanken darüber zu machen, welche Kleidungsstücke er mitnehmen würde. Aus dem Denken wurde Handeln. So legte er die Dinge, die ihm zweckmäßig erschienen, schon auf den Stuhl neben seinem Bett.

Bella nahm sofort den Hörer ab. Sie flötete ein »Hallo« hinein. Dann ein »Oh!«. Und sie hörte ihrer Freundin aufmerksam zu. Da sie leicht zu begeistern war, bereit für jedwedes Abenteuer, und da die Semesterferien gerade begonnen hatten, musste Sybille keine große Überzeugungsarbeit leisten. Beide junge Frauen berauschten sich gegenseitig an dem Gedanken an die Costa Blanca, Küste, Meer und sonnengebräunte Spanier. Beide kannten vom Land Spanien nur Ibiza, weshalb sie sich die Küstenregion gewissermaßen ähnlich ausmalten.

Verliebt zu sein hieß, verzeihen zu können, es bedeutete, Abenteuer über Pläne zu stellen, Zeit über Geld. Körper über Geist – manchmal zumindest. Prickelnde Gefühle auf der Haut.

Mit der guten Nachricht über Bellas Zustimmung trat Sybille von hinten an Christian heran und umarmte ihn fest. »Bella will mitkommen. Ich natürlich ebenso. Du musst nur sagen, wann und wie.«

Christian fiel ein Stein vom Herzen. Er griff sanft nach hinten, umfasste ihren Hintern. Das wirkte wie ein Signal. Sybille führte ihre Hände nach vorne in seinen Hosenbund. Sie berührte die Zone um die Schamhaare und stoppte.

Christian lief es heiß und kalt den Rücken herunter. Er konnte und wollte seine Erregung nicht verstecken, drehte sich zu seiner Freundin um. Sie begann ihn langsam auszuziehen, so wie er es bei ihr tat, bis sie sich nackt gegenüberstanden. Mit ihren Fingernägeln strich sie ihm über Brust und Bauch nach unten. Sie zeigte ihre Liebe und Zärtlichkeit, indem sie ihm erlaubte, sie im Stehen zu erobern.

»Jetzt bist du mein«, sagte sie.

»Jetzt bist du mein«, antwortete er.

Sie machten die Nacht zum Tag. Die Hitze ihrer Körper mischte sich mit der Schwüle des Sommertages. Nassgeschwitzt lagen sie beisammen, als die ersten Sonnenstrahlen durch die Fenster drangen.

Jorge kam – sein Handtuch locker über die Schultern gehängt – zurück vom Strand. Wie jeden Morgen schwamm er ausgiebig, lange bevor die ersten Touristen die Promenade bevölkerten. Er machte es sich außerdem zur Tradition, einen der ersten Kaffees in einem der öffnenden Chiringuitos zu trinken. Nichts konnte den Tag besser beginnen als das kurze Geplauder mit den Betreibern dieser Strandbars. Wetter, Algen, Quallen,

Regierungsversagen, steigende Preise lieferten endlosen Stoff für die morgendliche Konversation. Wenn das Gespräch auf die Lokalpolitik kam, heizte sich die Stimmung, einem kräftigen Windstoß gleich, kurzzeitig auf, um bald wieder abzuflauen. Die auffrischende Morgenbrise, die den nassen Körper erfasste, weckte die Lebensgeister zusätzlich. War es nicht bedauerlich, dass die meisten arbeitenden Menschen ihren Tag in Auto oder Bahn auf dem Weg zur Arbeit begannen? Verdarben sie sich damit nicht jede Möglichkeit, positive Gedanken zu entwickeln? Natürlich blieb den meisten Menschen keine Wahl, weil sie in Städten wohnten oder arbeiteten. Doch wer einmal etwas anderes kennengelernt hatte, so wie er, den würden weder Geld noch Ruhm in eine Metropole locken.

Während Jorge duschte, bereiteten die beiden Frauen das Frühstück. Dabei durfte der frische Orangensaft ebenso wenig fehlen wie warmes Gebäck.

Mit jeder Minute schien die Sonne an Kraft zuzulegen. Frank blinzelte in das gleißende Licht des Morgens. Seine Lebensgeister wollten noch geweckt werden. Schließlich kam Sandro auf die Terrasse. Er wurde mit Hallo empfangen und der Frage, was er denn gestern Abend so angestellt hätte.

»Wir waren unten in Torre am Hafen. Später dann noch im Städtchen. Bei der guten Musik und Unterhaltung wurde es etwas später.« Mehr war ihm nicht zu entlocken, aber er berichtete wenigstens, wo er gewesen war. Mit wem er ausging, behielt er allerdings für sich. Wer einmal erzählte, von dem wurde erwartet, immer zu erzählen. Da er dies wusste, hielt er sich an seine karge Berichtsstruktur.

»Habt ihr mit Christian telefoniert? Wird er kommen?«

»Ich habe ihn gebeten, zur Frühstückszeit anzurufen. Mal sehen, ob er der Bitte seines Vaters entspricht.«

Gleichzeitig gerädert und glücklich fühlten sich Sybille und Christian, als es an der Haustür klingelte. Von draußen hörten sie die Stimme von Bella, die sich auf den Weg gemacht hatte, den beiden eine Frühstücksüberraschung mitzubringen.

»Es ist acht Uhr, Bella«, seufzte ihre Freundin etwas vorwurfsvoll. »Das kann doch nicht wahr sein!« Sie öffnete die Haustür.

»Frische Weißwürste, warme Laugensemmeln und Brezen gefällig? Auch einen frischen Kaffee brühe ich uns auf. Ihr duscht jetzt erst einmal. Wie seht ihr denn aus? Ganz zerknittert! Macht euch bereit – Spanien wartet auf uns.«

Wer konnte sich diesem Wirbelwind entziehen? Zwanzig Minuten später saßen alle beisammen. Die Würste schmeckten bestens, nicht zu salzig. Dazu das Laugengebäck und der aufgebrühte Kaffee, der die Lebensgeister weckte. Während die Verliebten sich noch etwas schweigsam gaben, ergriff Bella das Wort.

»Ich denke, wir sollten keine Zeit verlieren. Was hält uns noch in München, wenn das Meer ruft?«

»Meinst du das jetzt ernst, Liebe?«

»Meine ich. Seid doch einfach spontan. Lass uns zusammenpacken, dann fahren wir noch heute los!«

Christian zögerte zunächst. Dann rief er in Cabo Roig an. Er ließ es länger klingeln, da er wusste, wie weit der Weg von der Terrasse ins Wohnzimmer der Villa war.

»Adriana hier, ich hole Frank«, begrüßte ihn die Hausherrin knapp, denn alle hatten schon auf den Anruf gewartet.

»Guten Morgen mein Sohn. Hast du es dir überlegt?«

»*Wir* haben es uns überlegt. Wir kommen. Das heißt, Sybille bringt noch ihre Freundin Bella mit – hoffentlich passt das. Können wir dein Auto nehmen?«

»Klar kannst du das Auto nehmen. Wir freuen uns schon auf euch. Das gilt natürlich auch für diese Bella. Wisst ihr schon, wann ihr losfahren möchtet? Morgen früh?«

»Wir rollen noch heute. Übermorgen Abend sollten wir ankommen, wenn alles klappt.«

Im Hintergrund meinte Christian, bewundernde Laute wahrzunehmen. Klatschte da nicht sogar jemand? Ein wenig wurde es ihm warm ums Herz.

Die Mittagssonne stand hoch am Himmel, als sie an Zürich vorbeirollten. Nach dem Telefonat war Sybille nach Hause gefahren, um das Notwendigste einzupacken und ihre Familie zu informieren. Bella ihrerseits hatte in Rekordzeit die schicksten Sommersachen sowie einige Windbreaker in eine große Tasche verstaut – verschiedene Farben für unterschiedliche Anlässe, dachte sie sich. Sie machte sich nicht allzu viele Gedanken, ob sie etwas vergessen hätte, weil sie insgeheim hoffte, sich in Spanien aktuelle Hosen und Kleider kaufen zu »müssen«. Noch vor Sybille kehrte sie wieder zurück, stolz, keine Zeit verloren zu haben. Ihre Münchner Freunde hätten ihr Outfit als »fesch« bezeichnet, für Christians Geschmack war es ein bisschen »sehr knapp«. Er schätzte eher einen eleganten Stil beim weiblichen Geschlecht. Protestieren mochte er aber auch nicht.

Es fühlte sich für alle drei wie ein Abenteuer an, eine Fahrt ins Blaue. Christian las aus den schon etwas älteren Reiseführern vor, was sie in Spanien erwarten würde. Das Land befand sich im Umbruch, er spürte das. Durch den gerade erfolgten Beitritt zum Schengen-Raum war das Reisen einfacher geworden. Es brachte zudem die Nachbarnationen näher zusammen. Die Währung blieb allerdings noch die Peseta – wie lange noch sollte man das Wechseltheater betreiben? Es tat dem Land gut, dass der Sozialist Felipe Gonzales schon seit mehr als zehn Jahren für eine berechenbare Stabilität sorgte. Trotzdem belastete die hohe Arbeitslosigkeit seit Langem die Gesellschaft. Vor allem die Jugend bekam dies zu spüren. Junge Leute konnten sich nur spät vom Elternhaus abnabeln, weil sie sich keine eigene Wohnung leisten konnten. Doch all den politischen und gesellschaftlichen Entwicklungen zum Trotz blieb eines wenig verändert: das Urlaubsgefühl, das die verlockenden Strände ausstrahlten. Die Bewohner der Großstädte zog es an den Wochenenden und in den Ferien an die Küsten, um dort unbeschwert zu baden, zu feiern, den Familienzusammenhalt zu zelebrieren.

Für die meisten ihrer Freunde in München war das erste Reiseziel immer Italien gewesen. Der Gardasee befand sich fest in bayerischer Hand. In Spanien waren es für die Bayern hauptsächlich die Balearen oder Kanaren, die sie ansteuerten. Für Christians Familie blieb jedoch die Costa Blanca das wichtigste Urlaubsziel. Mittlerweile war es für sie zu einem zweiten Zuhause geworden.

Christian erzählte die Familiengeschichte nun auch Bella, so wie er sie vielen seiner Freunde bereits erzählt hatte. »Mein Vater Frank hat Jorge Anfang der Siebzigerjahre kennengelernt, als beide auf der Suche nach ihrer beruflichen Zukunft waren. Beide studierten damals Internationales Management in Barcelona und steuerten auf die letzten Klausuren ihres Studiums zu.«

»Ist das die Familiensaga oder die Wahrheit?«, fragte Bella provozierend. Ihr gefielen keine geschönten Erzählungen, die kritische Tatsachen überdeckten.

»Nun, die beiden alten Herren erzählen die Geschichte identisch. Sie trug sich wohl wirklich so zu. Jorges Familie besaß große landwirtschaftliche Ländereien bei Cabo Roig, einer kleinen Gemeinde an der Küste. Sie waren wegen des kargen Bodens und der hügeligen Lage nicht viel wert. Außerdem hatte der Tourismus diese Gegend vergessen. Anziehungspunkt war der Ort Benidorm, das New York der Costa. Trotzdem begannen beide, den gleichen Traum vom Aufbau einer schönen Siedlung an der Küste zu träumen. Nach langen Diskussionen in der Familie erklärte sich Franks Vater zur Finanzierung eines waghalsigen Projekts bereit, das sie Gran Monte nannten. An einem steilen Berg sollte das Schmuckstück ihrer Träume entstehen. Und dort fahren wir jetzt hin.« Christian legte seinen Arm um Sybilles Schulter, während er das Steuer ruhig mit der linken Hand hielt. Genf wäre bald erreicht. »Jetzt weißt du alles, was du wissen musst!«

Die drei wechselten sich mit dem Fahren ab. Sie machten so wenige Pausen wie möglich, denn sie wollten es noch am selben Tag bis Avignon schaffen. Christian hatte morgens ein Hotel buchen können, das allerdings um zehn Uhr am Abend für die letzten Gäste schloss. Sehnsüchtig schauten sie auf den Genfer See, an dem sie gerne für eine Weile geblieben wären. Doch die Zeit drängte. Eine drückende Hitze kündigte danach das französische Rhonetal an.

Hinter der Grenze änderte sich die Vegetation schlagartig. Die Pflanzen mussten der Trockenheit des Sommers trotzen und mit wenig Erde im felsigen Boden zurande kommen. Die beiden jungen Frauen schauten verträumt auf die links aufragenden Berge, an denen der warme Rhonewind entlangstrich. Blickten sie nach rechts, sahen sie das Glitzern der Flusswellen, von dem sie gar nicht genug bekommen konnten.

»Als Erstes werde ich in Spanien ins Meer gehen. Wer in seinem Leben das erste Mal den Pazifik erreicht, muss seine Füße ins Wasser tauchen. So ähnlich werde auch ich es halten.« Sybille stellte sich vor, wie sie durch den weichen Sand zum Meer rannte und in die Fluten sprang.

»Da schließe ich mich an. Mal sehen, wer von uns mit seinem Bikini mehr Aufmerksamkeit bei den spanischen Boys erregt«, lachte Bella. »Wie schaut eigentlich dein Freund Sandro aus, Christian?« Bella strahlte eine ungeheure Energie aus, sie schien immer unersättlich, neue Abenteuer zu erleben.

»Wir könnten fast als Brüder durchgehen mit unseren dunklen Mähnen. Er ist nur ein Jahr älter. Meist trägt im Sommer einen Dreitagebart; er denkt, das sei gut für sein Image als Mädchenschwarm. Und er scheint damit Erfolg zu haben.«

»Da bin ich ja gespannt.«

»Nicht so stürmisch. Du kennst ihn ja noch gar nicht. Der hat außerdem wahrscheinlich an jedem Finger eine spanische Buena Chica!«

Sybille war erleichtert, dass sich Bella nicht für ihren Christian interessierte. Sollte sie sich ruhig in Sandro oder eine andere Urlaubsbekanntschaft verknallen. Schwieriger erschien ihr, Christians Aufmerksamkeit nur auf sich zu lenken. Wie zur Bestätigung ihrer Liebe strich sie Christian deshalb immer wieder über den Kopf, gab ihm einen kleinen Kuss, schaute ihn verträumt an. Sie wollte ihre Eroberung um keinen Preis verlieren – vor allem nicht im Urlaub.

Jorge besprach sich mit Frank. Wenn sie in zwei Tagen mit ihren Söhnen das Gespräch suchten, durfte kein Blatt Papier zwischen sie passen. Sie waren als Team groß geworden, und sie wollten, dass die nächste Generation daran anknüpfte. Dazu mussten sie loslassen können, bereit sein, die Führung über Gran Monte bald abzugeben, auch wenn das schmerzte.

Sie zogen sich an diesem Abend an den Tisch im hinteren Garten zurück, von dem man auf das Meer hinausschaute. Für schwierige Themen, die Weitblick erforderten, erwies sich dieser Ort als geradezu prädestiniert. Die alten, kräftigen Pinien erzeugten im Wind ein sanftes Rauschen, was andere Geräusche aus dem Haus oder von der Straße überspielte.

»Was meinst du, Jorge: Sind die Jungs schon in der Lage, Gran Monte zuverlässig zu führen?«

»Sie müssen da hineinwachsen, und dafür brauchen sie sicher noch Zeit. Aber wir sollten ihnen klar sagen, dass wir fest entschlossen sind, ihnen Gran Monte zu übergeben.«

»Und wenn sie nicht wollen?«

»Dann nicht. Ihre Entscheidung.«

»Ich stimme dir zu. Wir werden ihre Vorstellung akzeptieren müssen, zwingen sollten wir sie nicht.«

»Bleibt noch die Frage nach der Aufgabenteilung: Einer macht die Finanzen, der andere das operative Geschäft – so wie wir das gelebt haben. Glaubst du, das passt für die beiden?«

»Auch das sollten sie gemeinsam festlegen. Lass sie zwei Jahre mit uns arbeiten. Dann lernen sie den Betrieb kennen. Nach der Saison siebenundneunzig übernehmen sie dann nach ihrem Konzept Gran Monte.«

»Lass mich dir noch einen Vorschlag unterbreiten, der mir seit Wochen durch den Kopf geht.« Jorge schaute seinem Freund tief in die Augen. »Wenn irgendwann einmal eine Uneinigkeit über die Ausrichtung von Gran Monte entsteht, muss geklärt sein, wer das Sagen hat – so schlimm das auch klingt.«

»Und du meinst, das sollte Sandro sein?«

»Ja, du hast es erraten. Aber nicht, weil er mein Sohn ist. Nein, weil er der Ältere ist.«

Das Gespräch dauerte noch bis weit in die Nacht. Jorge öffnete eine teure Flasche alten Rioja-Rotweins, die aus dem Gründerjahr von Gran Monte stammte. Zwischen den Sätzen entstanden immer wieder lange Pausen, die aber oft mehr Ausdruckskraft besaßen als das Gesagte.

Frank zündete sich eine leichte helle Zigarre an. »Alter ist ein unbestechliches Merkmal, dem ich folgen kann. Was hältst du davon, wenn wir das auch schon für die nächste Generation festlegen? Dann setzen wir einen klaren Ausgangspunkt auch für spätere Zeiten.«

Jorge nahm einen Schluck von dem gehaltvollen Wein. »Der älteste unserer Enkel soll später die Richtung des Projektes festlegen können, gleich ob er der Sohn von Sandro oder Christian ist.«

»Das klingt logisch und fair«, bestätigte Frank.

»Und sollte ein Mädchen zuerst geboren werden?«

»Dann warten wir auf einen Jungen.«

Jorges klare Meinung benötigte jetzt nur noch die Zustimmung von Frank. Beide Männer wussten: Ihre einmal gefällten Entscheidungen blieben bestehen. »Gran Monte liegt in Spanien. Für Spanien passt, was du gesagt hast.«

»Salud!«

»Salud!«

»Aber unsere Entscheidung behalten wir für uns und hinterlegen sie an einem sicheren Platz. Es sollte kein Rennen um die Zeugung eines ersten Sohnes geben.«

Beide schauten aufs Meer. Das Wichtigste war festgelegt. Jetzt konnten sie sich dem komplexen Geschmack des schweren Rotweins widmen.

»Schau: Das Licht verliert sich im Meer.« Frank zeigte auf den Mond, dessen Schein auf dem Wasser erlosch, ähnlich einer blassen abendlichen Sonne.

Kurz vor neun Uhr erreichten sie die Stadtgrenze von Avignon. Alle drei waren erschöpft von den vielen Eindrücken, die sie auf der Fahrt gesammelt hatten, aber auch erleichtert, weil sie den größten Teil der Fahrtstrecke hinter sich gebracht hatten. Sie öffneten die Autofenster, atmeten die milde Abendluft Südfrankreichs. Angekommen. Das Hotel würden sie leicht finden; es war eine kleine Pension in der Altstadt.

Der Portier rechnete eigentlich nicht mehr damit, dass seine deutschen Gäste noch kämen. Aber diese kamen – froh, ein Zimmer für eine Nacht im Voraus gebucht zu haben.

»Bonsoir. Wir haben auf sie gewartet. Willkommen in Avignon.«

»Wir freuen uns, hier zu sein – nous sommes heureux d'être ici«,

Christians Französisch kam schnell an seine Grenzen.

»Sie können ruhig deutsch sprechen, ich verstehe Sie. Leider habe ich allerdings bereits das Einzelzimmer vermietet, weil ich nicht wusste, ob Sie wirklich kommen. Wir stellen ein kleines Einzelbett in das große Doppelzimmer dazu. Ist das in Ordnung? Leider kann ich Ihnen keinen anderen Vorschlag machen.« Der Portier zuckte mit den Schultern, als jonglierte er jeden Tag mit den Zimmern und unsicheren Gästen.

Die drei brachten ihr knappes Gepäck in den ersten Stock. Klar kamen sie mit einem Doppelzimmer zu dritt zurecht, es ging ja nur um eine Nacht. Christian musste auf Zärtlichkeit verzichten, was ihm angesichts der langen Fahrt heute keine Probleme bereitete. Auch sparten sie etwas Geld für die ohnehin kurze Nacht. Nun wollten sie nur noch eine Kleinigkeit essen. Damit würden sie ein Stück Frankreich in sich aufnehmen, damit sie sich auf ihren späteren Aufenthalt in der Provence bei ihrer Rückfahrt freuen konnten.

»Haben die Restaurants noch geöffnet?«, fragte Christian den hilfsbereiten Herrn an der Rezeption. »Wir wollen morgen früh zeitig weiterfahren. Es geht nach Spanien.«

»Das kleine Bistro an der Kathedrale müsste noch Abendessen servieren. Wenn Sie die Pension hier rechts verlassen, gehen Sie zwei Minuten. Sie können es nicht verfehlen, weil es das einzige an dieser Straße ist. Mit dem zweiten Schlüssel für Ihr Zimmer kommen Sie wieder ins Hotel, sollten Sie nach Mitternacht zurückkommen. Wenn es Sie nicht stört, dann würde ich jetzt das Zimmer berechnen.«

Das eigentlich recht bescheidene Bistro übertraf alle ihre Erwartungen. Selbst ohne Reservierung fand der Wirt noch einen freien Tisch im Außenbereich, von dem sie den alten Papstpalast erblicken konnten. Unter der kleinen Auswahl von Hauptspeisen fanden alle drei etwas Passendes. Als Wein bestellten sie natürlich einen Châteauneuf-du-Pape – ein anderer Wein wäre in dieser Stadt ein Sakrileg gewesen.

Wer wenig erwartet, dann aber mehr bekommt, empfindet Glück. Christian fühlte sich mit seinen beiden attraktiven Begleiterinnen wie der Hahn im Korb. Auch die anderen Gäste blickten sich immer wieder um. Mochten sie ruhig denken: »Wer von den beiden Frauen ist jetzt seine Freundin?«

Der Hotelportier sollte recht behalten: Sie benötigten den Schlüssel für die Hoteltür, denn die Kirchenglocke schlug Mitternacht, als sie gut gelaunt das Bistro verließen. Ein ausführlicher Spaziergang durch die einsamen, gelblich beleuchteten Gassen der Altstadt schloss sich an. Das Echo ihrer Schritte auf dem Pflaster hallte von den Mauern wider. Die gut gefüllten Mägen verlangten einen langen Weg durch das Gewirr der engen Straßen. Müde und beseelt vom Flair der Provence betraten sie weit nach Mitternacht das Hotel.

Auf leisen Sohlen, um keine anderen Gäste zu wecken, stiegen sie die Treppe hinauf in den ersten Stock.

Behutsam öffneten sie die Tür und betraten ihr Zimmer für die Nacht.

»Wir lassen dir den Vortritt im Bad, Bella«, flüsterte Christian. Das ließ diese sich nicht ein zweites Mal sagen und verschwand, um sich bettfertig zu machen.

Sybille schaute ihren Freund verträumt an. »Das war ein schöner Abend, Christian. Nach einer so langen Fahrt den Tag derart romantisch ausklingen zu lassen – wunderbar. Danke auch, dass du den Großteil der Strecke gefahren bist.«

»Entsprechend müde bin ich jetzt aber auch. Ich könnte auf der Stelle einschlafen.«

Sybille öffnete den Vorhang. Das sanfte Licht der Straßenlaternen fiel auf die Fassaden der alten Steinhäuser gegenüber. Wie vor hundert Jahren. Für einen Moment öffneten sie das Fenster. Kein Laut war zu hören. Die absolute Ruhe der Nacht legte sich über die Altstadt.

»Bin fertig. Ihr könnt.« Mit einem zauberhaften Lächeln huschte Bella in ihr schmales Bett, das eine helfende Hand dazugestellt hatte.

Jetzt waren die beiden an der Reihe. Christian hielt sich nicht lange auf, er war in wenigen Minuten bettfertig. Sybille brauchte ihre Ruhe zum Duschen, sodass Christian schon schlief, als sie ins Zimmer kam.

Sybille aber hatte anderes im Sinn. Sie schlüpfte

nackt unter die Decke. Schlafen wollte sie nicht, noch nicht. Vorsichtig, zärtlich fing sie an, Christian am ganzen Körper zu streicheln, bis er unweigerlich aufwachte.

»Sybille!«

»Psst!« Sie legte ihre linke Hand behutsam auf seine Lippen. Danach zog sie ihm zielstrebig die Schlafanzughose aus. Er ließ es geschehen, wehrte sich nicht. Sie schob die Bettdecke beiseite und setzte sich rittlings auf ihn. Rhythmisch rieb sie sich an ihm. Christian wollte stöhnen, wusste aber, dass er damit Bella aufwecken würde – so zwang er sich, still zu bleiben. Sybille küsste ihren Liebsten intensiv, aufreizend, dominant, wie er es bei ihr noch nicht erlebt hatte. Immer wieder küsste sie seine Brust, dann seine Lenden, um sich danach wieder auf ihn zu setzen. Sie fuhr ihm mit ihren Händen durch sein dunkles, festes Haar, während sie ihn in sich aufnahm. Keinen Laut erlaubten sie sich. Nur das alte Bett erzeugte eindeutige Geräusche in der absoluten Dunkelheit.

Bella schlief, als Sybille und Christian sich küssten. Und Bella schien auch zu schlafen, als Sybille ihn und sich erlöste.

Der nächste Morgen begann mit einem »Ratsch« der Gardinen. Bella ließ die Sonne ins Zimmer und öffnete das Fenster. Draußen knatterten die ersten kleinen Motorräder durch die Gassen. Die Türen eines

Lieferwagens wurden zugeknallt; Restaurants, Bars, Geschäfte wollten beliefert sein. Aus einem Bistro schallte die Musik alter französischer Chansons.

»Raus aus den Federn, ihr zwei! Die Costa Blanca duldet keinen Aufschub.«

Bella stand angezogen im Zimmer, den Koffer in der Hand. Sie trieb zur Eile. Ihr betörendes Lächeln versprach jedem, der es sah, einen sonnig schönen Tag.

Die Koffer und Taschen waren rasch gepackt. Das französische Frühstück bestand aus reichlich starkem Kaffee mit Milch, dazu butterzarten Croissants. Als die ersten Gäste hatten sie freie Auswahl. Der Portier rang sich ein müdes Lächeln ab, als die drei sich verabschiedeten. Die Sonne teilte ihnen mit ihrem hellen, blendenden Licht mit, dass sie spät dran seien.

Bald darauf rollten sie auf der spärlich befahrenen Autobahn A9 nach Süden. Wie eine Arterie beförderte diese Straße Abertausende urlaubshungriger Menschen in Richtung Spanien. Schnatternde Kinder, die ihre Eltern nervten; Paare, die ihre Ferienwohnung ansteuerten; Jugendliche, die in Benidorm oder Barcelona Party feiern wollten. Sie alle einte der Wunsch nach Sonne, Salzwasser und unbeschwerten Tagen.

Am frühen Nachmittag erreichten sie Sitges, wo sie eine Weile pausieren wollten. Die beiden jungen Frauen hatten sich darauf verständigt, nicht erst in Cabo Roig an den Strand zu gehen. Christian fügte sich – eine Pause konnten alle vertragen. Sitges galt als Wochenendziel vieler Familien aus Barcelona. Nicht wenige Manager aus der katalonischen Hauptstadt wohnten mit ihren Familien hier und pendelten morgens in die Metropole. Die malerische Postkarten-Altstadt galt als Juwel an dieser Küste. Südlich des Stadtkerns fanden die drei einen Parkplatz in Strandnähe. Während Christian sich bereit erklärte, ein paar Sandwiches und Getränke zu besorgen, zogen sich die Frauen strandgerecht um. Wie die Kinder rannten sie über den heißen Sand, um sich gleich darauf in die Fluten zu stürzen.

»Raubtierfütterung!«, rief Christian den Mädchen zu, in jeder Hand ein reich belegtes Sandwich.

»Pass auf, dass wir dich nicht beißen«, lachte Sybille.

»… oder vernaschen!«, legte Bella noch eins drauf.

Eine Stunde später saßen sie wieder im Auto und fuhren nach Süden, ihrem Ziel entgegen. Die Mädchen waren jetzt satt, hatten einen ersten Anflug von Sonnenbrand, fühlten das Jucken trocknenden Salzwassers auf ihrer Haut. Sandkörner versteckten sich zwischen den langen Haaren, rieselten später einzeln auf Bluse und Hose. Der Urlaub begann.

Die kurze SMS, die Christian schickte, lautete: »Hola Padres. Wir kommen noch vor Sonnenuntergang.«

Frank ließ Inge den Vortritt, als sie auf die Terrasse kamen. Adriana hatte beide schon erwartet.

»Einen Schluck frischen Orangensaft, selbst gepresst?«

»Gerne. Vielleicht mit etwas Cava, wenn das keine Umstände bereitet.« Frank liebte das Prickeln. Ein guter Cava brauchte den Vergleich zu einem Champagner nicht zu scheuen. Vor allem passte er besser zu dieser Gegend und ihren Menschen – ehrlich und nicht gekünstelt fein.

»Jorge hat schon einige Flaschen für die Kinder kalt gestellt. Wisst ihr eigentlich, wann sie ankommen?«

»Jeden Moment. Sie haben sich wohl vorgenommen, ihren ersten spanischen Sonnenuntergang in Cabo Roig zu erleben.« Inge wartete schon sehnsüchtig auf ihren Sohn. Auch wenn dieser schon längst erwachsen war, er blieb für sie als Mutter immer ein Kind, um das sie sich sorgte. »Wo ist Sandro eigentlich?«

»Bin schon hier.« Als hätte er auf seinen Auftritt gewartet, trat Jorges und Adrianas Sohn ins Freie. Das Weiß seiner Hose und das hellblaue kurzärmlige Hemd ließen sein Gesicht dunkler aussehen. Seinen muskulären Körper versuchte er nicht zu verstecken. Er war eine imposante Erscheinung mit seinem Dreitagebart. Den Geruch männlichen Aftershaves trug er vor sich her.

»Du hast doch nichts mehr vor?«, fragte seine Mutter fast irritiert.

»Doch: einen guten Eindruck bei unseren Gästen machen. Das sollte ja wohl erlaubt sein!«, lachte Sandro.

Als kurz darauf ein Auto laut hupte, wussten alle, dass Christian angekommen war. Es hielt sich an seine Tradition: Hupen statt Klingeln. Sandro sprang auf, bedeutete den Eltern, dass diese ruhig sitzen bleiben konnten. Er stellte sich in die Eingangstür. Mit der Fernbedienung öffnete er das große Tor zum Innenhof, sodass das Auto langsam über den Kies hineinrollen konnte. Die drei Gäste aus Deutschland stiegen aus.

Sandro ging zunächst auf Christian zu. Ihn herzlich umarmend und auf die Schulter klopfend, sagte er: »Willkommen zurück. Klasse, dass ihr da seid!«

»Meine Freundin Sybille und ihre Freundin Bella«, stellte Christian stolz seine beiden Mädchen vor.

»Sandro!« Jede Frau bekam ihre Aufmerksamkeit, ihre Küsschen, eine kräftige, sogleich aber sanfte Umarmung. Hier bewies sich ein Charmeur erster Güte.

Es schloss sich ein großes Hallo auf der Terrasse an, bei dem alle durcheinander redeten. »Wie war die Fahrt, hat euch Avignon gefallen, kochen die Franzosen wirklich besser als die Spanier, ihr habt sicherlich großen Hunger, was studierst du …«

Nach einem üppigen Essen schlenderten alle gemeinsam nach vorne in den Garten zum Ausblick, damit sie den Sonnuntergang besser bewundern konnten. Romantik schien Teil der Garantie zu sein, wenn man in Cabo Roig abends auf die Wellen schaute.

»Welch ein Anblick – den haben wir nur für euch bestellt! Salud!« Jorge erhob sein Glas auf die kommenden Tage.

Kapitel 7

Vergangenheit 2 – Der Pakt

Jorge und Frank baten ihre Söhne, sie gleich morgens mit zur Verwaltung von Gran Monte zu begleiten. Währenddessen schickten sie die Frauen zusammen auf eine kleine Shopping-Tour an der Promenade. Keine wehrte sich auch nur einen Moment gegen diesen Vorschlag. Spaniens legendäre Bekanntheit für feine Schuhe und aktuelle moderne Kleidung mussten die Damen unbedingt austesten.

»Wir möchten mit euch etwas Wichtiges besprechen«, eröffnete Frank ohne Umschweife das Gespräch. »Wir beide sind zu der Auffassung gekommen, dass wir das Gran-Monte-Projekt nicht ewig werden leiten können.«

»Aber ihr seid noch längst nicht alt!«, warf Christian spontan ein.

»Stimmt schon. Aber ihr steht in eurem Alter bald vor der Wahl, welchen Karriereweg ihr einschlagen möchtet. Wenn ihr erst einmal eine Zukunft außerhalb von Gran Monte gewählt habt, kommt ihr vermutlich nicht mehr zurück.« Jorges Gesichtsausdruck wurde ernst. »Wir möchten nicht lange drum herumreden, sondern euch ein konkretes Angebot machen.«

Sandro blickte zu Jorge. »Und wie ich euch beide kenne, bleibt uns keine große Wahl, ob wir das Angebot annehmen wollen oder nicht.«

»Kommt drauf an. Wir geben euch eine Woche Bedenkzeit. Dann reden wir abschließend darüber.« Mit einer Handbewegung übergab Jorge an Frank.

»Wir wollen, dass ihr euch in Zukunft gemeinsam um das Projekt kümmert. Entweder gemeinsam oder keiner. Sagt ihr zu, dann übergeben wir euch die Leitung nach der Saison siebenundneunzig. Diese Zusage machen wir hier und heute.«

»Ist da noch ein Haken dabei?«, fragte Christian nach.

»Ihr müsst euch bis nächste Woche entscheiden. Dazu sollt ihr euch gemeinsam Zeit nehmen. Es liegt mir fern, dir einen Rat zu geben, Christian. Aber rede erst mit Sandro, um zu einem Ergebnis zu gelangen. Deine Freundin lass zunächst aus dem Spiel.«

»Ich weiß nicht, ob das so einfach funktioniert. Sybille bedeutet mir mehr, sie ist nicht nur eine neue Freundin.«

Frank antwortete nicht.

Jorge jedoch lag etwas auf der Seele: »Eure Gespräche werden bald an den Punkt kommen, wo ihr eure Arbeitsteilung besprechen müsst. So wie wir damals unsere Rollen festschreiben mussten. Zwischen uns ergab sich das irgendwie auf natürliche Weise – und dabei blieb es dann all die Jahre. Davon dürft ihr aber nicht ausgehen. Wir jedenfalls gehen nicht davon aus. Deshalb haben wir festgelegt, dass im Konfliktfall einer von euch über das finale Entscheidungsrecht verfügt.« Sandro und Christians Blicke trafen sich instinktiv, als Jorge weitersprach. »Das wäre dann der ältere von euch beiden.«

»Also Sandro.« Frank meinte, jetzt eine Erklärung nachlegen zu müssen. »Einfach weil er der Ältere ist. Kein anderer fairer Beweggrund als das Alter fiel uns ein – uns gemeinsam. Eure Mütter stimmen im Übrigen damit überein.«

Damit war alles Relevante gesagt, doch im Inneren traten diese Worte gewaltige Gefühle los. Als bräche ein Felsblock aus einem unverrückbaren Berg heraus und polterte ins Tal. Als würde ein mächtiger Baum gefällt, der frisch gewachsene Bäume, zarte Sträucher im Fallen zerquetschte. Als würde ein Mensch ins Wasser tauchen und versuchen, Geräusche über der Oberfläche wahrzunehmen.

Sie alle brauchten jetzt frische Luft. Doch die Hitze des Sommers verhieß das Gegenteil. Da niemand sprechen wollte, trat eine fast unerträgliche Stille ein.

Sandro schließlich brach das Schweigen. »Lass uns zusammen ans Meer gehen, Christian.«

Die vier Frauen verbrachten endlose Zeit in zahlreichen Boutiquen und Geschäften. Mittags bestritten sie einen Wettbewerb, wer die strengste Salatdiät verfolgte. Die Kellner im Restaurant an der Promenade verzweifelten. Sie konnten die holden Damen zu keinem Dessert überreden, so sehr sie es auch versuchten. Ein Cortado mit einer Prise Zucker war das höchste der Gefühle. Den beigelegten kleinen Keks ließen alle demonstrativ auf der Untertasse liegen.

Als sie am Nachmittag schließlich beladen und erschöpft zum Haus zurückkehrten, war dieses verwaist. Das peruanische Hausmädchen erzählte, dass die »jungen Herren« sich wohl beide zum Strand aufgemacht hätten.

»Die wollten doch arbeiten? Typisch Männer. Sonne und Señoritas scheinen ihnen wichtiger zu sein«, klagte Sybille. »Wir schauen am besten einmal nach dem Rechten, Bella.«

Den Weg zum richtigen Platz erklärte Adriana mit einem vielsagenden Lächeln. »Dort brechen sich die stärksten Wellen. Und dort liegen auch die schönsten Mädchen.«

»Die Nachrichten bei unserem heutigen Treffen kamen für mich nicht wirklich überraschend, Sandro, denn die letzten Monate wich mein Vater einer Diskussion über Gran Monte immer aus. Da brodelte etwas in ihm, was er mit Jorge besprechen wollte. Als er dann vor drei Tagen anrief, ahnte ich es schon: Die beiden hatten sich auf einen Plan geeinigt.«

»Sehe ich ähnlich wie du. Als ich Jorge erzählte, dass

ich für einen Uni-Kurs in die USA fliege, begann er, mit deinem Vater zu telefonieren. Der kam dann auch bald zu uns geflogen.«

»Was denkst du über den Plan, Sandro?«

»Vordergründig passt alles in meine Lebensplanung. Ich will ohnehin nicht wirklich von hier wegziehen. Gran Monte hat eine Zukunft, die ich liebend gerne mitgestalten möchte.«

»Warum dann nur vordergründig?«

»Weil du ein Teil davon bist. Ohne deinen tatsächlichen Wunsch, dich ganz und gar Gran Monte zu verschreiben, scheitere ich, scheitern wir beide gemeinsam. Deshalb sollten wir uns Zeit lassen, alles in Ruhe zu bereden.«

»Meinst du, dass ich Sybille von dem Gespräch erzählen sollte?«, bat Christian den Freund um Rat, denn er befürchtete, sie mit einer Zukunftsdiskussion unter Druck zu setzen, noch bevor er überhaupt wusste, ob ihre Beziehung auf Dauer angelegt war.

»Am besten nicht – auf jeden Fall nicht sofort. Sie soll erst einmal in Cabo Roig ankommen.«

»Bella wird ihr helfen, eine schöne Zeit zu erleben.« Christian nickte. Er fühlte sich bestätigt.

»Da kommen die beiden ja schon anspaziert, als hätten sie es geahnt. Vielleicht sind sie gar ein wenig eifersüchtig bei all den schönen Mädchen um uns herum«, lachte Sandro und zeigte demonstrativ auf eine Gruppe potenzieller Models.

Sybille umarmte ihren Christian, als wollte sie ihren Besitzanspruch gegen jede und jeden demonstrieren. Bella gab beiden Männern ein Küsschen und lief dann schnell in Richtung Meer. Ihre langen Beine ließen das Wasser aufspritzen. Mit kräftigen Zügen schwamm sie vom Ufer weg. Die anderen drei nahmen die Herausforderung gerne an. Wie Kinder tollten sie im warmen Wasser herum. Wellenkämme überschlugen sich, deren gleichmäßiges Geräusch alle schwerwiegenden Gedanken vertrieb. Das tief türkisblaue Meer trug am Horizont einige weiße Segelboote, die sich in der frischen Brise zur Seite legten.

Die Mädchen gingen als erste wieder an den Strand. Wartend, dass die Sonne sie trocknete, legten sie sich auf ihre Handtücher. Die Männer setzten ihre Gespräche um Gran Monte und mögliche Zukunftspläne fort, bevor auch sie aus dem Wasser stiegen.

In der warmen Nachmittagssonne hatte sich Bella mit leicht gespreizten Beinen auf den Rücken gelegt, die Augen fest geschlossen. Die Sonne sollte ihren Bikini trocknen, doch tat sie noch mehr. Ihre Strahlen erzeugten leichte Schatten ihrer Lippen im roten Textil. Kein aufmerksamer Mann konnte dieses Bild übersehen.

Sandro startete einen Angriff. »Deine Eltern waren ja mutig, dich Bella zu nennen!«

»Findest du? Hatten sie nicht recht damit? Deine Eltern gingen ja auch ein Risiko ein, dich Alexander den Großen zu taufen. Vielleicht bist du gar kein Eroberer?« Frech öffnete sie ihre blauen Augen, die nun Sandro fixierten. Längere Zeit hatte kein Mädchen ihn so offensiv angegangen. Er war um eine passende Antwort verlegen, schwieg deshalb lieber. Dabei konnte er aber den Blick nicht von Bella wenden, die ihn in ihren Bann schlug.

Sybille beobachtete das Geschehen aufmerksam, ohne sich etwas anmerken zu lassen. Sie wusste, dass ihre Freundin zu flirten verstand, doch dieser messerscharfe Angriff auf Sandro konnte ihr nicht gefallen. Was, wenn auch Christian Bellas Reizen erliegen würde? Er war ja auch ein Mann mit Augen im Kopf. Bei passender Gelegenheit musste sie sich mit Bella aussprechen.

Kapitel 8

Vergangenheit 3 – Nächtliches Strandhaus

Zwei Tage darauf saß die ganze große Familie zusammen auf der Terrasse beim Abendessen. Viele Aspekte der Zusammenarbeit zwischen Sandro und Christian waren inzwischen geklärt. Die beiden konnten sich vorstellen, die Arbeitsteilung ihrer Väter zu übernehmen. So musste Christian nicht von München an die Costa Blanca umziehen, wenngleich er – um zu lernen – in den ersten Jahren deutlich mehr Zeit dort verbringen musste als sein Vater. Sybille würde ihre Zukunftspläne ohne Unterbrechung in Bayern weiterverfolgen können. Sandro seinerseits liebte diese Gegend an der südlichen Costa Blanca, die nicht so touristisch übertüncht erschien wie Denia, Calpe oder Benidorm. In seinen Augen wurzelte hier ein Stück spanischer Urseele, die auch die seine geworden war.

Leichter, lauer Abendwind strich über die Terrasse. Den ersten Hunger hatten die Tapas gestillt, die Adriana in ihrer unvergleichlichen Art hergerichtet hatte.

»Hattet ihr fruchtbare Gespräche?«, begann Jorge. Er versprach sich aus der Art der Antwort einen Hinweis, wie nahe sich die beiden Nachfolger mittlerweile gekommen waren. Es reichte nicht aus, sich auf eine Arbeitsteilung zu einigen. Nein, sie mussten spüren, dass sie sich für die nächsten dreißig Jahre aneinander binden würden, ohne jede Trennungsmöglichkeit. Sie müssten sich in ihren Eigenarten akzeptieren, aber auch einen Konfliktfall aushalten können.

»Es sieht so aus, als könnten wir am Ende der Woche ein Ergebnis präsentieren«, antwortete Sandro für beide.

Sybille verstand den Zusammenhang dieser Worte nicht und schaute Christian hilfesuchend an.

»Wir bereden die Zukunft von Gran Monte. Das zu erklären, wäre heute zu kompliziert.« Auch wenn das nicht so gemeint war, wirkte es auf Sybille, als wollte Christian sie kalt abblitzen lassen. Sandro wiederum, der die aufkeimende Spannung zwischen den beiden sogleich spürte, unternahm einen erfolgreichen Versuch, die Wogen zu glätten.

»Was hältst du davon, wenn wir vier uns noch einmal in aller Ruhe in unser Strandhaus zurückziehen?«, warf er ein. »So können wir alle Einzelheiten in Ruhe bereden. Wir können von dort auch eine Tour in die Sierra Escalona unternehmen. Diese Naturlandschaft wird dich faszinieren. Das bringt uns auf neue Gedanken.«

Die Abenteurerin Bella fand diese Idee naturgemäß besser, als mit den elterlichen Aufpassern ihre Zeit nur in der Villa zu verbringen: »Ich bin dabei. Haben wir auch ein Zelt, wenn wir noch in der Sierra übernachten wollen?«

Sybille machte die ganze Situation etwas stutzig. Woher kam die spontane Idee, woher die unvermittelte Zustimmung? Hatte Sandro mit Bella eine Abmachung getroffen? Ihr war nicht bewusst, dass sie über die Sierra Escalona gesprochen hätten. Wie dem auch sein mochte: Die Dinge nahmen ihren Lauf. Aus der Idee wurde noch an diesem Abend ein Plan, der gleich am nächsten Morgen in die Tat umgesetzt werden sollte.

Das alte Strandhaus der Familie Cassal lag einmalig in einer kleinen, verborgenen Felsbucht. Über den Strand war es von keiner der beiden Seiten zu erreichen. Der einzige Zugang führte durch einen karstigen Hohlweg von oben zum Haus. In dieser Lage würde keine Behörde heutzutage mehr ein Gebäude genehmigen, weshalb auch jede Veränderung strikt untersagt war.

Die vier schleppten alle Utensilien von der Landstraße hinunter. Adriana hatte noch am Morgen geholfen, alles Erforderliche zusammenzustellen, denn das Haus verfügte nur über das Notwendigste. So bestand kein elektrischer Anschluss. Herd und Lampen wurden mit Gas betrieben. Als jüngste Errungenschaft war eine Wasserversorgung gelegt worden, einen Boiler suchte man aber vergebens. Wer nicht kalt duschen wollte, der blieb eben salzig oder verschwitzt.

Die einsame, abgeschiedene Lage suchte ihresgleichen. Bei allen vieren stellte sich ein Gefühl von Romantik ein, sobald die Kuppe des versteckten Weges den Blick auf die Bucht erlaubte. Als sie an diesen Punkt anlangten, legte Bella spontan ihren Arm um Sandro: »Vielen Dank für die tolle Idee. Mir fehlen die Worte.«

Doch Sandro reagierte kühl, missfiel es ihm doch, vor den anderen festgehalten zu werden. Für ihn kam es einer Besitzergreifung gleich, die seinem ganzen Lebenskonzept zuwiderlief. »Wer weiß, wie lange wir nicht mehr hier übernachtet haben. Ich hoffe, dass alles noch funktioniert. Vielleicht müssen wir noch einiges reparieren!?« Er wusste, dass eine solche Feststellung vorgeschoben war. Das Personal von Gran Monte hielt die Einrichtung jederzeit sauber und funktionsfähig. Der Perfektionist Jorge sorgte sich um jedes seiner Häuser. Sandro versuchte, den sanften Tatzen von Bella zu entfliehen. Aber diese hatten sich schon zu sehr in ihn verkrallt.

Der Nachmittag schritt voran, bis Proviant und Utensilien verstaut waren und etwas Ruhe einkehrte. Die vier setzen sich auf die Holzveranda, die in Richtung Bucht zeigte. Der Wind änderte langsam seine Richtung und blies aufs Meer hinaus. Dabei warf er die Wellenkämme auf, die in der Sonne glänzten. Jeder hing Gedanken nach. Doch anstelle einer entspannten Atmosphäre machte sich ohne ersichtlichen

Grund ein Gefühl der Anspannung breit, die sich nur durch körperliche Aktivität vertreiben ließ.

Sybille mischte einen Tinto Verano mit den letzten Resten von Eis aus der Kühlbox. »Du erzähltest gestern von einer Idee, die Sierra …«

»… Escalona zu erkunden. Ja. Dieses Naturschutzgebiet kennen nur wenige, und das ist auch gut so. Touristen verirren sich kaum dorthin, Einheimische fast gar nicht. Fußmärsche sind nicht nach deren Geschmack. Die Sierra besteht aus einem Gebirgszug, dessen nördlicher Rand bewaldet ist. Vielleicht ist das Wort Gebirgszug übertrieben, weil es eigentlich eher Hügelketten sind; aber sie erwecken durch ihre wilde Landschaft den Eindruck, als wären es Berge. Diese einsame Gegend beherbergt viele seltene Vögel. Sie ist das größte Uhu-Reservat Spaniens, vielleicht gar Europas.«

Sybille blickte Sandro erstaunt an; sie hatte ihn bisher eher als einen Menschen eingeschätzt, dessen Revier Strände, Bars oder Innenstädte waren. »Du entpuppst dich aber jetzt nicht etwa als Vogelkundler, Sandro?«

»Nein. Aber als Jugendliche haben wir hier tagelange Wanderungen unternommen. Wir blieben dabei immer unter uns, sind kaum einem anderen Menschen begegnet. Klingt doch interessant?«, fragte Sandro in die Runde.

»Wenn eine solche Wanderung sich auf ein paar

Stunden begrenzen ließe, wäre ich dabei«, sagte Bella mit einem fast unmerklichen zögerlichen Unterton, denn sie interessierte sich eher für Sand und Meer, bzw. für Sandro und mehr. Doch wenn dieser einen Sierra-Ausflug unternehmen mochte, wollte sie dem nicht im Wege stehen.

Christian griff nach Sybilles Hand. »Komm mit. Wir wollen schwimmen.« Das ließ sich Sybille nicht zweimal sagen. Sie lief durch den weichen weißen Sand voraus. Das auffällige Blumendekor ihres Bikinis fiel beiden Männern gleichermaßen ins Auge.

Bella fand nun Zeit, sich mit Sandro auszutauschen, ihm näher zu kommen. Sie erzählte von ihrer Familie, ihrer Ausbildung, ihren Träumen und Plänen. Er wiederum konnte nicht umhin, mächtig mit seinen Preisen im Segelsport zu prahlen. Auch von seinen »eigenen« Plänen für Gran Monte wollte er sie begeistern. Sie sollte ihn als erfolgreichen jungen Mann wahrnehmen, nicht als Frauencharmeur, der in einem gemachten Nest sitzt.

Als die Sonnenstrahlen allmählich ihr Weiß verloren, als sie den Strand orangerot zu färben begannen, stand Bella auf. Sie hatte gewartet, bis Sybille und Christian zur Veranda zurückkehrten und sie die Bühne für sich allein bekam. Langsam schritt sie durch den warmen, weichen Sand, wobei sie sich nicht zu Sandro umdrehte. Kurz vor dem Wasser befreite sie sich vom Oberteil ihres Bikinis. Bewusst langsam lief sie durch die sanften Wellen ins Meer. Als sie schließlich bis zur Hüfte im Wasser stand, zog sie auch den anderen Teil aus. Für einen kurzen Augenblick drehte sie sich um, damit sie ihr Bikinihöschen ans Land werfen konnte. »Niemand sieht uns in dieser Bucht. Ich hoffe, ihr nehmt mir das nicht übel.«

Sandro, der ihr verträumt nachgeschaut hatte, gesellte sich jetzt spontan zu Bella. Sie schwammen gemeinsam eine weite Runde. Sandro hatte – zur Beruhigung von Sybille – angebissen. Nun wurden es zwei Paare, die sich gefunden hatten.

In dieser langen kurzen Nacht blieb Sandro nicht allein.

Das Zelt durfte im Strandhaus bleiben. Die vier hatten sich geeinigt, die Wanderung durch die Sierra Escalona auf drei bis vier Stunden zu beschränken. Bei der Sommerhitze schien schon diese Zeitspanne anstrengend genug zu sein. Sandros Plan, am Nachmittag loszumarschieren, fand allgemeine Zustimmung. Zu dieser Zeit zeigten sich hoffentlich auch die Vögel, für die die Sierra bekannt war – etwa die majestätischen Geier.

Sandro kannte sich bestens aus. Er legte ein zügiges Lauftempo vor. Auch ohne Karte wusste er an jeder Weggabelung, welche Richtung einzuschlagen war. Dabei hatte er sich auch die größte Last von Getränkeflaschen aufgebürdet und trug diese mit einer Leichtigkeit, als wollte er die anderen mit seiner Fitness beeindrucken. Die Karstwege führten durch dickes Buschwerk und Kiefern. Nur ab und an gab der Pfad die Sicht auf die grünen Nadelwälder frei.

Sybille schloss sich Sandro an, der interessant über die Naturschönheiten berichten konnte. Für ihn bedeutete diese Landschaft nicht einfach einen Naturpark, sondern er gehörte zur Kultur im Hinterland der Costa. Ritte mit Pferden durch die Einsamkeit gehörten zur Tradition dieses Landstrichs. Wie dankbar musste man den Politikern sein, die diese Sierra unter Schutz gestellt hatten! Beim Bauboom der letzten Jahre schien dies nicht so selbstverständlich.

»Du interessierst dich anscheinend wirklich für diese karge Schönheit, Sybille. Ehrlich gesagt, hätte ich dich anders eingeschätzt.«

»Warum? Nur weil ich aus der Großstadt München komme? Gerade unter uns Münchnern finden sich mehr Naturfreaks, als manche glauben.«

»Vielen meiner Freunde und Bekannten wird es hier schnell langweilig. Manchmal ändert sich die Natur für eine Stunde kaum. Sie bevorzugen eher ein beeindruckendes Bergpanorama und hohe Gipfel, wie sie in den Pyrenäen vorkommen.«

»Gerade der raue Charakter ist unvergleichlich. Hier könnte ich sogar meditieren.« Sybille wollte keinesfalls nur Eindruck schinden oder sich einschmeicheln. Sie meinte es ehrlich. Die Oberflächlichkeit, mit der viele

Menschen die Natur aufnahmen, als wäre diese lediglich ein Konsumgut, war ihr zuwider. Hier in dieser einsamen Landschaft fühlte sie sich aufgehoben, aufgenommen, verstanden.

Sandro freute sich über Sybilles ehrliche Glücksgefühle, die sie durch ihr Lächeln ausstrahlte. »Bella betrachtet unsere Wanderung eher von der sportlichen Seite. Meditation kommt ihr weniger in den Sinn.«

Bella aber marschierte mit Christian voraus, nachdem sie den Höhenweg erreicht hatten. Hier ging es nur geradeaus, sodass sich beide körperlich verausgaben konnten. Nur ab und an drehten sie sich um. So unterschiedlich konnten Menschen eine Wanderung betrachten.

»Verdammt mein Fuß!« Sybille klagte.

»Was ist los?«, eilte Sandro zur Hilfe.

»Ich habe mir gerade den Knöchel vertreten.« Eigentlich hätte jetzt auch Christian helfen können, der aber war schon weit voraus und unterhielt sich angeregt mit Bella, weshalb er die missliche Lage seiner Freundin zunächst gar nicht bemerkte. Erst Minuten später kehrte er um. Da hatte Sandro Sybille schon einen provisorischen Verband angelegt. Auch einen Stock hatte er als Hilfe gefunden, mit dem sie sich abstützen konnte.

Der Rückweg zog sich aufgrund der Umstände nun deutlich in die Länge. Beide Männer halfen abwechselnd Sybille beim Laufen. Sandros Unterstützung nahm sie aber lieber an, weil sie mehr von Herzen kam. Sie war sauer auf Christian, mehr aber noch auf Bella, der es zu gefallen schien, Männer zu verwirren. Bei Gelegenheit musste Sybille mit ihr Klartext reden, sonst würde die Situation kein gutes Ende nehmen.

Es dämmerte schon, als sie zum Strandhaus zurückkehrten. Ohne dass viel gesprochen wurde, kümmerten sie sich gemeinsam um das Abendessen. Eine Flasche Rotwein aus dem Jerez diente der Ablenkung. Danach rollte eine Lawine los, die keiner hatte voraussehen können.

Dunkelheit umgab mittlerweile das Strandhaus, dessen graue Holzfassade sich schwach von der Karstlandschaft abhob. Die blaue Stunde hatte begonnen, in der das Admiralsblau dem unvermeidlichen Schwarz noch Widerstand leistete. Sandro legte Sybille einen besseren Verband an. Er massierte sanft ihren Fuß, was Bella mehr als missfiel. Klar, dachte sie, musste sich jemand um den Fuß von Sybille kümmern, der leicht angeschwollen war. Doch das Malheur schien weniger dramatisch, schließlich war Sybille auch in der Lage gewesen, bei Zubereiten des Essens zu helfen. Sybille ließ sich gerne pflegen, obwohl sie sich auch selbst hätte verbinden können. Entweder legte sie es darauf an, Sandro näher zu kommen, oder sie wollte sich an Christian rächen, der sich ihr gegenüber unaufmerksam gezeigt hatte. Gleich welcher Grund den Ausschlag gab, Bella wollte Sybilles Benehmen etwas entgegensetzen.

»Komm, lass uns noch schwimmen gehen, Christian!«, rief Bella nach dem Essen demonstrativ laut durch die nächtliche Stille, in der nur das Meeresrauschen zu hören war.

»Gute Idee!« Und schon liefen beide hinunter an den dunklen Strand. Christian sprang in die Fluten. Bella hinterher. Dabei machte sie sich nicht einmal die Mühe, ihren Bikini erst im Wasser auszuziehen. Sie wollte, dass Sandro ihr zusah, dass ihm klar wurde: Sie konnte jeden Mann erobern.

Nachdem sie in der Dunkelheit eine Weile gemeinsam im seichten Wasser gestanden hatten, wandte sich Bella um und zog Christian an ihren Rücken. Sybille meinte sehen zu können, dass ihr Freund sein steifes Glied zwischen Bellas Schenkel schob. Vielleicht irrten sich aber auch ihre Augen und es sollte nur so aussehen. Wie konnte ihr Christian so etwas antun! Sybille kochte vor Wut, denn Christian schien keine Anstalten zu machen, sich von Bella abzuwenden. Wie durch einen düsteren Schleier blieb die Sicht magisch unscharf.

Sybille handelte nun wie in Trance. Sie platzierte spontan ihre Hände auf Sandros Schenkel. Zwar wurde es jetzt immer dunkler, doch Sybille war sicher, dass diese Geste Christian nicht entging. Während Bella – so wie Gott sie geschaffen hatte – sich unten am Strand mit Christian auf ein Handtuch legte, ergriff Sybille Sandros Hand und führte ihn ins Strandhaus. Sie zog erst sich nackt aus, dann Sandro. Einem Tornado gleich, liebten sie sich im Stehen. Keiner bedachte die möglichen Konsequenzen. Als sie sich kurz darauf ein zweites Mal liebten, sprachen sie immer noch kein einziges Wort.

»Komm, lass uns schwimmen gehen, Sandro.« Sandro hatte sich wieder eine Badehose übergestreift, Sybille jedoch war nackt. Ohne die beiden anderen auf ihrem Handtuch eines Blickes zu würdigen, schwammen sie in kräftigen Zügen ins dunkle Meer hinaus. Weiter draußen lagen Segelboote vor Anker. Undeutlich schallten gut gelaunte Stimmen an den Strand.

In dieser Nacht leckten alle ihre Wunden. Keiner sprach, jeder suchte sich einen getrennten Platz zum Schlafen. Sybille aber ahnte, dass dieser Abend bittere Folgen nach sich ziehen würde.

Auch am nächsten Morgen schwiegen alle vier über das Geschehene und mieden das Thema sorgfältig. Christian näherte sich wieder seiner Sybille an, Sandro flirtete mit Bella.

Sybille zog sich mit einem Roman auf die Veranda zurück. Bella blätterte spanische Magazine aus vergangenen Jahren durch, ohne deren Inhalt verstehen zu müssen. Das erleichterte ihnen beiden die innere Auseinandersetzung mit den Geschehnissen der letzten

Nacht. Jede von ihnen wollte, dass die Freundschaft zwischen ihnen keinen allzu großen Schaden nahm.

Was die Männer anging, musste der letzte Tag im Strandhaus Klärung für die verbliebenen Fragen in Bezug auf Gran Monte bringen, weshalb sie sich ins Strandhaus zurückzogen. Die Episode der vergangenen Nacht durfte bei dieser Diskussion keine Rolle spielen.

»Ich akzeptiere deine Rolle als Letztentscheider, Sandro. Wir sollten dies jedoch auch schriftlich verankern, damit es keine Zweifel gibt.«

»Ich wiederum sage dir zu, dass ich mich an jede Vereinbarung halten werde, die wir gemeinsam treffen sollten. Nur zusammen würde ich eine solche Entscheidung wieder abändern. Insofern sollten wir uns immer möglichst eng abstimmen, wenn eine strittige Situation aufkommen sollte.«

»Was hältst du davon, wenn ich zu Beginn unserer Zusammenarbeit jeden Monat eine Woche hier verbringe? Später muss ich dann nicht mehr so häufig kommen.« Christian war es wichtig, seinen Lebensmittelpunkt weiterhin in München zu behalten, so wie sein Vater ihm dies vorlebte.

»Du bist hier immer herzlich willkommen. Meinetwegen könntest du auch ganz nach Cabo Roig umziehen«, lachte Sandro. »Doch wie auch immer: Wenn wir zusammenhalten, wenn wir uns regelmäßig treffen, steht einer rosigen Zukunft von Gran Monte nichts im Weg.«

»Ich werde mich bemühen. Auch Sybille hätte nichts dagegen, denke ich.«

»Sorry für das ganze Durcheinander gestern. Nach der langen Wanderung waren wir wohl alle etwas durch den Wind.«

»Auch sorry meinerseits. Ich habe mich wohl auch etwas dämlich benommen«, entgegnete Christian.

Die Männer hatten gesagt, was gesagt werden musste. Damit war die Sache ausgestanden.

»Jetzt lass uns alles schriftlich fixieren.«

Die Frauen hatten sich zusammen unter die große, Schatten spendende Pinie gesetzt. Sie lasen, keine wollte die andere ansprechen. Trotzdem tat die Gemeinsamkeit gut.

Für den Abend hatte Adriana ein großes Essen geplant. Feinster Jamón Ibérico de Bellota, dazu gereifter Manchego mit Feigenmarmelade sowie Quittenbrot. Danach servierte sie als eigene Tradition einen Riesling. Rotwein übertünchte ihres Erachtens den leicht säuerlichen Geschmack des elfenbeinfarbenen Schafskäses, anstatt ihn zu verstärken.

Dazu gab es die berühmten roten Gambas in Knoblauchöl mit Patatas Bravas. Als Besonderheit bereitete sie Huevos Rotos zu – Spiegeleier mit flüssigem Eigelb auf einem Bett aus Schinken und Kartoffeln. Köstlich!

»Wir wollen auf unsere Zukunft trinken«, hob Jorge an. »Wir haben gehört, ihr habt euch geeinigt.«

»Ja, das haben wir. Wir möchten euer Angebot annehmen.« Christian hatte mit Sandro besprochen, dass er als Erster ein Statement abgeben sollte. »Wir möchten euch das auch schriftlich geben, denn wir denken, das wäre zeitgemäß.« Er übergab jetzt das ausgearbeitete Dokument.

»Zeitgemäß oder nicht, euer Wort genügt uns.« Frank legte das Schriftstück auf den Beistelltisch und öffnete den kaltgestellten Cava. »Auf euch, auf uns alle.«

»Zum Wohl«, stimmten die anderen ein.

Inge hatte Tränen in den Augen. Sie und ihr Mann hatten Christian frei erzogen. Er sollte seine eigene Lebensplanung entwickeln. Jetzt entschied sich Christian aus freien Stücken für Gran Monte. Zu oft hatte Inge bei befreundeten Unternehmerfamilien beobachten können, dass sich ein bequemes Erbe in eine Last für die nachfolgenden Generation verwandelte. Viele Konflikte rührten von diesen ungewollten Geschenken her, die zum Beispiel auch Geschwister zu Feinden werden ließen.

»Ein selbst entschiedener Pfad bringt mehr Glück und Selbstgefühl als eine goldene, wohlpräparierte Straße«, meinte Inge mit gebrochener Stimme. »Viel Erfolg euch beiden!« Ihr liefen einige Tränen über ihre Wangen, doch sie scheute sich nicht, ihre Gefühle zu zeigen.

Gelb-rötliches Licht spielte mit den grünen Nadeln der Pinien. Die Palmwedel rauschten im Abendwind, sodass es klang wie eine ferne Klapperschlange. Eichhörnchen knabberten an den Zapfen, huschten die Pinien auf und ab.

Die Hauptspeise musste warten, weil alle das Bedürfnis verspürten, zum Klippenausblick zu gehen. Ihre Gläser in der Hand, setzten sie sich auf die Gartenliegen und Stühle. Still, fast ehrfürchtig schauten sie auf Meer, das seine Farben änderte.

»Als ich zum ersten Mal in Spanien war, verstand ich noch nicht, dass das Meer keinen Tag gleich aussieht.« Frank zeigte auf die Wellen. »Auch der Klang ändert sich, wenn man genau hinhört. Ich musste damals immer an Gottfried Benn denken. In seinem Gedicht ›Was schlimm ist‹ heißt es: ›Nachts auf Reisen Wellen schlagen hören und sich sagen, dass sie das immer tun.‹ Das ist kein Zynismus, sondern Taubheit und Blindheit gegenüber der Anmut der Natur. Inzwischen nehme ich mir viel Zeit, dem Klang der Brandung zu lauschen. Noch nie hörte sich das Meer gleich an.«

»Gut ausgedrückt, mein Freund. Oft vermute ich, dass die Touristen, die unsere Strände besuchen, nur oberflächlich an der Schönheit unserer Costa interessiert sind. Dann aber denke ich mir: Wenn sie immer wieder hierher zurückkommen wollen, muss das Meer vielleicht doch tiefer in ihre Seele eindringen.«

Das war Adrianas Stichwort. »Na, ihr Philosophen. Wer spricht jetzt unseren Familiensatz aus?«

»Schau, dort: Das Licht verliert sich im Meer!«, sagte Sandro.

»Aber morgen früh kehrt das Licht gottlob wieder, Sandro.« Christians Lachen steckte an. Ein Salud folgte dem anderen, erst beim Abendessen, dann später beim Genuss schweren Rotweins.

Die nächsten Tage verbrachten alle unbeschwert in der Villa. Selbst Jorge und Frank nahmen sich frei. Nichts Schöneres gab es, als einen morgendlichen Kaffee am Strand in einem der Chiringuitos nach einer Runde Laufen oder eine Schwimmeinlage im sonnengewärmten Pool.

Ein gemeinsamer Ausflug nach Cartagena in der Sommerhitze wurde spontan auf das Programm gesetzt, um den jungen Frauen ein wenig städtisches Flair zu bieten. Allerdings strichen sie den anschließend geplanten Besuch von Murcia aus ihren Plänen, weil sich die Stadt bekanntlich auf fast 40 Grad aufheizen konnte.

An einem anderen Tag nahmen sie sich das Motorboot von Gran Monte für einen langen Ausflug. Damit fuhren sie gemächlich die Küste nach Norden, an Torrevieja und Santa Pola vorbei. Ihr Ziel war die kleine Insel Tabarca, auf die sich nicht allzu viele Touristen verirrten. Das Städtchen auf der Insel bot zwar kein kulturelles Highlight, dafür war das klare Wasser ideal zum Schnorcheln. Glücklich, wer ein eigenes Boot besaß, dachte sich jeder von ihnen.

Schließlich näherte sich der Zeitpunkt der Rückfahrt nach München. Den Plan, noch einige Tage in Frankreich zu verbringen, hatten sie schon längst aufgegeben. Zu viel war passiert, zu erlebnisreich war es hier an der Costa Blanca.

Zwei Tage vor der Abfahrt erfuhren die Pläne eine weitere Veränderung. »Ich bleibe noch einige Tage hier, wenn das für euch passt.« Bellas morgendlicher Kommentar erstaunte eigentlich niemanden, so verliebt, wie sie wirkte. Sie wollte Sandro festhalten, und er schien nichts dagegen einwenden zu wollen.

»Na klar, ihr Turteltauben. Bleibt ruhig noch eine Weile beisammen.«

Die kommenden Monate wurden turbulent. Bella blieb nicht nur wenige Tage, sondern Wochen. Dabei verwunderte es nicht, dass sie sich bald mit Sandro verlobte: Sie erwartete ein Kind von ihm, was in Spanien eine Hochzeit erforderlich machte. Sie flog nur kurz nach München zurück, um dort alle Zelte abzubrechen.

Sybille hatte schon deutlich früher bemerkt, dass sie schwanger war. Als sie Christian davon berichtete, reagierte er begeistert. »Dann lass uns auch den nächsten Schritt gehen. Willst du mich heiraten?«

Die Schwangerschaft schweißte Sybille noch enger mit Christian zusammen. Sie schmiedeten Pläne für eine gemeinsame Wohnung in Spanien sowie in München. Die bisherigen beruflichen Pläne waren ja ohnehin schon über den Haufen geworfen worden.

Zwei Hochzeiten folgten kurz aufeinander. Bella heiratete in München, Sybille in Cabo Roig. Beide Frauen hatten sich ausgesprochen. Ihre Freundschaft war eher noch enger geworden.

Sybilles Sohn Dorian wurde schon im März geboren. Zwei Jahre später folgte Ben, dann die Tochter Lisa. Bella bekam zwei süße Mädchen: Lucia und Maria.

Christian pendelte regelmäßig zwischen München und Cabo Roig. Für jeden der Urlaube wurde Spanien zum Ritual. Die Kinder wuchsen zweisprachig auf, sie fühlten sich in beiden Ländern zu Hause.

Als Dorian sechzehn Jahre alt wurde und Spaß daran bekam, mit den jungen spanischen Mädchen um die Häuser zu ziehen, änderte sich mit einem Mal die Welt.

»Bella, ich muss ein ernstes Wort mit dir sprechen«, startete Sybille das Gespräch im Garten.

»Warum so düster? So kenne ich dich ja gar nicht«, antwortete ihre Freundin.

Nach langen Vorreden kam Sybille schließlich auf den Kern des Problems zu sprechen. »Bella, mein Dorian könnte das Kind von Sandro sein. Ich bin mir zwar keineswegs gewiss, aber die Möglichkeit besteht. Ich glaube, er könnte genauso gut Sandros Sohn sein, wie er der Sohn von Christian sein könnte.«

Bella reagierte erschrocken, aber nicht schockiert. »Ich mochte dich nie darauf ansprechen, aber ich habe schon so etwas geahnt. Habt ihr damals im Strandhaus miteinander geschlafen?«

»Ja, das haben wir. Ich war so sauer auf Christian und auch auf dich. Ich dachte, du willst mir Christian wegnehmen. Meine Eifersucht und meine Wut trieben mich dazu.«

»Ich habe mich damals auch nicht gerade wie ein Unschuldslamm benommen«, gab Bella zurück.

Damit war der Damm gebrochen. Die Frauen sprachen sich aus, wie sie es bisher nicht getan hatten. Nach so vielen Jahren konnten sie auch ihre gegenseitige Eifersucht der alten Tage überwinden, die sie sich nie offen eingestanden hatten.

»Christian ahnt nichts davon, und sicher ist es ja auch nicht. Wir lieben Dorian, ob er von ihm ist oder von Sandro sein sollte. Ich möchte nicht, dass sich das ändert – nicht für Christian und nicht für Dorian.«

»Von meiner Seite werde ich das Thema nicht ansprechen, du kannst unbesorgt sein.«

»Ich bin eher über etwas anderes besorgt.«

Bella schaute verdutzt. »Ich verstehe nicht, was du meinst.«

»Dorian kommt in ein Alter, wo er den Mädchen schöne Augen macht.«

»Und? Das ist Teil des Spiels.«

»Wenn er sich aber in deine Lucia vergucken würde, hört das Spiel auf.« Sybilles Sorge war nicht zu überhören.

»Das wird er schon nicht.«

»Und wenn doch?«

»Wir sollten dafür sorgen, dass sich die beiden nicht zu nahe kommen, bis sie ihre eigenen festen Freundschaften gebildet haben.«

»Das kann aber noch einige Jahre dauern«, antwortete Sybille, die die Konsequenzen plastisch vor Augen sah. Keine intensiven gemeinsamen Urlaube mehr. Fadenscheinige Begründungen gegenüber den Kindern, warum der Spanienurlaub ausfiel. Doch sie stand fest zu ihrer Überzeugung. »Wir dürfen kein Risiko eingehen!«

Nach längerem Hin und Her schmiedeten beide Mütter einen Plan, den sie auch sogleich in die Tat umsetzten.

Bei passender Gelegenheit sprach Sybille Christian an. »Ich möchte nicht, dass sich Dorian gezwungen sieht, in deine Fußstapfen zu treten.«

»Das möchte ich auch nicht.«

»Aber wenn wir jeden Urlaub hier in Spanien verbringen, wird er niemals einen eigenen Plan entwickeln. Vielleicht wird er dann später unglücklich.«

Sybilles Statements wirkten auf Christian wie eine Attacke, deren Sinn er nicht ergründen konnte.

Die beiden diskutierten lange und intensiv, wie man Dorians freie Entfaltung am besten sicherstellen könnte. Christian brachte zahlreiche Ideen für eine Universitätsausbildung im Ausland ins Gespräch sowie Praktika in Unternehmen. All dem konnte Sybille viel abgewinnen. Doch sie wollte Christian auf einen entscheidenden Punkt festnageln.

»Lass uns die folgenden Jahre unseren Familienurlaub nicht mehr an der Costa verbringen. Nur so gewinnt Dorian den notwendigen Abstand zu Gran Monte.«

»Meinst du das ernst, Sybille?« Christian reagierte erschüttert.

»Ja, sehr ernst. Bitte, folge einmal meinem dringenden Rat.«

»Was soll Sandros Familie denn über einen solchen Vorschlag denken?«

»Mach dir keine Sorgen. Ich rede mit Bella und Sandro. Die werden Verständnis für uns aufbringen.«

Kapitel 9

Ausflüge

Morgennebel lag über der Golfanlage. Die Sonne schien darüber hinwegzustreicheln und färbte die Nadelspitzen hellgelb. Zerrissene Wolken zogen vom Hinterland heran. Ihre Konturen zeichneten sich orange vor dem Himmel ab.

Ben wachte als Erster auf. Mit seinem Fotoapparat wollte er die Morgenstimmung einfangen. Fröstelnd, einen Fleece-Pullover übergeworfen, erklomm er die Mauer zum Golfplatz. Im Abstand von fünf Minuten fotografierte er die vor ihm liegende Natur.

Er dachte über seine Rolle als jüngerer Bruder nach. Der Einfluss der spanischen Verwandtschaft – denn das war sie ja quasi – führte dazu, dass das Augenmerk der Vorgängergeneration immer auf seinem älteren Bruder lag. Selbst Lucia hatte gestern Dorian und nicht etwa ihn gefragt, ob er sich vorstellen könnte, in Spanien zu leben. Natürlich wollte er seinen eigenen Lebensentwurf finden und durchziehen. Trotzdem könnten die anderen ihn vielleicht auch einmal fragen, welches Interesse er am Gran-Monte-Projekt hatte.

Gleichzeitig ertappte er sich dabei, dass er seinerseits nicht einmal an seine kleine Schwester gedacht hatte.

Vielleicht passte Gran Monte sogar noch besser für sie. Nur weil sie noch jünger war als er, hatte Ben bislang keinen Gedanken daran verschwendet. Eigentlich war Lisa die Ausgeglichenste von ihnen, immer um eine harmonische Lösung für ein schwieriges Problem bemüht. Ben kam zu keinem endgültigen Schluss. Nur merkte er, dass der gemeinsame Aufenthalt in dieser friedlichen Umgebung den Geschwistern besser tat, als sie alle vermutet hatten.

Lisa schob die Terrassentür auf. »Ich atme die Natur, du fotografierst sie.«

»Soll ich das als Kritik verstehen?«

»Nein, keinesfalls. So war es nicht gemeint. Kommst du mit zum Mini-Markt? Du könntest mir tragen helfen.«

Wer hätte diese Bitte abschlagen können? Sie warteten, bis eine Gruppe Golfer abgeschlagen hatte, dann sprangen sie über die Mauer und querten den noch vom Morgentau bedeckten Golfplatz mit seinem weichen kurzgeschnittenen Gras. Das Gefühl eines samtenen Teppichs stellte sich ein, auf dem sie auch bequem hätten barfuß laufen können.

Der Geruch frischer warmer Croissants strömte ihnen im Mini-Markt entgegen. Die Verkäuferin packte mit der einen Hand das Gebäck in einige Tüten, mit der anderen hielt sie das Telefon. Wie wichtig musste dieses Gespräch sein! Ohne Unterlass schnatterte sie über lebenswichtige Belanglosigkeiten, sodass nicht einmal ein »Hola« für die Kunden über ihre Lippen kam. Lisa trug die Tüten mit dem Gepäck, Ben stellte die Versorgung mit San-Miguel-Bier sicher. So traten sie ihren Rückweg an.

»Dorian erwähnte gestern, dass er seine berufliche Zukunft nicht in Spanien sieht. Hast du schon einmal daran gedacht, für unser Familienprojekt zu arbeiten?«, fragte Ben, den seine morgendlichen Gedanken nicht losließen.

»Nein, das ist mir noch nicht in den Sinn gekommen. Unser Vater wird das Zepter wohl ohnehin erst abgeben, wenn er deutlich über fünfundsechzig Jahre ist. Hat er dir gegenüber etwas anklingen lassen?«

»Hat er nicht. Ich dachte nur, dass Gran Monte sich schon verlockend entwickelt hat. Ganz ausschließen sollten wir beide das nicht.«

Lisa fand gerade den letzten Satz ihres Bruders sehr nett. Von »wir« hatte er gesprochen – sie explizit mit einbezogen.

Als sie in der Villa ankamen, war der Tisch im Wohnzimmer bereits gedeckt. Draußen zu sitzen ließ das kühle Wetter nicht zu. Desiree brachte eine große Pfanne mit Spiegeleiern auf Bratkartoffeln aus der Küche.

Ein perfekter Start in den Tag.

»Was schlägst du als heutiges Programm vor, Maria?« Dorian wollte alte Erinnerungen aufleben lassen, etwas besichtigen. Auch wollte er Desi möglichst einige Attraktionen der Costa zeigen.

»Es wird heute etwas regnen, die Wolken ziehen von Murcia herein. Wir haben vielleicht Wetterglück, wenn wir uns Altea und Calpe anschauen. Desi kennt diese Postkartenidylle zumindest noch nicht.« Maria wusste natürlich, dass das Wetter an der Costa lokal sehr unterschiedlich sein konnte. Während es an einer Stelle heftig regnete, blieben andere Landstriche wolkenlos und sonnig. Vielleicht hatten sie Glück.

»Deal!« Dorian wäre auf keine bessere Idee gekommen. »Was meinst du dazu, Desi?«

»Ich will nur noch kurz mit meiner Klinik telefonieren. Die Verwaltung berichtet von Neuigkeiten in Bezug auf meinen Forschungsantrag.« Damit verschwand sie für eine kurze Weile im Schlafzimmer, um mit einem bezeichnenden Lächeln wieder herauszukommen.

Die anderen schauten Desiree erwartungsvoll an, als sie wieder zurückkehrte, wurden jedoch enttäuscht. »Ich soll am Nachmittag in der Johns Hopkins University in Baltimore anrufen. Sie wollen mit mir persönlich sprechen. Ich bin gespannt, was sie einer deutschen Ärztin anbieten wollen.« Dorians Miene zeigte Stolz über seine selbstbewusste, erfolgreiche Freundin, aber auch Sorge, dass zukünftige Lebensplanungen zu Konflikten führen könnten. Doch er enthielt sich eines Kommentars und schwieg.

Sie nahmen die Autobahn durchs Hinterland, um möglichst zügig an ihr Ziel zu gelangen. An Elche fuhren sie links vorbei – nicht ohne Marias Einwurf, diese Stadt mit den vielen Palmen auch unbedingt bald anschauen zu müssen.

Zur anderen Seite zogen sich karstige Hügelketten entlang, bis sie schließlich Alicante passierten. Nach etwas mehr als einer Stunde näherte sich die Autobahn der Küste. Sie gab dabei immer wieder traumhafte Blicke auf das türkisblaue Meer frei. Die kleine Eisenbahnstrecke neben der Straße wirkte wie ein Exponat aus dem Modellbaukasten. Maria erklärte Desiree, dass aus der über hundert Jahre alten Schmalspurstrecke mittlerweile die malerische Straßenbahn geworden war, mit der sich von Alicante fast jeder kleine Ort an der Küste bis Denia erreichen ließ.

Natürlich wollten alle Menschen immer zum Meer. Aber Maria wäre am liebsten ins Gebirge abgebogen. Dort bewahrte sich die Provinz Valencia ihre Ursprünglichkeit. Das steile Hinterland erlaubte keine großen Gemüsekulturen. Eher lebten die Bauern hier vom Weinbau oder von der süßen Loquat-Frucht, für die das Gebiet bekannt ist. Maria studierte zwar Mode, dachte aber manchmal bei sich, dass sie eher einen Beruf mit einer traditionellen Prägung hätte wählen sollen. Die Ornamentik der Kleider, die sie entwarf, entlehnte sie gerne aus traditionell kultivierten Früchten, die nur noch selten angebaut wurden. In manchen ihrer Träume sah sie sich als bewahrende Züchterin von traditionellen Pflanzen. Es gab so viele unterschiedliche Orangenarten – trotzdem wurden in den Geschäften nur wenige Standardsorten angeboten. Welcher Tourist kannte bei Feigen den Unterschied zwischen Higos und Brevas? Wer aß noch regelmäßig Cherimoyas oder Chayote? Gut, dass der Granatapfel wieder in Mode kam; sonst wären die Pflanzungen wohl bald verschwunden. Das Modestudium in Valencia mochte eventuell nur der Ausgangspunkt für einen ganz anderen Berufsweg sein, dachte Maria.

Ein Abstecher nach Benidorm war für jeden Neuling Pflicht. Desirees Noviziat musste also für eine Tour herhalten. Man konnte diese Stadt mit ihren glitzernden Hochhäusern nicht übersehen. Sie stand bekanntlich für den Massentourismus, geprägt durch Engländer und Deutsche. Doch wenn man es fair betrachtete, waren viele der Gebäude moderner als die von Monte Carlo. Wer weiß, ob die Homeoffice-Zeitenwende eine neue Chance für diese Stadt eröffnen könnte. Anstatt in Madrid kaserniert zu werden, ließ es sich am Computer mit Blick aus dem zwanzigsten Stock auf den langen Strand deutlich besser aushalten.

Jede Stadt, dachte Ben, sollte eine zweite Chance erhalten. Schein und Sein einer Kommune befanden sich im Wandel. Bewohner von weniger charmanten Stadtteilen berühmter Städte profitierten selten von deren Ruhm – im Gegenteil, sie zahlten oft lediglich überhöhte Mieten. Warum nicht eintauschen gegen ein Apartment mit Meerblick zum halben Preis?

Bens Gedanken kreisten wieder um seine Zukunftspläne. Diese verrückte Zeit ermöglichte plötzlich ungeahnte Perspektiven. In früheren Jahren hatte Berufsleben harte Arbeit und viele Urlaubstrips bedeutet. Heute könnten wechselnde Home-Office-Arbeitsplätze zu einer neuen Zukunft für alternde Küstenstädte führen. Flexibilität im Denken würde sich für die Mutigen auszahlen, dachte Ben. Die digitale Generation durfte sich auf mehr Sonnenschein freuen.

Dann erreichten sie bestgelaunt ihr eigentliches Ziel Altea. Auf dem sonst oftmals überbelegten Parkplatz an der Strandpromenade fanden sie noch genügend Stellfläche. Ein frischer salziger Geruch von Meerwasser empfing sie, als sie ausstiegen.

»Wir trinken erst einen Kaffee, bevor wir zur Kirche hinaufgehen«, erklärte Maria ihren Plan. »Auf diese Postkartenidylle mit den vielen deutschen Einwohnern müssen wir uns erst seelisch einstellen.«

»Du veranstaltest heute ja eine wahre Werbeveranstaltung für diesen honigsüßen Touristenort.«

»Ich liebe eben meine Costa, Dorian. Beim letzten Mal hast du uns in Bayern das Schloss Neuschwanstein gezeigt. Ich erinnere mich noch genau, du bist damals geplatzt vor Stolz.«

»Da war ich auch noch ein paar Jährchen jünger.«

Nach der kurzen Kaffeepause stiegen sie die zweihundert Treppenstufen in die Altstadt hinauf. Enge, gepflasterte Gassen führten an alten, weiß getünchten, mit Blumenschmuck versehenen Häuschen vorbei. In kleinen Gärten wuchsen Feigenkakteen. Winzige gemütliche Bars und Restaurants versteckten sich in den Häusern. Wer hinein- und hindurchging, landete eventuell auf einer kleinen Terrasse oder in einem Felsgarten mit Blick auf tiefes Blau. Die üblichen Bausünden suchte man in dieser Altstadt vergebens.

Sie erreichten den Domplatz mit seiner Kirche Iglesia de Nuestra Senyora de Consuelo. Zu diesem Platz führten zwangsläufig alle Wege. Der Belag der kleinen Straßen hier oben bestand aus harmonischen Mosaiken. Darüber thronte der Dom mit seiner strahlend blau-weißen Kuppel.

»Habe ich zu viel versprochen?«

»Absolut nicht«, lachte Desiree. »Man könnte fast den Eindruck bekommen, als hätten Experten den Ort nach einer alten Postkarte gestaltet – nicht umgekehrt.«

Bald würde sie als verheiratete Frau Michel wiederkehren. Sie schätzte Dorian aus vielerlei Gründen: weil er seine Ziele immer mit Konsequenz verfolgte, weil er trotz allem humorvoll blieb, vor allem aber, weil er ihre beruflichen Pläne als Ärztin und Forscherin unterstützte. Sollte er neben seinem neuen Forest-V enture auch Gran Monte unterstützen, behielten sie wahrscheinlich auch weiterhin ihren Lebensmittelpunkt in München. Sie müsste vielleicht eine Weile für ihre Forschungen ins Ausland gehen, was jedoch bei gutem Willen keine unüberbrückbare Herausforderung darstellen sollte. Den Urlaub könnten sie dann gerne in Spanien verbringen. Zurzeit arbeitete Dorian ohnehin zu hundert Prozent an seinem eigenen Projekt, sodass sein Interesse an Gran Monte nur beschränkt schien. Ein erfolgreiches Duo mit den typischen Mobilitätsproblemen des 21. Jahrhunderts.

»Hallo, Sybille. Wir wollten uns aus Altea melden.« Dorian hatte also doch an seine Eltern gedacht. »Wir verbringen hier wirklich schöne Tage zusammen. Sandro hat uns gestern die letzten Entwicklungen von Gran Monte gezeigt – beeindruckend. Heute zeigt uns Maria die Gegend um Altea.«

»Wie gefällt euch die neue Villa?«, lenkte seine Mutter das Gespräch in eine neue Richtung.

»Neu? Sie hat schon stolze zehn Jahre auf dem Buckel – das weißt du. Spaß beiseite: Das ist ein tolles Anwesen! Aber ihr hättet ruhig erzählen können, dass wir ein eigenes Familiendomizil besitzen. Jedes von uns Kindern hätte die Villa mit Bekannten nutzen können, wenn ihr schon einem Familienurlaub aus dem Weg gehen wollt.« Dorian hatte den Ball direkt aufgenommen und war bereit, seiner Mutter Kontra zu geben. Doch Sybille wollte sich nicht in eine intensivere Diskussion verwickeln lassen.

»Das ist eine lange Geschichte. Zu lang für ein Telefonat in der Altstadt von Altea. Wie sind eure Pläne noch heute?«

»Calpe schauen wir uns noch an. Danach fahren wir zurück.«

»Jorge geht es nicht besonders gut. Er hat sich selbst in eine Klinik eingewiesen. Bella sorgt sich furchtbar. Also fahrt nicht zu spät zurück.«

»Machen wir!«

Warum hatten seine Eltern die Existenz der Villa in Las Colinas verschwiegen? Warum brachen sie ihre Familienurlaube in Spanien ab, bauten aber gleichzeitig ein großes Haus, das sie dann leer stehen ließen? Dorian konnte bei bestem Willen keinen Sinn in diesem Durcheinander erkennen. Er entschied jedoch, den Inhalt des gerade geführten Telefonats nicht zum Thema mit den Geschwistern zu machen. Auch Jorges Befinden sollte die lockere Stimmung nicht beeinträchtigen. Auf dem Rückweg mochte er es ansprechen – oder doch nicht.

»Wollen wir uns wieder auf den Weg machen?«, trieb er die anderen an. »Schließlich möchten wir uns Calpe noch anschauen.«

Den Nachbarort erreichten sie in Kürze. Doch anders als erwartet, steuerte Maria den Naturpark Penyal d'Ifac an. »Jetzt testen wir unsere Fitness!«, sagte sie. »Kommt, wir machen uns auf den Weg zum Gipfel.«

Vor ihnen lag eine imposante Felsformation, die an Gibraltar erinnerte. Von unten konnten sie nicht erkennen, wie sie diesen schroffen Berg erklimmen sollten. Doch da außer Maria keiner von ihnen bislang hier gewesen war, begeisterte der Plan einer kurzweiligen Besteigung die ganze Gruppe.

»In zwei Stunden sollten wir alle wieder beim Auto sein. Dreihundert Höhenmeter sind für euch Bayern doch ein Klacks!«

Nach dem Eingang in den Park liefen sie einen ebenen befestigten Weg entlang. Über ihnen warfen sturmgeformte Krüppelkiefern Schatten. Dieser Rentnerweg hörte jedoch bald auf, wurde unbequemer, steiler. Als sie dachten, sie müssten zu klettern anfangen, öffnete sich ein langer, düsterer Tunnel. In dessen Dunkelheit vermochten sie nicht zu sehen, wie glitschig der Untergrund in Wirklichkeit war. Von oben tropfte es heftig.

»Ganz schön abenteuerlich«, mahnte Desiree. »Hoffentlich wird das nicht noch schwieriger.«

Es wurde. Nachdem sie »das Ende des Tunnels« erreicht hatten, blickten sie auf das unter ihnen rauschende Meer. Möwen in großer Zahl schrien um die Wette. Sie verteidigten ihre Nistplätze, flogen in kurzer Distanz immer wieder an den Wanderern vorbei. Der Weg – es war eigentlich ein Pfad durch Felsen – wurde steiler, ausgesetzter. An manchen Stellen mussten sie sich konzentrieren, um die notwendige Weggabelung nicht zu verpassen. An einigen Orten hatten die Parkbehörden zur Absicherung Seile angebracht.

Manche Touristen mit Freizeitschuhen drehten spätestens an dieser Stelle wieder um. Viel geredet wurde jetzt nicht mehr, weil jeder sich auf die eigenen Schritte konzentrierte. Zwischendurch machten sie alle Ihre obligatorischen Meeresfotos. Ben hielt die sich ändernden Lichtstimmung mit seinem Profigerät fest.

Desiree versuchte als Letzte der Gruppe, den Anschluss zu halten. Sie fühlte, dass sie für ihre Verhältnisse zu schnell gehen musste. Obwohl sie fit war, bereiteten ihr die ausgesetzten Stellen ungeahnte Probleme. Dorian blieb zwar in ihrer Nähe, trieb sie jedoch zu ihrem Missfallen stetig an.

Nach deutlich mehr als einer Stunde erreichten alle gemeinsam den Gipfel. Die Anstrengungen hatten sich gelohnt. Nicht nur Calpe zeigte sich unter ihnen, nein, die Berge des Hinterlandes bildeten eine atemberaubende Kulisse. Sie setzten sich hin, tranken aus ihren mitgebrachten Flaschen. Jeder hing seinen Gedanken nach.

Das Klingeln wäre im starken Wind fast untergegangen. Dorian drückte auf Empfang, während er sich eine ruhigere Stelle zum Sprechen suchte.

»Peter. Gut, dass du zurückrufst.«

»Du bist ja kaum zu verstehen. Wo treibst du dich denn jetzt schon wieder rum?«

»Ich möchte dir ein Angebot machen. Wenn ich in zehn Tagen keine Finanzierung sicherstellen kann, biete ich dir an, für zwei Monate die Hälfte meiner

Anteile mit einem Abschlag von fünf Prozent zu übernehmen. Dann könnte ich bei der Kapitalerhöhung mitziehen. Nach zwei Monaten überträgst du mir die Anteile zurück, zum vollen Preis. Wie klingt das?«

»Sollte ich das Geld für einen solchen Tausch sichern können, würde ich mir das überlegen. Ich will dir wirklich gern helfen, wenn es geht.«

»Danke, Peter. Wir bleiben in Kontakt.«

Dorians Stimmung hellte sich auf. Besaß dieser Berg eine gute Ausstrahlung? Er umarmte Desi, die damit an dieser Stelle nicht gerechnet hatte.

»So stürmisch?«

»Ja!«

Der Rückweg erschien ihnen fast noch anstrengender. Außerdem hatte jeder Angst, einen schönen Ausblick auf das Meer zu verpassen. Die windzerzausten Pinien klammerten sich an die Felsen. Viele von ihnen mussten schon recht alt sein. Die Bergwanderer blieben beim Abstieg eng beieinander. Einige Stellen erwiesen sich als tückisch glatt. Es wurde wenig gesprochen, weil jeder sich konzentrieren musste, nicht zu stolpern.

Sie erreichten den Parkausgang erst am späten Nachmittag. Dorian trieb nun zur Eile, denn Sybilles Mahnung klang ihm noch in den Ohren.

Auf der Rückfahrt verarbeiteten alle die Erlebnisse des Tages, jeder auf seine Art. Maria fuhr. Sie empfand

Genugtuung, dass die Behörden dem Penyal seine Natur nicht geraubt hatten. Sie hätten ja auch einen asphaltierten Weg in den Felsen rammen können. Auch die Landschaft abseits der Küste behielt noch ihre Ursprünglichkeit. Marias Gedanken kreisten – wie auch schon am Morgen – um die Frage, ob Mode immer mit dem Makel der Oberflächlichkeit behaftet sein musste. Sie wollte keine schönen Äußerlichkeiten konzipieren. Sie wollte bleibende Werte schaffen. Sie selbst empfand sich durchaus als attraktive junge Frau, ein Model wollte sie aber nicht sein. Dazu fehlten ihr – schon allein wegen ihrer Körpergröße – nicht nur die Proportionen, nein, sie strebte eine andere Wirkung an. Sie wollte natürlich wirken, echt. Dieses Bestreben sollte sich auch in den Dingen widerspiegeln, die sie erschaffen würde.

Ben ging schon während der Fahrt die fünfhundert Fotos durch, die er an diesem Tag geschossen hatte. Er wollte eine Auswahl von nicht mehr als zehn Prozent treffen, was ihm bei den verschiedenen Orten schwerfiel, die er abgelichtet hatte. Was bleibt von einem solchen Tag für die »Ewigkeit«? Das Lichtspiel der Morgensonne, die blauen Ziegel einer traditionellen Kirche, eine durch Windböen tauchende Möwe, ein Bild von ihnen allen auf dem Gipfel? Die Hälfte der Fotos zeigte schließlich Porträts von Maria, Dorian, Desiree oder Lisa. Einen anderen großen Anteil machten die Nebelbilder aus. Ben lächelte zufrieden, als er die Auswahl bestätigt hatte, indem er bei den anderen Bildern auf »delete« drückte.

Desiree hing den Erinnerungen des Tages nach, haderte ein wenig mit dem stressigen Verhalten ihres Verlobten, rätselte über das Angebot aus den USA und schlief darüber nach kurzer Zeit ein. Sie träumte – was konnte besser sein?

Lisa schrieb unendlich viele Nachrichten an ihre Freundinnen, Freunde, Bekannte. Hätte sie dies versäumt, käme es einer bösen Unterlassung gleich. Sie fühlte sich aufgehoben in ihrem Freundeskreis, weshalb dieser mit »News« gefüttert werden musste. Dabei ging es nicht darum, oberflächliche Ausflugsfotos zu posten. Nein, sie wollte ihren lieb gewonnenen Menschen Zeit und Aufmerksamkeit widmen.

Dorian gingen andere Gedanken durch den Kopf. Wie sollte er Jorges Krankheit ansprechen, von deren Ernst er in Altea erfahren hatte? Ihm blieb nur eine Wahl. Er griff zum Handy.

»Buenas tardes, Sandro. Wir fahren gerade wieder von Calpe nach Las Colinas zurück. In neunzig Minuten kommen wir dort an ... ja, wir essen im Haus. Maria wird auch bleiben. ... für morgen haben wir noch keine Pläne. Vielleicht Golfen oder Faulenzen. ... wie geht es Jorge? Hast du Neuigkeiten? ... das klingt aber nicht besonders gut! ... Wenn ich helfen kann, sagt ihr bitte Bescheid.«

Er legte auf.

»Jorge scheint es immer noch nicht besser zu gehen. Zur Sicherheit lässt der Arzt ihn inzwischen mit Sauerstoff versorgen. Sandro steht in engem Austausch, bekommt aber seit einiger Zeit keine Mitteilungen mehr aus der Klinik.«

»Ich kenne meinen Vater. Er möchte immer die Kontrolle über schwierige Situationen behalten.« Maria klang außerordentlich besorgt. »Es hört sich danach an, als wüsste er mehr, wollte uns aber nicht beunruhigen. Wenn wir in Las Colinas ankommen, müssen wir sofort wieder durchklingeln.«

Sie sollte leider recht behalten. Nachdem sie das Eingangstor geöffnet hatten, sahen sie Lucias Auto vor der Villa stehen. Die Schwester rannte auf Maria zu, die gerade ausstieg.

»Jorge ist gestorben! Maria, Jorge ist tot!«

Die Mädchen lagen sich in den Armen und schluchzten.

»Vor einer Stunde riefen die Ärzte an. Da war es allerdings schon zu spät. Eine Operation war eigentlich für morgen anberaumt. Und jetzt können wir nicht einmal mehr zu ihm, um uns zu verabschieden. Es ist so schrecklich!«

Es ging drunter und drüber. Kurze Zeit später riefen Sybille und Christian an. Keiner von ihnen konnte einen klaren Gedanken fassen. Die Situation fühlte sich surreal an. Die Sonne schien mild auf die Hügel von Las Colinas, als wollte sie Trost spenden. Außer von ein paar Vögeln war kein Laut zu hören. Eine friedliche Stimmung lag über der Anlage. Gleichzeitig tobten Gefühle in allen Beteiligten, Gefühle von Trauer, Unruhe, Verwirrung.

Desiree sonderte sich für eine Weile ab, um mit der Universität in Baltimore zu telefonieren. Sie wählte dafür die obere Terrasse der Villa. Die Verwaltung meldete sich sogleich, als hätte man dort schon auf Desirees Anruf gewartet. Die Universität schätze sich glücklich, ihre Forschungsvorhaben für zwei Jahre zu unterstützen und gemeinsam mit der Münchner Klinik voranzutreiben. Dazu sollte sie so bald wie möglich an die Ostküste der USA kommen, um die Details zu klären. Die Kosten für den Aufenthalt in den Staaten würden übernommen.

Desiree schwankte zwischen Glück und Stolz. Ihr Traum wurde ohne Einschränkungen Wirklichkeit. Jetzt musste sie im Grunde nur noch zustimmen. Noch vor drei Monaten hätte sie Hurra gerufen – jetzt aber stand ihr ein intensives Gespräch mit Dorian bevor. Doch dafür war an diesem emotionalen Abend nicht der geeignete Zeitpunkt. Sie musste abwarten. Behutsam gesellte sie sich wieder zu den anderen.

Lisa ging mit Ben in die Küche, um ein kleines Abendessen vorzubereiten. Zwar hatten sie alle keinen großen Appetit, die Gesellschaft beim Essen würde ihnen aber guttun. Sie deckten den Tisch auf der Terrasse, legten Decken bereit, sollte es später kühl werden. Vor allem Tapas bereiteten sie zu, sodass jeder nach Lust und Laune wenig oder mehr essen konnte. Dazu öffnete Ben eine Flasche guten schweren Rotwein – Jorge hätte dies so gewollt.

»Ich möchte mein Glas auf Jorge erheben«, begann Lucia das Abendessen. »Mein Großvater hat uns alle zusammengebracht! Als er vor vielen Jahren Frank in Barcelona traf, begann die lange Freundschaft unserer Familien. Gran Monte ist der Stein gewordene Beweis dafür. Aber uns verbindet mehr als dieses Projekt. Lasst uns darauf trinken, dass wir unsere Freundschaft erhalten und entwickeln. Salud!«

»Salud!«

Sie saßen eng beieinander um den Tisch herum. Jeder erzählte eine Geschichte über die Großväter. Jeder bedauerte, sie nicht häufiger besucht zu haben. Was Frank anging, gelobten alle Besserung.

Allzu oft verdrängte Dringendes im Alltag die wichtigen Dinge. Musste man einen Besuch der Eltern oder Großeltern einmal wegen einer dringenden Angelegenheit kurzfristig absagen, äußerten jene regelmäßig ihr Verständnis für das Missgeschick. So entfielen zahlreiche wichtige Treffen, die sich als nie wieder nachholbar erwiesen.

Dorian zündete eine Feuerschale an, deren lodernde Flammen ein mildes Licht auf die Villa warfen. Weitere Gläser Rotwein lockerten die Zungen.

Das Brennmaterial für die Feuerstelle ging zügig zur

Neige. Dorian stand deshalb auf, um Nachschub an Holz aus der Küche zu besorgen. Als er in den Gang kam, hörte er Geräusche aus Richtung der Schlafzimmer. Vorsichtig wollte er nachschauen, woher der Laut kam. Bald wurde ihm klar, dass er die Quelle im Master-Bedroom suchen musste. Leise schlich er an die Tür und lauschte. Machte sich Lucia an seinen Sachen zu schaffen? Nein, das konnte nicht sein. Vielleicht versuchte sie sich am Safe?

Dorian schlich zurück in die Küche. Dann rief er laut »Hallo, Lucia. Hilfst du mir mit dem Brennholz?«

Sogleich hörte er, wie sich die Zimmertür zum Schlafzimmer öffnete und wieder schloss. Lucia kam kurz darauf in die Küche.

»Wo bist du denn gewesen, Luci?«

»Ich war kurz auf der oberen Terrasse. Komm, ich helfe dir tragen.« Sie nahm sich einen großen Stapel Holz auf die Arme, den sie auf die Terrasse trug. Dorian folgte ihr, wobei seine Gedanken Purzelbäume schlugen. Er konnte nicht glauben, dass Lucia – die jetzt so freundlich lächelte – versucht hatte, an die Unterlagen im Tresor zu gelangen. Und dies Stunden nach der Todesnachricht ihres Großvaters.

Lange saßen sie alle beisammen. Doch Dorian behielt jetzt Lucia im Auge. Sie kannte die Kombination zum Safe also auch. Hatte sie jetzt die Unterlagen entfernt? Er wurde unruhig. Lucia kannte das Geheimnis der alten Herren, was ihr gar nicht gefallen konnte.

War sie deshalb sogleich zur Villa gefahren? Hatten sie Lucia dann überrascht?

Er durfte niemandem sagen, dass er von dem Geheimnis wusste. Aber er musste auch darauf achten, dass kein Unbefugter die Dokumente vernichtete. Also würde er die nächste Zeit in der Villa verbringen.

Bevor sie schlafen gingen, fiel Dorian ein, seine Freundin zu fragen, ob sie denn schon mit ihrer Universität gesprochen habe. Ihre kryptische Antwort verriet ihm, dass sich etwas Ungutes zusammenbraute. Doch seine Müdigkeit raubte ihm die Kraft für ein tiefer gehendes Gespräch.

Kapitel 10

Streit

Sandro erschien schon sehr früh in Las Colinas. Er hatte sich zum Frühstück angesagt. Lisa holte deshalb zuvor mit Ben zeitig frische Croissants aus dem Mini-Markt. Sie hatten zwei große Kannen Kaffee zubereitet. Eine Karaffe mit frischem Orangensaft leuchtete in der Sonne. Mit viel Liebe deckten sie den Tisch auf der Terrasse. Die anderen saßen bereits, als Sandro ums Haus herumkam und auf die Veranda trat.

Er umarmte jeden Einzelnen, tröstende Worte wurden gewechselt.

»Mein Vater, euer Großvater hätte gewollt, dass wir in Ruhe und Harmonie gemeinsam frühstücken. Er hat unsere Gemeinschaft als eine eingeschworene Familie betrachtet. Für ihn gab es keine Trennung zwischen Cassal und Michel.« Sandros Stimme bebte merklich. Ihm war anzumerken, wie nah ihm der Tod des geliebten Vaters ging.

Desiree nickte still. Ihr kamen die Tränen, als sie diese einfühlsamen Worte hörte. Starker Zusammenhalt in einer Familie ließ sich nicht verordnen, er musste gelebt werden. Wie oft hatte sie in der Klinik erlebt, dass mit dem Tod eines Patienten der letzte

Kitt, der eine Familie noch zusammengehalten hatte, urplötzlich zerbrach. Diese Familie schien wirklich anders zu sein. Sie verspürte eine tiefe Sehnsucht, dazuzugehören.

»Bella will zu Hause bleiben. Sie umarmt euch alle von ferne. Sie möchte mit Sybille sprechen. Zurzeit arbeitet sie an einer Liste, was nun Dringendes zu erledigen ist. Ihr habt hoffentlich Verständnis dafür.«

»Wobei können wir euch denn jetzt helfen«, fragte Dorian. »Unsere Eltern haben uns ja genau aus diesem Grund nach Spanien geschickt. Du brauchst nur etwas sagen, dann stehen wir zur Verfügung.« Ihm fiel es schwer zu akzeptieren, dass man ihn als ältesten Sohn nach Spanien geschickt hatte und dass er jetzt vielleicht nicht direkt helfen konnte. Er schaute Sandro fast flehentlich an.

»Im Moment will ich erst einmal etwas Ordnung in die ganze Sache bringen. Das Dringlichste erscheint zunächst, die Behörden, Ämter und Banken zu informieren. Bella stellt diese Liste zusammen. Dann würde ich gerne eine passende Traueranzeige entwerfen. Doch ich weiß noch nicht, wie wir sie formulieren sollen. Die Beerdigung soll dann in zwei Wochen stattfinden, wobei ich mir vorstellen kann, dass Jorge uns dafür schon Vorschläge in seinem Testament gemacht hat. Alles hängt zurzeit in der Luft.« Sandro wollte keine Hilfe annehmen.

»Guten Morgen, Sybille. Hoffentlich konntest du heute Nacht ein Auge zu tun. Mir war das nicht vergönnt, weil ich fast die ganze Nacht mit Sandro gesprochen habe. Er steht unter Schock, weil Jorge eigentlich viel zu jung von uns ging.« Bella klang verständlicherweise übermüdet. Sie hatte versucht, Sandro Trost zu spenden. Der aber zog sich in sein Schneckenhaus zurück, um zu trauern.

»Wir haben gestern gleich Frank informiert. Der schien jedoch schon von Jorges Tod erfahren zu haben. Woher? Keine Ahnung. Er machte fast den Eindruck, dass ihn die Nachricht nicht überraschte. Wahrscheinlich haben die beiden Alten in den letzten Tagen öfter miteinander gesprochen.«

»Das haben sie garantiert. Sie haben unseren Männern ja die Leitung ziemlich früh übertragen. Mir schien es aber, dass sie aus dem Hintergrund immer wieder lenkend eingriffen, ohne dass unsere Männer das als Eingriff empfanden. Mag sogar sein, dass sie es überhaupt nicht bemerkten.«

»Manchmal führen dezente Hinweise zu besseren Ergebnissen als Anordnungen.«

»Du sagst es! Hat Frank noch etwas Spezifisches geäußert? Hat er irgendeine Bitte von Jorge erwähnt, mit der wir etwas anfangen können?«

»Weder mir noch Christian gegenüber machte er irgendwelche Andeutungen. Nur ein Satz geht mir nicht aus dem Kopf.«

»Und der wäre?«, stutzte Bella.

»›Alles Weitere habe ich mit Jorge beizeiten geregelt. Ihr müsst euch keine Gedanken machen.‹ Er wollte dazu noch mit Sandro telefonieren.«

»Ist Sandro bei dir, Bella?«

»Nein. Er ist in aller Herrgottsfrühe nach Las Colinas gefahren, damit die Kinder nicht allein sind. Er wartet dort sicher auf Franks Anruf.«

»Ich habe ein ganz ungutes Gefühl, meine Liebe.«

»Ich ebenfalls«, antwortete Bella. »Aber uns sind die Hände gebunden.«

Die letzten Jahre hatte sie mit Sandro in paradiesischen Verhältnissen gelebt. Ihre gesunden Kinder befanden sich auf klaren Ausbildungsschienen. Sandro ging in der Leitung von Gran Monte vollkommen auf, wobei er sich die Bälle mit Christian nur so zuwarf. Seit letztem Frühjahr war Lucia mit Zustimmung aller ins Unternehmen eingetreten. Sie hatte ihr Architekturstudium unterbrochen und arbeitete mit Elan an der Erweiterung und Verjüngung des Projekts. Mit neuen Ideen brachte sie frischen Schwung ins Unternehmen, was auch die Mitarbeiter begeisterte. Ähnliches galt für Maria. Auch wenn sich ihr Modestudium vielleicht nur als ein Zwischenschritt herausstellen sollte, musste Bella sich keine Angst um die Zukunft ihrer jüngeren Tochter machen. Ihre bodenständige Art würde ihr früher oder später den richtigen Weg weisen. Aufgeweckt, wie sie war, fand sie viele Freunde, ohne betonen zu müssen, dass sie aus einer wohlhabenden Familie stammte.

Trotz allem kam Bella ins Grübeln. Was wäre, wenn nun die junge Generation frühzeitig ihre Chance suchte? Was, wenn die Großväter beizeiten einen schicksalhaften Plan geschmiedet haben sollten?

»Ich weiß, dass ihr wegen eurer vielen Verpflichtungen in München nicht nach Cabo Roig reisen wollt, Sybille. Aber du solltest dir überlegen, deine Haltung zu überdenken. In meinen Gedanken sehe ich euch in Kürze hier eintreffen. Besprich es doch bald mal mit Christian.«

»Das werde ich wohl müssen. Wir bleiben in Kontakt.« Damit beendete sie das Gespräch, wissend, dass sie bald nach Spanien fliegen würde.

Sandro fühlte, dass Frank von sich aus anrufen würde. Er musste ihn nicht dazu auffordern, auch wenn die Kinder ihn immer wieder drängten. So bat er Ben, frische Meeresfrüchte im Geschäft in Campoamor zu besorgen, damit sie gemeinsam grillen und kochen konnten. Während dieser mit Maria den Auftrag erledigte, wurden schon bald mit Öl bestrichene Kartoffeln, Karotten, Zwiebeln mit dem Backblech in den Ofen geschoben. So verging die Zeit. Jeder fand etwas zu arbeiten, jeder wurde eingespannt.

Eine Stunde später produzierte der heiße Grill wunderbar duftende Gambas Rosadas mit Knoblauch. Die

Hitze ließ die Fische in ihren Bratvorrichtungen kross werden. Dazu gab es das kräutergewürzte Ofengemüse, das ihnen allen das Wasser im Munde zusammenlaufen ließ. Sandros Plan, mit dem Essen etwas Ablenkung und Beruhigung zu stiften, ging auf.

Desiree trug gerade mit Dorian den Cortado nach draußen, als Sandros Telefon summte. Es war soweit.

»Grüß dich, Frank. Ich habe schon auf deinen Anruf gewartet. Darf ich dich auf laut stellen, damit die Kinder zuhören können?« Alle schauten verblüfft zu Sandro, der sie ohne einen Moment zu zögern ins Gespräch mit einbezog. Er schaltete sein Handy auf laut.

»Nur zu, Sandro! Ich wollte dir mein aufrichtiges Beileid ausdrücken. Jorge starb viel zu früh und unerwartet.«

»Du hast recht, Frank. Wir haben allerdings mit einem nicht ganz einfachen Krankheitsverlauf gerechnet. Trotzdem gab die bevorstehende Operation uns Hoffnung. Dass es dann so plötzlich zu Ende ging, ahnte keiner von uns.«

»Jorge ahnte wohl mehr, denn er klang vor wenigen Tagen ziemlich abgeklärt. Ihm schwante nichts Gutes. An eine Rettung durch die Stents glaubte er nicht wirklich.«

»Du hast also noch mit ihm gesprochen?«

»Das habe ich. Ich wollte euch aber nicht belasten. Auch Jorge wollte das nicht. Er war glücklich, dass unser Gran Monte ein so stabiler großer Erfolg geworden war. Seinen Lebenstraum sah er als verwirklicht an. Er bereitete sich darauf vor, in Ruhe und Würde von der Bühne abzutreten.«

»Schön, das zu hören. Gab es noch etwas Wichtiges, über das ihr spracht, etwas, was wir wissen müssen?«

Frank zögerte, bevor er mit klarer Stimme fortfuhr: »Vor vielen Jahren einigten wir uns unter vier Augen auf ein Verfahren für die Monte-Nachfolge. Wir unterschrieben beide vor zehn Jahren dazu ein Papier, das ich in den Safe der Villa gelegt habe – kurz nachdem diese fertiggestellt war. Wenn ihr die Kraft habt, es zu lesen, dann holt es aus dem Tresor. Ich habe es Jorge versprochen, dass ich bei seinem Tod sogleich von der Vereinbarung berichte. Auch habe ich mich verpflichtet, den Vertrag einzuhalten.«

»Willst du mehr erzählen?«

»Nein, denn alles erklärt sich von selbst. Und seid uns nicht böse. Wir meinten, unsere Gründe zu haben. Ach: dreiundzwanzig-neunzehn-vierzig lautet der Code. Ich hoffe, das Dokument befindet sich noch im Safe. Jeder in der Familie kennt ja unseren Standard-Code. Nicht, dass das Papier fehlt. Wir haben keine Kopie davon gemacht.« Mit diesem Satz schloss er sein Statement in einer Art und Weise, dass jeder spürte: Er wollte das Gespräch beenden.

»Bleib gesund, Frank. Wir hören voneinander.«

Es trat eine Pause ein, in der keiner das Wort ergreifen wollte. Sandro dachte nach. Sollte er vorschlagen, sogleich den Safe zu öffnen? Oder wäre es besser, sich zunächst mit Bella zu beratschlagen? Dass Frank den Inhalt des Schreibens kannte, es aber nicht vorbesprechen wollte, verhieß nichts Gutes. Zumindest waren Auseinandersetzungen in den Familien zu erwarten. Was wäre, wenn seine Stellung sowie die von Christian wackeln sollte? Unruhige Gedankenfetzen flogen ihm durch den Kopf.

Dorian bemühte sich, ruhig und bedächtig reagieren, quasi als *elder statesman*. Er musste vermeiden, dass irgendjemand den Eindruck gewinnen könnte, er kenne den Inhalt des Schreibens. Wenn der Vertrag verlesen würde, wollte er ruhig bleiben, keine Regung zeigen. Sicher kein einfaches Unterfangen – aber er konnte sich nun seelisch darauf vorbereiten. Er blickte zu Desiree, die auf die gegenüberliegenden Hügel schaute. Warum rückte sie nicht näher an ihn heran? Warum nahm sie ihn nicht in die Arme?

Desiree machte sich keine allzu tiefgründigen Gedanken. Sie rechnete mit einer Art Erbschaftsvereinbarung, von der sie allenfalls indirekt betroffen sein konnte. Bei der Verlesung des ominösen Vertrags wollte sie nicht dabei sein – selbst wenn die anderen nichts dagegen einwenden sollten. Das Einzige, was sie störte, war Dorians Schweigen. Hätte er sie nicht demonstrativ in die Arme nehmen können, um auszudrücken, dass alles, was jetzt ans Tageslicht käme, für sie beide relevant war – nicht nur für ihn?

»Dorian, ich denke, dass ich euch später als Familie allein lassen sollte, wenn ihr das Papier lest. Ihr wollt dann bestimmt erst mal Zeit für euch verbringen. Nur brauche ich deine Aufmerksamkeit für einige Minuten, weil ich dir beichten muss, dass die Johns Hopkins Universität mir gestern eine Forschungszusammenarbeit angeboten hat.« Desirees sachliche Art zu sprechen erschien seltsam fremd. Sie staunte fast selbst darüber.

»Das klingt ja fantastisch! Gratuliere, Liebling. Davon hättest du ruhig sofort berichten können.« Dorian wusste nicht, ob er seiner Desi einen Vorwurf machen sollte.

»Es gibt dabei einen Pferdefuß, Dorian. Sie verlangen, dass ich einen erheblichen Teil meiner Zeit in den USA forschen soll.«

Beide schauten sich betroffen an. Jedes nächste Wort konnte ein falsches sein, dessen waren sie sich bewusst.

»Ich werde vielleicht die nächsten Tage schon nach München fliegen müssen, um das weitere Vorgehen mit meiner Klinik zu besprechen.« Damit nahm sie Dorians Hand und drückte sie fest. Aber die Leichtigkeit ihrer Beziehung wich in diesem Moment einem Gefühl von Taubheit.

Lisa, Ben und Maria waren gespannt, aber ohne konkrete Erwartungen. Aus ihrer Sicht kam das Erdbeben – um nichts anderes konnte es sich handeln – einfach viel zu früh.

Ganz anders lag die Sache für Lucia. Mit hochrotem Kopf starrte sie gebannt auf ihren Vater. Sie konnte kaum verbergen, dass sie den Inhalt des Papiers kannte. Sie versuchte, Dorians Blick auszuweichen. Warum musste Jorge auch so unerwartet sterben? In zehn Jahren würde sie fest im Sattel sitzen, die Geschwister hätten ihre führende Rolle klaglos akzeptiert. Dorian wäre ein erfolgreicher Geschäftsmann, der Gran Monte als Nebeninvestition betrachten würde. Jetzt wollte sie auf Zeitgewinn spielen. Ihre Emotionen im Zaum zu halten, stellte jedoch die härteste Herausforderung dar.

Was wäre, wenn sich eine Gelegenheit ergäbe, den Umschlag mit dem Schreiben unbemerkt verschwinden zu lassen? Sollte sie das versuchen? Sie fand, dass sie das Recht dazu besaß. Wie konnten zwei alte Männer festlegen, dass Frauen keine Führungsrolle einnehmen dürften? Eine Ungeheuerlichkeit! Eine Minute Zeit würde genügen. Sie beschloss, diese Chance nutzen.

»Bella sollte beim Öffnen des Safes anwesend sein, denke ich«, spielte Sandro auf Zeit. Beruhigt sah er das zustimmende Nicken der anderen. Dann wählte er ihre Nummer. »Bella, wir schlagen vor, dass du zu uns nach Las Colinas kommst. Wir sprachen gerade mit Frank, der einen Vertrag im Safe erwähnte. Er bat, diesen zu öffnen. Mir wäre es lieb, wenn du dann hier wärst.«

»Gerne. Ich komme so gegen fünf Uhr zu euch. Den Anruf der Lebensversicherung möchte ich noch abwarten. Christian solltest du aber auch nicht außen vor lassen. Vielleicht stellst du das sicher.«

Dorian bat seinen Bruder, süßes Gebäck zum Kaffeetrinken im Supermercado zu besorgen. Maria wollte ebenfalls mitkommen, weil sie die sich aufbauende Spannung in der Villa nicht mehr aushielt.

Lisa schloss sich an: »Ich komme auch mit.«

Während Sandro sich in eine ferne Ecke des Gartens zurückzog, um Christian anzurufen, ging Lucia in das Wohnzimmer. Dorian öffnete die Schiebetür seines Schlafzimmers zur Poolveranda. So behielt er den Safe im Blick. Wie ein Hund beobachtete er jeden Schritt der Katze Lucia. Diese wiederum versuchte, Dorian in die Küche zu lotsen, damit er sich an den Vorbereitungen für das Kaffeetrinken beteiligte. Nur so konnte sie unbemerkt an den Safe gelangen.

Unschuldig beschien die Frühlingssonne die Golfanlage. Ein leichter Wind strich durch die Pinienbäume und erzeugte ein lebendiges Rauschen. Gruppen engagierter Golfer zogen unter der Mauer vorbei. Leichter Lärm drang vom Clubhaus herauf. Nach erfolgreicher Golfrunde feierten dort Skandinavier mit einigen Runden kalten Biers. Es herrschte eine freundlich-entspannte Betriebsamkeit, für die Las Colinas bekannt war.

»Gut, dass ich dich gleich erreiche, Christian. Bella hat Sybille sicherlich schon angerufen?!«

»Klar hat sie das. Aber auch ich wollte dir mein Beileid ausdrücken. Es tut mir schrecklich leid. Mir fehlen die Worte, auszudrücken, was ich empfinde.«

»Danke, Christian!« Sandro machte eine Pause, bevor er fortfuhr: »Frank hat wohl in den letzten Tagen öfter mit Jorge gesprochen. Er meinte, dieser hätte geahnt, dass es ein schlimmes Ende nehmen könnte.« Sandro spielte immer mit offenen Karten. Er wollte nicht abwarten, was ihm Christian erzählen würde.

»Mich rief er erst nach dir an, Sandro. Er meinte wohl, dass die Unterlagen im Safe für den weiteren Fortlauf der Dinge entscheidend sein würden. Es klang nebulös. Was hat er dir davon erzählt?«

»Er hat mit Frank wohl eine Abmachung getroffen, von der kein anderer etwas wissen sollte. Ähnlich wie damals, als sie uns beide als Nachfolger einsetzten. Ich kann mir vorstellen, dass der Tod von Jorge jetzt eine Lawine ins Rollen bringt, die uns alle mitreißen könnte.«

»Klingt schlüssig, mein Lieber. Jetzt kommt es darauf an, dass wir beide die Ruhe bewahren und uns nicht auseinanderdividieren lassen.«

Christian versuchte sich auszumalen, was den alten Herren wohl vor Jahren in den Sinn gekommen sein mochte. Sie hielten sich beide konsequent im Hintergrund, wenn es um neue Investitionen ging. Vorbildlicher gegenüber der nachfolgenden Generation konnte man sich nicht verhalten. Deshalb blieb das familiäre Verhältnis auch stets harmonisch. »Wer einmal die Macht abgibt, darf sie später nicht wieder anstreben.« Dieser Spruch seines Vaters klang ihm in den Ohren. Ein weiser Spruch, der jetzt an Bedeutung gewinnen konnte.

Die beiden diskutierten das weitere Vorgehen. Sie kamen überein, dass man um sechs Uhr abends den Safe öffnen werde. Die Michels würden sich über FaceTime melden. Sollte eine unklare Situation entstehen, würden die Älteren eine Auszeit erbitten. Eine hektische emotionale Situation galt es mit allen Mitteln zu vermeiden.

Während des Kaffeetrinkens blieb die Stimmung friedlich, aber nervös. Vor allem Lucia und Dorian sprachen kaum ein Wort. Sie belauerten sich gegenseitig. Lisa und Ben sahen ihre Rolle darin, eine ruhige Atmosphäre zu erzeugen. Sie erzählten Sandro von den Erlebnissen des Vortages oder zeigten Fotos. Doch immer wieder versiegte der Redestrom – was bei Spaniern mehr als unüblich war.

Als Bella eintraf, wirkten alle erleichtert. Mit ihrer netten, heiteren Art hatte sie schon manches Mal kritische Situationen überwunden. Sie unterbreitete den Vorschlag, zuerst einen kleinen Spaziergang in der Frühlingssonne zu unternehmen, bevor man den Safe öffnete. Diese Idee wurde gerne angenommen. Lediglich Lucia schloss sich nicht an. Dorian tat es ihr gleich.

Der Weg, den sie für den Spaziergang nutzten, führte am Rand des Golfkurses entlang. Imposant thronten einige der weißen Villen auf oder an den Hügeln. Die blauen Pools vor den Gebäuden wirkten wie Edelsteine in der sattgrünen Landschaft. Die Golfbahnen schmiegten sich in die Natur, als wären sie immer schon ein Teil davon gewesen. Die Planer der Anlage hatten die Straßen in Las Colinas geschickt zwischen Bäumen und Hügeln verborgen, sodass man nur wenig von ihnen sah und hörte.

Die gemeinsame Stunde in der sich abkühlenden Sommerluft lenkte alle von ihrer Anspannung ab. Die Gespräche drehten sich um die Dinge, die zurzeit auch jeden Einheimischen beschäftigten. Man sprach über kleine Erdbeben in den letzten Wochen, von denen es hier zahlreiche gab und von denen man annahm, dass sie die roten Gambas in größere Tiefen verscheuchten und deren Preise damit in die Höhe katapultierten; über das Wetterphänomen des Gota Fria – des kalten Tropfens –, der jeden Herbst Schäden an der Küste verursachte; über die steigenden Immobilienpreise, die nur noch Ausländer zu zahlen bereit wären. Natur und Spaziergang entfalteten die heilende Wirkung, die Bella von Beginn an bezweckt hatte, wohl wissend, dass jeder seine Kraft noch brauchen würde.

Lucia fand keine Gelegenheit, sich unbemerkt dem Safe zu nähern, weshalb sie nun schweigend dem – aus ihrer Sicht – Unheil entgegenfieberte. Um sechs Uhr meldeten sich wie vereinbart die Michels aus München bei Sandro. Dieser übernahm die Verantwortung für die weiteren Schritte.

»Ich werde nun den Safe öffnen, der sich im großen Schlafzimmer befindet.« 231940 – klack. »Jetzt geht die Tür auf. Ich entnehme alles, was sich im Tresor befindet. Hier sind einige Goldbarren. Dann befindet sich unten eine Marienfigur aus Holz. Das Letzte ist ein dünner Umschlag, den ich heraushole.« Sandro schaute noch einmal gewissenhaft nach, leuchtete alle Ecken aus. »Andere Gegenstände kann ich nicht erkennen. Ich schlage vor, dass wir ins Wohnzimmer gehen. Dort werde ich den Umschlag öffnen.«

Während Sandro das Schreiben aus dem geöffneten Umschlag entnahm und den Text vorlas, konnte man eine Stecknadel fallen hören.

Las Colinas im Juli 2012. Hiermit bestimmen wir beide, Jorge Cassal sowie Frank Michel, bezüglich der Nachfolge über die Firma Gran Monte S.L. und deren Management. Sollte einer von uns beiden versterben, tritt folgende Regelung in Kraft: Damit eine klare Zukunftslinie für die Gesellschaft sichergestellt bleibt, soll ab dem Ersten des Folgemonats nach dem Ableben der älteste männliche Nachkomme aus einer der beiden Familien die Geschäfte übernehmen, wenn er sich dazu bereit erklärt.

Sandro stockte die Stimme. Er verstand zunächst nicht wirklich, was der Text bedeutete. Christian räusperte sich, als versuche er dadurch, den Text besser zu erfassen. Die Kinder schauten sich gegenseitig fragend an. Dorians Gesicht wurde puterrot. Er hätte sich am liebsten in Luft aufgelöst. Lucia schaute blass in die Ferne.

Ab diesem Zeitpunkt kann er die Ausrichtung der Gesellschaft für zehn Jahre bestimmen und wesentliche Festlegungen treffen (Verkauf, Beleihung, Verpachtung, unveränderter Weiterbetrieb usw.). Sollte er nicht willens dazu sein, geht dieses Recht zum Ersten des Folgemonats auf den nächsten männlichen Nachfolger über. Sollte auch dieser nicht gewillt sein, folgt die älteste Tochter usw. Die Erbrechte bleiben von dieser Regelung unberührt.

Sybille umarmte ihren Christian. Sie vergoss Tränen. Was hatte dies alles zu bedeuten? Würden sie beide von heute auf morgen keine feste Aufgabe mehr besitzen – und sollte gerade ihr Sohn für dieses Unheil verantwortlich sein? Bella schaute versteinert vor sich hin; jede Reaktion ihrerseits schien unangemessen.

Diese Regelung kann nur mit Zustimmung und Unterschrift beider Unterzeichner verändert werden. Frank Michel, Jorge Cassal 8.7.2012«

Sandro beendete seine Aufgabe. Was nun? Um die Kontrolle über das Geschehen zurückzugewinnen, musste er Initiative zeigen.

»Ihr habt es alle gehört. Unsere alten Herren waren uns wieder ein Stück voraus. Sie wollten Schicksal spielen, was ihnen bestens gelungen ist. Das Dumme ist, dass der Vertrag an Deutlichkeit nichts zu wünschen übrig lässt. Durch die Abschlussklausel lässt sich am Gesagten auch nichts mehr ändern. Frank wird sich daran halten müssen und wollen.« Sandro machte eine kurze Pause, als wollte er Kraft schöpfen. »Ich möchte mit dir jetzt ein paar Sätze unter vier Augen austauschen, Christian.«

Murmelnde Zustimmung der anderen war zu hören. Sandro erhob sich, ging allein in den Garten zur Palme, die schützend in der Ecke stand. Hier stand ein kleiner Gartenstuhl, auf dem er Platz nahm. Er sammelte seine Gedanken, bevor er bei Christian anrief.

»Gut, dass du erst einmal eine Pause für uns zwei sicherstellst, Sandro. Ich bin einigermaßen sprachlos. Doch bei unseren alten Herren hätten wir beide uns so etwas auch denken können.«

»Wenn wir sie gefragt hätten, ob sie Pläne für die Zukunft von Gran Monte haben, dann hätten sie uns vorab nichts davon erzählt. Sie haben alles fein säuberlich besprochen. Das Einzige, wobei sie sich verkalkulierten, war der frühe Tod.«

»Exakt. In zehn Jahren hätte alles deutlich besser funktioniert. Wir würden uns dann ohnehin langsam zurückziehen. Deine Lucia wäre mittlerweile eingearbeitet. Dorian – davon bin ich überzeugt – hätte ihr die Führung nicht streitig gemacht, weil er mit seiner Unternehmung genug beschäftigt wäre.«

»Nur ist das Problem jetzt anders gelagert. Dein Dorian wird gezwungen, sich binnen zehn Tagen festzulegen. Vielleicht sagt er Nein, dann müsste Ben sich festlegen. Für ihn kommt das alles aber viel zu früh. Derweilen kämpft Lucia dann mit einem Ergebnis, das sie nicht beeinflussen kann. Eine schreckliche Geschichte.«

»Meinst du, dass ich noch einmal mit Frank sprechen sollte?« Mit diesem Satz versuchte Christian etwas Zeit zu gewinnen, obwohl er wusste, dass ein solches Unterfangen zwecklos war.

»Das wird keinen Wert haben. Selbst wenn er die Probleme sehen kann, wird er sich an die Abmachung mit Jorge halten.«

Sandro rang mit sich. Vorrangig kam es nun darauf an, dass sich die Kinder nicht zerstritten. Er käme mit Christian gut zurecht. Als gestandene Männer, die schon viele Höhen und Tieren bezwungen hatten, fänden sie eine Lösung. »Ich schlage vor, dass wir den Kindern zunächst mitteilen, dass sie sich bitte nicht in die Wolle bekommen sollten. Zudem sollten sie das Gespräch untereinander suchen.«

»Was du sagst, klingt vernünftig. Wir beide aber müssen auch genügend Zeit investieren, um mit unseren Frauen einen Plan für die kommenden Jahre zu schmieden.«

Sandro kehrte zu den anderen zurück, die schweigend auf ihren Stühlen saßen. »Christian meint, dass wir nun vor allem auf eines achten sollten: Kein gegenseitiges Zerfleischen, kein Streit! Keiner von uns hat sich dieses Schreiben gewünscht, keiner hat es auch nur annähernd so erwartet. Doch jeder ist davon betroffen. Bevor wir voreilige Schlüsse ziehen, sollten wir viel Zeit für Gespräche vorsehen. Wir schlagen vor, dass wir uns morgen Nachmittag wieder zusammensetzen. Bis dahin kann jeder mit jedem reden. Was haltet ihr davon?«

Da keiner eine andere Idee vorbrachte, galt der Plan als verabschiedet. Der Erste, der die Initiative ergriff, war Dorian. Er stand auf, um zu Desiree zu gehen, die auf der Terrasse gewartet hatte, und ergriff ihre Hand. Schweigend verließen sie die Villa für einen langen Spaziergang über den Golfkurs. Als Ziel suchten sie sich den höchsten Punkt des Platzes aus. Hier konnten sie freier denken und atmen. Wie unschuldig doch die Natur ihr Kleid ausbreitete, als wollte sie sagen: Nehmt nicht alles so bitterernst.

»Jetzt denken alle, ich sei schuld an dem Schlamassel«, begann Dorian die Diskussion, nachdem er seiner Freundin den Inhalt des Briefes auseinandergesetzt hatte.

»Natürlich bist du nicht verantwortlich, Dorian. Vielleicht sortierst du dich erst mal ein wenig«, versuchte Desiree die Übersicht zu behalten. »Willst du überhaupt die Leitung von Gran Monte übernehmen? Du hast doch deine eigene Firma. Keiner zwingt dich. Ben wartet sicher am dringlichsten auf eine Entscheidung von dir.«

»Lucia schaut mich an, als wollte sie mich fressen. Das verstehe ich sogar, weil sie ihre Stellung gefährdet sieht. Ich will ihr aber nichts wegnehmen.«

»Dann sprich doch mit ihr. Aber überstürze auch nichts. Wenn du deine Position aufgibst, dann kehrst du nicht mehr zurück. Meinetwegen sollst du dein Forstunternehmen weiterbetreiben. Wenn du dich aber anders entscheidest, unterstütze ich dich ebenfalls. Auch ich muss mich ja in einigen Tagen zu einer weitreichenden Entscheidung durchringen, die nicht einfach ist.«

Es ging hin und her. Dorians Seele tat das Verständnis seiner Desi gut. Doch nahm ihm das die Entscheidung nicht ab. Er dachte an das Finanzierungsproblem seiner Gesellschaft. Wenn er zum Minderheitseigner werden sollte, weil er kein Geld auftreiben konnte, verlöre er nicht nur die Gestaltungshoheit, sondern auch die Lust am Unternehmen. Als Angestellter mochte er seine Zukunft nicht fristen. Er wollte die Strategie, den Weg bestimmen. Solange er auch überlegte, er fand keine klare Lösung für seine Probleme.

Ohne viele weitere Worte zu wechseln, machten sie noch einen langen Marsch über den Golfplatz. Ab und an drückten sie sich in die seitlichen Büsche, um nicht von den Bällen der Golfer getroffen zu werden.

Lucia wiederum bat ihren Vater um ein Gespräch. Bella ermunterte sie, mit ihm allein zu sprechen. Sie musste nicht dabei sein, ahnte sie doch, was ihrer Tochter auf der Seele lag. Sandro schlug vor, gemeinsam in den Cañon laufen, der südlich vom Clubhaus begann. Lucia nahm den Vorschlag gerne an, weil sie als Kinder dort im Tal immer Schutz gefunden hatten, wenn sie einmal Probleme miteinander besprechen wollten.

»Das können die beiden Alten nicht ernst gemeint haben, Vater.« Seit Ewigkeiten hatte sie diese Anrede nicht mehr verwendet. »Sie bevorzugten von Beginn einen Mann als Chef von Gran Monte, ohne auch nur ein Wort darüber zu verlieren.«

»Vielleicht möchte Dorian die Leitung gar nicht übernehmen.«

»Darum geht es nicht. Es geht um eine Bevorzugung des männlichen Geschlechts. Das ist ungerecht. Und es ist außerdem unrechtmäßig. Ein solcher Vertrag ist sittenwidrig. Ich werde so etwas nicht akzeptieren.«

»Lucia, du hättest aber auch nichts dagegen gehabt, wenn die Senioren dich bevorzugt hätten!«

Das hätte Sandro besser nicht gesagt. Lucia kochte innerlich, so wie sie es noch nicht erlebt hatte. Ihre Gefühle fuhren Achterbahn. Hatte sich ihr eigener Vater soeben gegen sie gestellt?

»Du fällst mir in den Rücken? Die Großväter haben

sich eindeutig gegen eine Frau entschieden, und damit auch gegen mich ganz persönlich! Ich werde Frank dazu selbst befragen müssen, um ein wenig hinter diese seltsame Fassade schauen zu können.«

»Frank wird dir keine andere Auskunft geben. Er wird sich an sein Wort gebunden fühlen.«

»Willst du mir verbieten, mit ihm zu sprechen, oder wie muss ich das deuten?«, fauchte Lucia. »Mit dir kann ich ja offenbar nicht darüber sprechen. Du verstehst mich nicht.«

Im Gegensatz zu den heftigen Diskussionen leuchtete die Nachmittagssonne mild durch die Pinienkronen. Überreife Orangen hingen an alten, nicht mehr für die Ernte geeigneten Bäumen. Mandarinen und Kumquats versteckten sich zwischen den kleinen Lehmhügeln. Ein aufgescheuchtes Rothuhnvolk flog auf und suchte weiter hinten am Hang wieder Deckung.

Erst als die Sonne unterging, kehrten Vater und Tochter wieder in die Villa zurück. Ben und Lisa hatten einige Büchsen Bier kaltgestellt. Nicht die schlechteste Idee zur Beruhigung, dachten beide. Ohne zu fragen, reichten sie jedem ein Glas.

»Frank? Hier spricht Christian. Hast du gerade Zeit?«

»Was soll ich denn anderes machen, als auf deinen Anruf zu warten? Und bevor du es aussprichst, gebe ich dir schon recht. Wir alten Männer haben einen Fehler gemacht, als wir das Papier aufgesetzt haben.«

»Dann siehst du es also ein, Vater. Ihr habt Chaos angerichtet. Du solltest es sehen. Es wird plötzlich gestritten. Die gewohnte Harmonie ist im Eimer.«

»Ich kann und werde aber das gemeinsame Papier nicht in Zweifel ziehen, selbst wenn ich der Meinung bin, dass wir einen Fehler begangen haben. Das wirst du verstehen. Verstehen müssen!«

»Warum musstet ihr denn einen Mann bevorzugen? Lucia regt sich furchtbar auf. In der heutigen Zeit sollten Frauen nicht als rechtlos betrachtet werden.«

»Das ist aber nicht der Fehler, von dem ich sprach. Wir wollten euch als Söhne nicht so früh abberufen. Nach unseren Vorstellungen solltet ihr Monte noch weiterführen, bis ihr deutlich über sechzig geworden wäret.« Frank machte eine längere Pause. »Die Festlegung auf Dorian hatte einen anderen Grund. Sandro setzten wir für eine sehr lange Zeit als Leiter ein. Ihr habt ja als Team toll zusammengearbeitet – Verzeihung: ihr arbeitet als Team fantastisch zusammen. Wäre es aber zu einer Grundsatzentscheidung gekommen, dann wäre ihm das letzte Wort zugefallen. Für die nächste Generation wollten wir bewusst einen Wechsel vollziehen.«

»Warum habt ihr dann nicht auch schon frühzeitig Dorian auf diese Rolle mit vorbereitet?«

»Das fragst du mich? Ihr habt zehn Jahre lang keine gemeinsamen Urlaube eurer Kinder in Cabo Roig mehr gewollt. Das war doch nicht unsere Idee! Inge hatte oft gefragt, warum ihr nicht mehr nach Spanien fahrt. Sie bekam nie eine schlüssige Antwort, weder von dir, noch von Sybille. Bitte, mach deshalb nun mir keine Vorwürfe.«

»Mache ich auch nicht. Es ist ohnehin ›water under the bridge‹. Vergessen wir diese Diskussion jetzt.« Christian versuchte, die Emotionen abzukühlen.

»Die Diskussion müssen vor allem Lucia und Dorian miteinander führen. Vielleicht finden sie ja beide einen guten, friedlichen Weg für die Zukunft.«

Christian beschloss, dass die Angelegenheit zu dringend geworden war, als dass sie aufgeschoben werden konnte. Bald würde er mit Sybille einen Flug nach Alicante buchen, um ihren Kindern beizustehen. Die Uhr tickte schon zu laut.

Da manchmal ein gemeinsames Essen heilsam sein konnte, wurde der Grill am Abend angeworfen. Jeder befleißigte sich, zu helfen, um die angespannte Stimmung nicht noch weiter negativ aufzuladen. Keiner wollte Cava trinken, weshalb man sich für Weißwein entschied.

Die Gespräche kreisten um spanische Traditionen bei der Nahrungszubereitung. Warum viel Fett gesund sei – anders als man noch vor Kurzem glaubte; wie man Knoblauch vorbereiten musste, damit er nicht penetrant roch.

So gelang es, für eine längere Zeit die Anspannung

in den Gesichtern zu lösen. Auch das eine oder andere heitere Lachen war wieder zu hören.

Spät dann zog Sandro das Wort wieder an sich. »Lucia, dich als älteste Tochter würde ich bitten, morgen nach Madrid zu fahren, um die Vorbereitungen für die Beerdigung zu treffen. Dazu erhältst du unsere Unterstützung.«

»Gleich morgen früh werde ich starten.«

»Dorian hat sich angeboten, dir zu helfen, wenn du möchtest.«

»Ich brauche seine Hilfe nicht!« Wie ein giftiger Pfeil wirkten diese Worte.

Die Michel-Kinder blieben in dieser Nacht für sich. Dorian zog Ben bei einem Brandy noch in ein langes Gespräch.

Kapitel 11

Kaltes Feuer

Lucia brach schon um sechs Uhr morgens nach Madrid auf. Sandro hatte ihr eines der Firmenfahrzeuge zur Verfügung gestellt. Sie wollte noch vor dem Mittagessen in der Hauptstadt ankommen, um das Notwendige in der Klinik zu organisieren. Daneben hatte sie aber noch andere Pläne, von denen ihre Verwandten nichts wissen sollten.

In der Morgensonne fuhr sie an den Hügeln um Murcia vorbei durch trockene, oft karge Natur. Wer will eigentlich hier wohnen?, dachte sie sich. Wer hier vorbeikam, wollte entweder nach Madrid, oder er kam aus Madrid, um ans Meer zu gelangen.

Nach zwei Stunden erreichte sie Albacete, die Provinzhauptstadt von Kastilien-La Mancha. Hier stoppte Lucia am Platz bei der Kathedrale, um einen Kaffee zu trinken. Es erstaunte sie, wie sauber und geordnet sich diese Stadt doch zeigte. Aus ihrer Erinnerung kannte sie den Ort vor allem durch das große jährliche Fest im September, zu dem Jugendliche aus der Ferne hierher pilgerten. Voller Menschen und ihren Hinterlassenschaften, hinterließ Albacete dann keinen blendenden Eindruck.

Da sie zu den ersten Besuchern an diesem Tag gehörte, fand sie einen ruhigen kleinen Tisch. Sie wählte eine Madrider Telefonnummer. »Spreche ich mit Abogado Corte?«

»Abogado Corte wird in einer Stunde im Büro erwartet. Mit wem spreche ich?«

»Lucia Cassal, die Tochter von Sandro Cassal, Gran Monte.«

»Aha. Frau Cassal. Was können wir für Sie tun?«

»Ich würde gerne eine delikate Angelegenheit mit Herrn Corte persönlich besprechen. Wenn es geht, noch heute. Ich bin auf dem Weg nach Madrid. Wäre ein Termin am Nachmittag möglich?«

»Fünfzehn Uhr, Señora Lucia. Wir erwarten Sie in der Kanzlei.« Diese Antwort kam ohne Zögern, was verdeutlichte, welche Stellung man dem Kunden Gran Monte in der Kanzlei einräumte.

»Eine Bitte hätte ich noch. Teilen Sie niemandem mit, dass wir einen Termin vereinbart haben.«

»Niemandem?«

»Niemandem. Ich werde pünktlich sein.«

Bald saß Lucia wieder am Steuer und rollte Madrid entgegen. Mit jeder halben Stunde nahm der Verkehr an Heftigkeit zu. Der Moloch der gigantischen Stadt schien jeden Menschen zu verschlingen, der sich ihr näherte. Monotone Hauptverkehrsadern mit vielen Fahrspuren saugten die Autos ein, um sie im Zentrum wieder auszuspucken. Wer sich allerdings nicht auskannte, dem konnte es passieren, dass er an seinem Ziel vorbeigeschwemmt wurde. Während an der Küste die Autofahrer aufeinander Rücksicht nahmen, hupten sie hier oder drängten andere aus der Spur. Lucia war nass geschwitzt, als sie die Klinik in der Nähe des Zentrums erreichte. Vom riesigen Parkplatz musste sie eine Viertelstunde zum Hauptgebäude laufen, wobei sie fast fürchtete, den Rückweg später vielleicht nicht mehr zu finden.

Der Anonymitätswahnsinn hatte die Organisation des Krankenhauses erfasst. Lucia wurde gefragt, welche Krankheit sie habe, warum sie gerade hierher käme, wer sie geschickt habe. Es dauerte lange, bis sie einen Verantwortlichen fand, dem sie erklären durfte, dass sie wegen eines Todesfalls am Vortag gekommen sei. Nicht eine Spur von Mitleid ließ sich das Verwaltungspersonal entlocken. So sehr hatte sich die schiere Masse der täglich zu bewältigenden Kranken in die Seelen des Personals gefressen, dass das einzelne Schicksal nicht mehr wahrgenommen wurde. Auch der Tod verlor in diesem System seine prägende Bedeutung.

Am liebsten hätten die vollkommen überlasteten, hektisch agierenden Angestellten den Fall von Jorge Cassal auf einen späteren Zeitpunkt verschoben. Nur der extremen Hartnäckigkeit von Lucia war es zu verdanken, dass sie Gehör fand. Ihre Taktik, sich nicht abspeisen zu lassen und einfach sitzen oder stehen zu bleiben, bis die Dinge geklärt worden waren, brachte schließlich den Erfolg. Ohne einen Bissen gegessen zu haben, trieb Lucia die Formalitäten voran. Totenschein, Überweisungsscheine für den Leichnam hielt sie nach Stunden wie einen Siegespokal in ihrer Hand. Lucia spürte Erschöpfung in allen Fasern ihres Körpers.

»Hola, Bella. Ich bin fix und fertig. Aber noch diesen Nachmittag müsste ich alle notwendigen Papiere in den Händen halten. In diesem riesigen Krankenhaus scheinen Kranke wenig zu zählen, Tote aber noch weniger.«

»Du bist die Beste, Lucia.«

»Um zehn Uhr abends könnte ich wieder in Cabo Roig sein, wenn ich Glück habe.«

»Fahr vorsichtig, mein Kind!«

Lucia nahm sich ausreichend Zeit für einige leckere Tapas auf der Plaza Mayor, dem majestätischen Platz der Hauptstadt. Sie musste nachdenken, sich einen Plan zurechtlegen. Die besten Voraussetzungen ergäbe natürlich eine rechtliche Beurteilung, dass der Vertrag sittenwidrig wäre, den die beiden alten Herren aufgesetzt hatten. Allerdings müsste sie dann allein gegen diesen Vertrag kämpfen, ihn sogar gerichtlich anfechten, weil sie keine Unterstützung von ihrem Vater erwarten konnte.

Sie käme außerdem nicht an einem intensiven Gespräch mit Dorian vorbei. Nur so konnte sie erfahren, welche Pläne er verfolgte. Waren seine Pläne schon gefestigt, oder schwankte er noch in seiner Entscheidung? Vielleicht wollte er Gran Monte gar nicht übernehmen, sondern sich auf seine Forstfirma konzentrieren. Könnte sie Dorian umstimmen, könnte sie ihn bestärken, oder wäre es vielleicht sogar klug, ihn zu bezirzen?! Dieser neue Gedanke blitzte unvorhergesehen in ihr auf – noch vor Sekunden wäre ihr ein solcher Plan nicht in den Sinn gekommen. Wie würde Desiree darauf reagieren, wenn sie sich näher mit ihrem Freund beschäftigte?

Lucias Gedanken tobten ungeordnet in ihrem Kopf herum. Bei ihrer Emotionalität wäre es verheerend, wenn sie Dorian in eine Richtung drängen würde, die dieser vielleicht überhaupt nicht verfolgte. Instinktiv spürte sie, dass ihre weibliche Intuition der bessere Ratgeber sein könnte. Warum jemanden niederringen, wenn dieser von sich aus aufgibt? Sie griff nach ihrem Handy.

»Dorian? Hier spricht Lucia.«

»Hallo Luci. Mit deinem Anruf hätte ich jetzt nicht gerechnet. Ich dachte, du bist in Madrid.«

»Bin ich auch. Den ganzen Vormittag kämpfe ich schon mit der Administration der Klinik. Bald werde ich hoffentlich alle notwendigen Papiere beisammen haben. Aber darum geht es jetzt nicht. Ich habe mich gestern dir gegenüber dumm benommen, Dorian. Sorry. Meine Emotionen sind mit mir durchgegangen.«

»Schon in Ordnung. An deiner Stelle hätte ich vermutlich ebenso reagiert.«

»Wenn ich zurück bin, sollten wir uns aussprechen, Dorian.«

»Sag Bescheid, wann es bei dir passt.«

»Lieb, dass du einer jungen Frau ihre Gefühlsausbrüche verzeihen kannst. Heute komme ich sehr spät zurück. Aber morgen treffen wir uns – unter vier Augen.«

»Adios!«

Butterweich reagiert er, dachte sie. Die Schwäche von Männern ist ihr Beschützerinstinkt. Diesen Knopf zu drücken, verspricht doch immer den besten Erfolg.

Mit Peters Anruf hatte Dorian jetzt auch nicht gerechnet. Bisher hatte er immer selbst die Initiative ergreifen müssen. Was führte sein Kompagnon im Schild?

»Peter, was gibt es Neues? Seit gestern bleibt hier kein Stein mehr auf dem anderen. Sandros Vater verstarb vollkommen überraschend.« Warum hatte Dorian sich zu diesem Satz hinreißen lassen? Peter ging es im Grunde nichts an, dass Jorge verstorben war und was dies zu bedeuten hätte. Er schwächte seine eigene Position. »Aber das soll jetzt nicht das Thema sein. Wir sind schon dabei, die notwendigen Vorbereitungen zu treffen.«

»Wir sprachen doch über deine Finanzierungslücke. Ich habe länger darüber nachgedacht, weil ich isoliert den Betrag nicht stemmen kann. Michael würde eventuell mitziehen, verlangt aber zwölf Prozent für zwei Monate.«

»Du bist ja verrückt, Peter.«

»Verrückt oder nicht, ich muss kein Problem lösen. Du hast mich gefragt, nicht ich dich. Sei mir nicht böse.«

Dorian kochte innerlich. Er hatte seine Freunde zu Geschäftspartnern gemacht. Ohne ihn wären die beiden irgendwo als Angestellte versauert oder mit einem eigenen Startup gescheitert. Jetzt witterten sie wohl ihre Chance, abzusahnen. Sie hatten sich besprochen, um ihn zu erpressen. So musste er das begreifen. Er musste aufpassen, dass er nicht den Kürzeren zöge.

Dorian trat vom Wohnzimmer auf die Terrasse und verabschiedete sich von Desi, denn er wollte sich nun mit Sandro treffen. Klugerweise hatte er seinen Besuch schon morgens angekündigt. Auf der Fahrt ordnete er seine Gedanken. Seine Bestimmung lag eindeutig in seinem Forstunternehmen. Im Grunde fehlte nur eine Finanzspritze, um seinen prägenden Einfluss auf Dauer abzusichern. Gran Monte hielt er für ein von Sandro und seinem Vater blendend geführtes Unternehmen, das nicht nach seiner Leitung rief. Er könnte das Management auch Lucia überlassen, wenn Ben ebenfalls damit einverstanden wäre. Nur einen Haken hätte die Sache: Würde sich Gran Monte als die einzig sichere Finanzquelle für seine Forstfirma herausstellen, dann müsste er seinen Anspruch zunächst einmal geltend machen.

Als Dorian den BMW auf dem Gästeparkplatz parkte, sah er Sandro schon auf sich zukommen.

»Herzlich willkommen. Wer hätte gedacht, dass wir uns so schnell wieder in Gran Monte treffen.«

»Vielen Dank, dass du Zeit für mich hast. Ich wollte mich zunächst dafür entschuldigen, dass ich nun im Zentrum der Auseinandersetzung stehe. Das will ich eigentlich nicht, aber die beiden Senioren hatten wohl einen anderen Plan.«

»Mach dir keine unnötigen Gedanken, Dorian. Du musst jetzt erst einmal alles einordnen lernen, weshalb ich dir die Geschäftszahlen schon aufbereiten ließ. Nachdem du die Berichte durchgearbeitet hast, würde ich dann natürlich gerne deine Überlegungen kennenlernen.«

Dorian bat um eine lange Stunde, die sich danach noch weiter herauszog. Er ersuchte Sandro danach darum, das gemeinsame Gespräch mit einem Mittagessen zu verbinden. Sein Blick schweifte aus den Fenstern des großen Besprechungsraums über die Landschaft. Seine Generation konnte den Gründern jeden Tag für deren Weitsicht danken. Anstelle einer austauschbaren Bebauung in der Ebene hatten diese sich für einen recht steilen Hügel entschieden. Damit sicherten sie sich eine Alleinstellung unter den anderen »Urbanizaciones«. Jedem Mieter oder Eigentümer war ein besonderer, einmaliger Blick garantiert. Nach dreißig Jahren wuchs die Ansammlung einzelner Häuser außerdem zu einem harmonischen Ganzen zusammen. Wer hier wohnte, wollte nicht mehr wegziehen. Wer etwas gemietet hatte, wollte bald auch etwas kaufen. Wer kaufte, der motivierte Freunde und Bekannte, Gran Monte ebenfalls zu testen.

»So, Dorian, wie beurteilt dein betriebswirtschaftlich geübter Blick unser Gran Monte?« Die Sekretärin hatte einige Kleinigkeiten als Mittagessen in den Besprechungsraum gebracht, in dem sich beide Männer trafen.

»Schwer beeindruckt bin ich! Hätte ich in meinem Forst Venture eine solch gesunde Cash-Flow-Situation, dann wäre ich beruhigter. Aber Spaß beiseite: Ihr haltet wirklich eine bewundernswerte Kostendisziplin.«

»Wir wollen eben die Investitionen möglichst aus eigenen Mitteln stemmen. Das reduziert unsere langfristigen Belastungen. Dein Vater agiert hier mit einer beeindruckenden Sorgfalt.«

»Hieße dies übrigens auch, dass wir Gran Monte beleihen könnten, wenn das erforderlich sein sollte?« Dorian wollte bald auf den entscheidenden Punkt kommen, da ihm seine Finanzierunglücke große Sorgen bereitete.

»Klar. Aber das wollten wir eben gerade nicht. Wir wären dann abhängig in unseren Entscheidungen von Bankern, die zu wenig von unserem Geschäft verstehen. Warum fragst du?«

»Ich wollte einfach den Bewegungsspielraum kennen, der uns im Fall des Falles zur Verfügung steht.«

Sandro wunderte sich auch bei anderen Fragen von Dorian. Er konnte sie nicht so recht einordnen. Immer wieder drehte sich die Diskussion um Fragen der Finanzierung, weniger um Fragen der zukünftigen Planung von Gran Monte.

»Du musst dich bald entscheiden Dorian«, merkte ein sichtlich nachdenklicher und besorgter Sandro schließlich an. »Solltest du Gran Monte führen wollen, bitte ich dich, mit offenen Karten zu spielen. Hieße das, dass du deine Anteile an dem Forstunternehmen verkaufen würdest? Oder machst du dir noch andere Gedanken?«

»Noch habe ich keine Entscheidung getroffen, Sandro, aber mir ist bewusst, dass wir alle bald Klarheit benötigen. Trotz des Zeitdrucks will ich aber gründlich überlegen. Im Übrigen sprach ich mit Lucia zu dem Thema. Wir wollen uns morgen Vormittag zusammensetzen.«

Das klingt schon beruhigender, dachte Sandro. Solange alle Beteiligten miteinander sprachen, redeten sie nicht aneinander vorbei oder übereinander.

Beide Männer verabschiedeten sich. Sandro wollte

sich Zeit für einen langen Spaziergang nehmen, um nachzudenken. Dabei kam ihm die spontane Idee, zum alten Strandhaus zu fahren. Sein letzter Besuch lag bestimmt schon zwei Jahre zurück. Bella mochte das Haus nicht besonders – der Komfort sei nicht mehr zeitgemäß, behauptete sie. Hatte sie vergessen, welche romantischen Erlebnisse sie beide mit diesem Gebäude verbanden? Sandro hatte das Anwesen früher öfter an Wochenenden mit seinen Segelfreunden genutzt. Kein Mensch beschwerte sich, wenn man die Musik laut aufdrehte und bis in den Morgen hinein feierte. Jetzt aber wollte er Abstand gewinnen, denn bald würde unweigerlich eine neue Phase in seinem Leben beginnen. Gran Monte käme in andere, jüngere Hände. Vielleicht könnte er in einem noch zu gründenden Beirat die Geschicke der Gesellschaft begleiten. Auch Christian würde wohl mitwirken. Doch die prägenden Rollen würden andere spielen. Er als Mann in den besten Jahren musste schlucken, wenn er daran dachte. Fast wurde er wehmütig, obwohl ein solches Gefühl im Geschäftsleben keinen Platz haben durfte.

Am Haus angekommen, warf er sein Jackett auf die Gartenliege, zog seine Schuhe aus und legte sich rücklings in den weichen, weißen Sand, dessen wärmende Kraft ihm guttat. Den Blick nach oben auf die zerfaserten blassgelben Wolken gerichtet, erhoffte er sich eine erhellende Eingebung, welche Rolle er für sich erwarten sollte. Ihm wurde unmittelbar klar, wie sehr sein Selbstwertgefühl von seiner beruflichen Tätigkeit abhing. Er hatte sich, wie die meisten erfolgreichen Manager, nicht darauf vorbereitet, was »danach« kommen würde. Und jetzt drohte er ins Unbekannte zu taumeln und die Orientierung zu verlieren. Er benötigte Zeit, fürchtete aber, keine zu bekommen.

Nach einer Stunde des Nachdenkens schien ihm ein Ausweg möglich. Er wollte – gleich, wer die Nachfolge anträte – um zwei Jahre Übergangszeit bitten: Zwei Jahre, in denen er sich ein anderes Betätigungsfeld aufbauen wollte. Vielleicht käme ein Engagement im Tourismusverband in Frage?

Mit Sand auf dem Hemd und in den Hosentaschen kehrte er zum Auto zurück. Er hatte die Orientierung wieder ein Stück weit zurückgewonnen.

Überpünktlich stand Lucia vor der Kanzlei. Sie ging noch einmal ihre Anmerkungen durch, die sie sich auf der Plaza Mayor notiert hatte. Eine nette Dame empfing sie an einer Art hohem Tresen. Ihre edle Kleidung und das distinguierte Benehmen sowie die bewusst überhöhte Brüstung entsprachen den anspruchsvollen Stundensätzen der Madrider Kanzlei, die schon Jorge für Gran Monte engagiert hatte.

»Abogado Corte wird gleich bei Ihnen sein.« Damit führte die Empfangsdame Lucia in einen schlichten Raum mit teuren Designermöbeln. »Ich nehme an, Sie trinken einen Kaffee?« Und schon verließ sie das Zimmer, ohne die Antwort abzuwarten.

An den Wänden erkannte Lucia Fotos von Persönlichkeiten des öffentlichen Lebens, ohne sie im Einzelnen zuordnen zu können. Es handelte sich wahrscheinlich um Politiker oder Unternehmer, die neben den Rechtsanwälten der Kanzlei abgelichtet waren. Einflussreiche Anwälte, die anderen bedeutenden Menschen zu ihrem Recht verhalfen – oder dem, was sie als ihr Recht empfanden.

»Señora Lucia Cassal!« Der Abogado stürmte mit einem Lächeln ins Zimmer. »Mein aufrichtiges Beileid zum Tode Ihres Großvaters. Er zählte zu meinen ersten Mandanten. Wie sehr werde ich ihn vermissen!«

Woher wusste der Anwalt von diesem Ereignis? Hatte er mit ihrem Vater gesprochen? Lucia konnte kaum verbergen, dass sie bleich geworden war.

»Herr Frank Michel unterrichtete mich beizeiten über den kritischen Zustand. Dass es so schnell zu Ende ging, hat uns aber alle überrascht.«

Da Lucia nun wusste, dass ihr Besuch nicht lange geheim bleiben würde, ging sie in die Offensive. »Heute früh habe ich die Formalitäten mit dem Krankenhaus klären können. Ich werde Ihnen Unterlagen zur Kopie überlassen können, die Sie ohnehin bald benötigen werden.« Damit entnahm sie ihrer Handtasche die Unterlagen, welche ihr das Krankenhaus vor

Kurzem ausgehändigt hatte. »Es gibt aber noch einen spezifischen Grund meines Besuches, den ich vertraulich mit Ihnen besprechen will.«

Lucia überreichte dem Abogado eine Kopie des Schreibens aus dem Safe. Sie erklärte den Inhalt, der eigentlich keiner Erklärung bedurfte. Herr Corte hörte aufmerksam zu.

»Ich bin der Ansicht, dass die explizite Bevorzugung eines männlichen Nachkommen meine existenziellen Rechte berührt. Eine solche Regelung kann und will ich nicht akzeptieren, sie ist sittenwidrig.«

Wie jeder kluge Anwalt lauschte Herr Corte jedem Argument seiner Klientin, ohne nur einen Moment erkennen zu lassen, ob er ihre Einschätzung teilte. Er machte sich Notizen.

»Sie wünschen sich eine gründliche Prüfung des Sachverhalts, Frau Cassal? Dazu benötige ich ein bis zwei Tage. Auch werde ich eine Kopie des Schreibens benötigen.« Ohne Ankündigung erschien die Dame vom Empfang. Sie nahm die Papiere und verschwand.

Lucias Erwartung und Hoffnung, eine Vorabeinschätzung zu bekommen, wurden enttäuscht.

»Bitte behandeln Sie meine Anfrage vertraulich – auch gegenüber meinen Eltern.«

»Wenn Sie das wünschen, gern. Nur die Rechnung wird nicht vertraulich bleiben können.« Hierbei lächelte der Anwalt, für den solche Angelegenheiten tägliches Brot zu sein schienen. »Wir melden uns umgehend bei Ihnen. Die Dringlichkeit erfordert eine zügige Antwort.«

Alles, was gesagt werden musste, war gesagt. Keine Viertelstunde später stand Lucia vor dem Büro und fühlte sich wie ein begossener Pudel. Nichts hatte sie erfahren, keinen Hinweis, ob ihre Einschätzung rechtliche Substanz besaß. Nur die Zusage, bald Bescheid zu bekommen, hatte sie erlangen können. Sie entschied sich deshalb, zweigleisig zu fahren und nicht länger zu warten als erforderlich. Ohne Pause zu machen, steuerte sie die Küste an.

Dorians Gemütszustand verschlechterte sich zusehends. Ein langes Gespräch mit seinem Vater endete im Nichts. Christian sah keine Möglichkeit, seinem Sohn zu helfen. Er müsse selbst einen Ausweg finden, postulierte er. Die Ansprüche von Lisa oder Ben dürften keinesfalls beschnitten werden, nur um seinem ältesten Sohn die Vormachtstellung in seiner Firma zu sichern. Als Vater wolle er alle Kinder vergleichbar behandeln. Alles andere besprächen sie am besten persönlich, wenn sie sich morgen Abend träfen. Er nahm Dorian das Versprechen ab, sie vom Flughafen abzuholen.

Dorian hatte zudem immer noch keine Zeit gefunden, mit Desiree über ihr Forschungsangebot in den USA zu sprechen. Musste das nicht so wirken, als interessierte es ihn nicht? Er hatte auch keine Anstalten gemacht, sie nach ihren Plänen zu fragen. Was wäre, wenn ihre Karriere einen Umzug in die USA erforderlich machte? Zu viele Baustellen auf einmal!

Ben fasste sich ein Herz. Er wollte mit Dorian reden. Ihm missfiel es sehr, dass sich eine aggressive Stimmung zwischen allen Beteiligten aufbaute, ohne dass jemand etwas Klärendes unternahm. Bens ausgeglichenes Wesen ermöglichte es ihm, die Auseinandersetzung ohne übertriebene Emotionen zu betrachten. Seitdem er in St. Gallen studierte, zog es ihn geistig in die Welt hinaus – weg vom provinziellen, selbstverliebten München, in dem die Bürger irrtümlich meinten, sie lebten in einer Weltstadt. Er hatte ein Semester in Seoul studiert. Diese Stadt konnte sich berechtigt Weltstadt nennen – Kunst, Wirtschaft, Nachtleben: alles atmete Aufbruch, permanente Veränderung. Auch ein Berufsleben in Spanien konnte er sich nicht wirklich vorstellen. Bis auf Barcelona eventuell, in dem sein Großvater studiert hatte. Ein dauerhaftes Leben an der Costa Blanca aber hätte seinen Energielevel nur gebremst. Warum also – dachte er – nicht diese Wahrheit aussprechen?

Er traf seinen Bruder im Garten und brachte ihm einen frisch gebrühten Cortado mit. »Bruderherz, sehe ich dich leiden?«, versuchte er es etwas scherzhaft.

Dorian aber lachte nicht, er wirkte in sich gekehrt. »Wenn du wüsstest, wie schwierig meine Lage zurzeit ist, würdest du keine Scherze treiben.«

»War nicht so gemeint, Dorian.«

»Aus der Zwickmühle, in der ich stecke, finde ich keinen Ausweg. Sollte ich mich für Gran Monte entscheiden, wird mir Lucia das nie verzeihen. Sollte ich die Chance aber sausen lassen, dann kann es sein, dass ich die Kontrolle über meine eigene Firma verliere.«

»Ich kann dir nicht folgen. Warum das denn?«

»Ich brauche kurzfristig eine erhebliche Summe, um bei der nächsten Finanzierungsrunde mitziehen zu können. Sechs Millionen Euro, um präzise zu sein. Wenn mir das nicht gelingt, werde ich zum Minderheitsgesellschafter. Alle bisher geprüften Wege führten nicht zum Erfolg. Meine Rettung könnte nun genau in Gran Monte liegen. Wenn wir das Projekt beleihen oder einen industriellen Partner aufnehmen, wäre das mein Rettungsanker.«

»Das kann doch nicht dein Ernst sein! Du willst Gran Monte für deine Unternehmung in Gefahr bringen?« Ben hätte viel erwartet, aber nicht, dass sein Bruder das gesamte Familienprojekt für seine Zwecke missbrauchen würde.

»Nach einer Beleihung von Gran Monte würdet ihr mich zeitnah auszahlen«, gab Dorian zurück. »Ich gebe dann die Kontrolle an dich ab, um mich auf mein Unternehmen in München zu konzentrieren.«

Ben konnte seinen Schock kaum verbergen. »Ich möchte dir gerade erklären, wie ich die ganze Sache betrachte. Gran Monte sehe ich nicht als meine Berufung. Die Welt steht mir offen, womit ich wirklich ›Welt‹ meine. Mein Aufenthalt in Korea hat mir die Augen geöffnet, er hat mir gezeigt, dass meine Zukunft in Asien liegt. Ich verzichte auf meinen möglichen Anspruch, Gran Monte jemals zu leiten. Das werde ich auch den anderen so mitteilen.«

»Als angehender Manager willst du wirklich auf solch eine Option verzichten?«, warf Dorian ein.

»Ja, das will ich. Damit stehe ich als Puffer zwischen dir und Lucia nicht zur Verfügung. Klär es also mit ihr, nicht mit mir.« Diese Worte sprach Ben nicht verletzend aus, sondern klar, glasklar.

Endlich kehrte so etwas wie Ruhe in der Villa von Las Colinas ein. Jeder half schweigend bei der Zubereitung des Abendessens mit. Jedes Wort konnte zu viel sein, weshalb jeder das Reden vermied. Lisa packte Bierdosen und Orangensaft aus dem Kühlschrank in eine kleine Eiswanne. Desiree sorgte für coole Hintergrundmusik – darauf wartend, dass Dorian endlich das Gespräch mit ihr suchen würde.

Obwohl es kühl geworden war, wollte keiner im Wohnzimmer essen. Alle brauchten frische Luft zum Atmen. In Decken gehüllt, vor ihnen Kerzen auf dem Tisch, starteten sie mit Tapas und Salaten.

Dorian packte zwei große Steinplatten auf den Grill. Auf sie legte er später vier saftige Entrecôtes. Als Soße dazu wartete Sahnejoghurt mit gepresstem Knoblauch und pikantem Paprikagewürz.

Desiree fühlte sich in dieser Runde als Teil der Familie Michel. Keiner hatte Geheimnisse vor ihr. Auch sie äußerte ihre Gedanken frei. Nur bei finanziellen Themen, die sich auf Gran Monte bezogen, hielt sie sich bewusst zurück. Nicht, weil sie keine Meinung gehabt hätte, sondern weil sie als Verlobte keine Ansprüche ableiten konnte und wollte. Sie befürchtete im Geheimen, dass sie der aufkommende Konflikt zerreiben könnte.

Mit der nächtlichen Kälte frischte der Wind auf, der die restlichen Wolken vertrieb. Zum Vorschein kam ein Sternenteppich, wie man ihn als Stadtbewohner nicht mehr beobachten konnte. Selbst der Große Bär zeigte sich unverkennbar deutlich. Nur Sternschnuppen, die Wünsche erfüllen konnten, suchte man vergebens.

Dorian kam gerade mit einer Flasche Rotwein aus der Küche, als vor der Villa ein Fahrzeug parkte. Eine Autotür fiel ins Schloss, Schritte im Kies waren zu hören. Wer kam so spät noch zu Besuch? Dorian blieb stehen; auch die anderen lauschten angestrengt.

Es war Lucia, die aus dem Dunklen auf die Terrasse trat. Sogleich erkannte sie Dorian, der sich immer noch nicht rührte. Dann geschah etwas vollkommen

Unerwartetes: Lucia ging auf Dorian zu und umarmte ihn lange und heftig. Er konnte sich nicht wehren, weil er in der einen Hand die Rotweinflasche hielt, in der anderen vier Gläser.

»Entschuldige, Dorian, dass ich gestern so unwirsch reagiert habe!« Sie trennte sich von ihm, um nun die anderen zu begrüßen. »Ich komme direkt aus Madrid. Alle Formalitäten sind gottlob geklärt. Jetzt brauche ich erst mal eine Pause.«

Desiree meinte zu spüren, dass Lucias Umarmung mehr war als eine etwas überschwängliche Art, »Hallo« zu sagen. Dieses Umschlingen galt einem Mann, ihrem Verlobten, und der ließ es geschehen. Ohne Zweifel hatte Lucia ihren Blitzbesuch sorgfältig geplant. Zehn übertrieben lange Sekunden sollten Dorian eine Nachricht vermitteln. Und diese Nachricht war angekommen, ohne dass Dorian sich dessen vielleicht bewusst war – ganz im Gegensatz zu Desiree, deren Emotionen hochkochten. Als selbstbewusste Frau brauchte sie sich so etwas nicht gefallen zu lassen.

Lange saßen sie noch beisammen. Lucia trank einen kleinen Schluck Rotwein zu den Tapas, die noch übrig geblieben waren. Unschuldig bat sie, heute in der Villa übernachten zu dürfen, wogegen niemand einen Einwand vorbrachte. Bella schickte sie noch eine kurze Nachricht, dass sie zum Frühstück wieder in Cabo Roig auftauchen würde.

Als die Morgensonne den Nebel vertrieb, stand Ben an der Mauer zum Golfplatz, um Fotos zu schießen. Würde es ihm gelingen, die frühe Kälte einzufangen? Kaninchen hoppelten über den Rasen.

Dorian und Desiree hatten unruhige Stunden hinter sich, in denen beide nur wenig sprachen. Auch die gewohnte körperliche Zweisamkeit unterblieb in dieser düsteren Nacht. Über Desirees Projektpläne verlor keiner von beiden ein Wort, obschon dies dringend erforderlich gewesen wäre.

Lisa betrat in ihrem warmen Bademantel den Garten. Auf der Mauer entdeckte sie eine leere Kaffeetasse, die Lucia hier wohl hingestellt hatte.

Lucia hatte das Haus bereits um fünf Uhr früh verlassen. Mit dem klaren Gefühl, gewinnen zu können.

Kapitel 12

Eltern

Heute Abend sollte Dorian seine Eltern am Flughafen abholen. Ihm wurde klar, dass er seinen komplizierten Finanzierungsplan noch ausführlich mit seinem Vater durchsprechen musste, bevor er ihn in die Tat umsetzen konnte. Damit aber der Tag sich nicht quälend lange hinzog, unterbreitete er den anderen gleich am Morgen den Plan, die Provinzhauptstadt Murcia zu besichtigen. Vielleicht würde das auch seine Desi wieder etwas besänftigen.

»Was haltet ihr von einem Ausflug zur Ablenkung? Wir können uns Murcia anschauen, das im Sommer so unerträglich heiß wird. Jetzt im Frühling wird es dort sehr mild sein.«

Mangels Alternativen nahmen die anderen den Vorschlag an. Sogleich machten sie sich auf den Weg. Die Hauptstadt der gleichnamigen Provinz Murcia erreichten sie über die Autobahn in neunzig Minuten. Dorian betätigte sich dabei als Fremdenführer, hatte er sich doch schon vor dem Frühstück einen Überblick über die Sehenswürdigkeiten angelesen, die er nur noch dunkel in Erinnerung behalten hatte. Lisa forderte er auf, die Gruppe zu den ausgesuchten Orten zu lotsen.

Sie parkten gegenüber dem Rathaus am Rio Segura, da sich die Stadt nur schlecht mit dem Auto durchfahren ließ. Diese alte traditionsbehaftete Stadt mit ihren 450.000 Einwohnern atmete spanische Kaufmannstradition. Mit Vergnügen schlenderten sie durch die Gassen mit ihren kleinen Geschäften. Zwar waren hier auch die Kettengeschäfte auf dem Vormarsch, jedoch prägten die alten Läden die Stadt weit mehr.

Die Frauen dieser traditionellen Stadt kleideten sich feiner als die an der Küste. Ihre Kleider fielen durch Rüschen oder Verzierungen auf. Damen mit hohen Absätzen zogen den Blick auf sich.

Im Zentrum erreichten sie bald die Kathedrale de Santa Maria. Sie wirkte nicht nur durch ihre Größe, sondern auch durch den weiten Vorplatz besonders beeindruckend. Natürlich hatte auch hier in Spanien die katholische Kirche einen Teil ihrer gesellschaftlichen Bedeutung verloren. Doch der konservative Einfluss der Religion auf die Einwohner war immer noch zu spüren.

Das Real Casino im Zentrum konnten die Michels nicht verfehlen. Überall in der Stadt fand man Hinweisschilder oder Plakate mit der Adresse dieser wichtigen Sehenswürdigkeit. Das hundertsiebzig Jahre alte geschichtsträchtige Gebäude war als Treffpunkt des gehobenen Bürgertums entstanden. Nach wie vor Gebäude eines Clubs, diente es mittlerweile primär als Kulturzentrum sowie als Museum, das Einzigartiges verbarg: Gemälde, Skulpturen, Stuckwerk, Wandteppiche, Porzellan. Veranstaltungen aller Art fanden hier statt. Die Michel-Geschwister tauchten wie in eine Zeitkapsel ein, die das alte Spanien konservierte.

Dorians Kalkulation ging auf. Seine Geschwister vergaßen für einen Moment die Auseinandersetzungen des gestrigen Tages. Vielmehr leuchteten Erinnerungen aus alten Zeiten wie in einem Schwarz-Weiß-Film auf. Mit ihren Eltern hatten sie regelmäßig ausgiebige Ausflüge ins Hinterland unternommen. Damit wollte Sybille ihnen die spanische Geschichte näher bringen, eine Geschichte, so reich an kultureller Vielfalt, wie man sie in Europa nicht häufig antraf. Die Einflüsse der arabischen Kultur bereicherten Architektur und Farbenspiel. Spanien sollte für die Kinder eine Art zweiter Heimat werden, zu der man nicht hinfuhr, sondern zu der man immer wieder zurückkehrte. Spanien sollte Sehnsuchtsort für die Kinder werden, was auch gelang. Umso mehr schmerzten die zehn verlorenen Jahre.

Bei einer Kaffeepause griff Lisa das Thema »Vergangenheit« auf. »Wenn unsere Eltern heute kommen, müssen wir eine Menge Ungeklärtes aufarbeiten, ihr Lieben. Für euch mag es primär um Gran Monte gehen, wer das Projekt leiten will und soll. Mich interessiert eher, warum wir eine Lücke von zehn Jahren in unserer Familiengeschichte akzeptieren müssen, über die weiterhin geschwiegen wird. Wenn unsere Eltern uns keinen reinen Wein einschenken wollen, dann müssen sie es uns sagen. Sie sollten aber keine fadenscheinigen Gründe vorschieben, warum wir so viele Jahre keinen echten Kontakt zu den Cassal-Kindern mehr haben durften.«

»Für Maria und Lucia scheint diese Unterbrechung weniger ein Problem zu sein. Sie haben sich einfach nur gefreut, uns wiederzusehen«, warf Ben ein. »Du siehst vielleicht nur Gespenster, Lisa. Zehn Jahre rauschen im Nu vorbei. Jetzt sind wir wieder beisammen.«

»Ich werde das nicht auf sich beruhen lassen, Bruderherz. Du müsstest mich kennen!«

Bevor sie den Rückweg antraten, bestellten sie noch eine große Paella, für die Murcia berühmt war. Damit kamen vollends die schönen Erinnerungen an vergangene Zeiten hoch. Die Stimmung zwischen den Geschwistern besserte sich. Ihnen allen tat dieser gemeinsame Ausflug gut.

»Hier spricht Abogado Corte.«

Lucias Uhr zeigte noch nicht elf, als sie aus dem Fenster ihres Büros in Gran Monte schaute. »Das ging aber schnell. Ich nehme an, Sie haben Neuigkeiten?«

»Ja, Señora Cassal. Diskriminierende Festlegungen

mit Bezug auf das Geschlecht sind nicht nur unzeitgemäß, sie sind in Verträgen eventuell anfechtbar.«

»Meinen Sie damit, dass der Vertrag deshalb als sittenwidrig, somit also als ungültig eingestuft werden könnte?«

»Die rechtliche Beurteilung erscheint nicht so einfach, weil wir noch zu klären haben, wer eigentlich mit wem einen Vertrag abgeschlossen hat. Nur wenn die Erben direkt betroffen sind, hätten wir einen Anknüpfungspunkt. Wenn das rechtlich nicht anfechtbar wäre, könnten wir aber über die Öffentlichkeitsschiene angreifen. Ein Presseartikel bewirkt oft mehr als ein Gerichtsurteil. Ich würde sagen: Wir sind vorsichtig optimistisch. Ich melde mich sicher schon morgen wieder bei Ihnen, Señora.«

Bingo!, dachte Lucia. Also liege ich gar nicht so falsch mit meinem Urteil. Trotzdem würde sie weiterhin zweigleisig fahren. Dorian würde sie schon noch etwas mehr verunsichern.«

Da das Flugzeug aus Deutschland kurz nach sechs Uhr landen würde, war Eile geboten. Dorian setzte seine Geschwister in Las Colinas ab, um sogleich seine Fahrt zum Flughafen nach Alicante fortzusetzen. Maria sollte die anderen später nach Cabo Roig bringen, wo Bella ein großes Abendessen geplant hatte. Als Gastgeberin nahm sie sich immer vor, ein einzigartiges Erlebnis auf den Tisch zu zaubern. Auch heute sollte keine

Ausnahme gelten, weil der Abschied von Jorge gefeiert werden musste. Beide Familien schuldeten dem Großvater einen denkwürdigen Abend.

Mit durchschnittlich 150 km/h war Dorian im wahrsten Sinne des Wortes schneller, als die Polizei erlaubte. Doch ihm blieb keine Wahl. Die Zitrushaine flogen an ihm vorbei. Kleine vergessene Dörfer sowie die Vororte der Stadt Elche mit zahlreichen ungeschnittenen Palmen zogen sich an der Autobahn entlang. Nach weniger als einer Stunde stellte er den BMW im Parkhaus am Airport ab.

Noch nie hatte er seine Eltern in Spanien am Flughafen abgeholt. Mit ihren kleinen kompakten Rollkoffern spazierten sie aus dem Ankunftsterminal auf ihn zu. »Habt ihr einen guten Flug gehabt?« Sie begrüßten sich herzlich.

»Wie immer bestens«, bemerkte Christian. »Ein kurzer Blick auf die Balearen, und dann wurde eigentlich schon fast die Landung angesagt. Manchmal fliegen die Piloten ja noch einen Abstecher über Benidorm, doch heute kamen sie über das Mar Menor runter.«

»Bella bekocht uns heute alle wieder köstlich.« Sybille stand mit ihrer Freundin in permanentem Funkkontakt. »Dorade in Salzkruste soll es als Höhepunkt geben – *rico*, lecker. Ich bilde mir dabei immer ein, dass das Salz aus Torrevieja besser, weil intensiver schmeckt. Wahrscheinlich entspricht das nicht der Wahrheit;

aber bitte, sagt das nie unserer Bella. Sie wäre tödlich beleidigt.« Die deutsche Bella war nach den vielen Jahren zu einer echten Spanierin mutiert, die ihre Tradition mit allen Waffen zu verteidigen wusste.

Für den Weg nach Cabo Roig wählten sie die Nationalstraße 332. Sie führte parallel zur Küste, war malerischer und erzeugte ein unvergleichliches Heimatgefühl. Bei den Salinen von Santa Pola konnten sie in der aufkommenden Dunkelheit noch einige Flamingos erspähen – sie dienten als Begrüßungskomitee für alle Durchreisenden. Friedlich leuchteten die Häuser und Apartments am Meer. In den geschützten Dünen von La Marina wuchsen die windgeformten Pinienwälder dem Strand entgegen.

Christian startete die Diskussion, die Dorian im Auto eigentlich hatte vermeiden wollen. »Hast du dich schon entschieden? Sandro berichtete, dass du dir die Bücher sehr sorgfältig angeschaut hast.«

»Noch habe ich mich nicht festgelegt. Eigentlich würde ich gerne mein eigenes Ding durchziehen. In mein Unternehmen habe ich schon extrem viel investiert. Mein Herz hängt daran. Andererseits komme ich ohne eine massive Finanzspritze nicht weiter. Ohne frisches Geld verliere ich die Kontrollmehrheit – dann hätten meine Kompagnons das Sagen. Dabei habe ich das Gefühl, dass sie mich aus der Firma drängen wollen. Unsere Freundschaft ist mittlerweile Vergangenheit.«

»Aber wenn du Gran Monte übernimmst, verlierst du ebenfalls die Kontrolle über dein Unternehmen, oder nicht?«

»Es sei denn, ich nutze meine Position und beleihe Gran Monte. Ich könnte auch meinen zukünftigen Anteil verkaufen.«

Christian dachte, nicht richtig gehört zu haben. Eine so kalt berechnende Überlegung hatte er von seinem Sohn nicht erwartet. »Das kann doch nicht dein Ernst sein! Damit würdest du zugunsten deiner eigenen Firma unser Familienunternehmen Gran Monte opfern.«

»Wenn alles gut geht, können wir die Beleihung wieder zurückführen.«

»Einer Beleihung würden die anderen nicht zustimmen. Einem Verkauf ebenso wenig.«

»Es sei denn, ich entschiede mich für die Leitung der Gesellschaft. Dann kann ich einen Teilverkauf durchsetzen.«

»Aber damit zerstörst du alles, was dein Vater mit Sandro aufgebaut hat«, warf Sybille schockiert ein.

Weil die Diskussion keine klare Richtung zeigte, befürchtete Christian, dass sein Sohn sich immer mehr in eine Sackgasse argumentierte. »Lass uns diese Auseinandersetzung erst morgen führen. Ich möchte nicht, dass der heutige Abend sich zu einer Katastrophe auswächst.«

Lucia begrüßte die Michel-Eltern gleich am großen eisernen Schiebetor. Mit einem strahlenden Lächeln öffnete sie Sybille die Autotür. »Welcome back! Schön, euch zu sehen, wenn auch der Anlass traurig sein mag.«

Auch Christian wurde mit einer Umarmung begrüßt, Dorian mit einem flüchtigen Streichen über die Haare, das Sybille nicht entging.

Nun traten Bella und Sandro in Erscheinung, die gleich halfen, die Koffer ins Haus zu tragen. »Jorge hätte gewollt, dass wir erst einmal einen trockenen Cava köpfen. Wir haben deshalb ein paar Flaschen Recaredo kalt gestellt. Kommt durch auf die Terrasse.«

Draußen saßen die anderen Geschwister mit Desiree beisammen. Eifrig hatten sie schon geholfen, den Tisch zu dekorieren. Doch nun gab es zunächst zur Begrüßung den obligatorischen Cava. Sandro führte alle nach vorne zum Ausblick. Unter ihnen sahen sie die Besucher zu den Restaurants flanieren. Das Stimmengewirr zeigte verschiedene Nationalitäten an, obwohl die Hauptsaison noch bevorstand. Die letzten Boote suchten sich einen Platz im Hafen, wurden verzurrt, um hier die Nacht zu verbringen. Die Lampen an der Promenade verteilten ihr orangefarbenes Licht im Hafenbecken. Einige mutige Jungs sprangen noch in die kalten Fluten, um ihre hübschen Begleiterinnen zu beeindrucken. Mit »Friedlichkeit« ließ sich die Stimmung treffend beschreiben.

Alle wollten einfach einen schönen Abend verbringen, der an Jorge erinnern sollte und ganz dem Gedenken an den einen der beiden Firmengründer gehörte. Nichts und niemand wollte diese Erinnerung stören.

»Wir wollen das Glas auf Jorge erheben, insbesondere auch im Namen von Frank. Die beiden pflanzten die Saat für das Paradies Gran Monte. Sie hatten die Fantasie, einen riesigen Felsen zu einer Oase für Menschen und Natur zu gestalten. Salud! Möge auch die kommende Generation sich dieser positiven Hypothek bewusst sein.«

»Salud«, schallte es zurück.

»Salud, Dorian!« Lucia schaute keck in dessen Richtung. »Salud, Lisa und Ben.«

Desiree, die etwas abseits stand, schaute irritiert zu Lucia hinüber! Hatte diese sie bewusst nicht eingeschlossen?

»Salud, Desiree!« Lucia blickte sie freundlich an. Zu freundlich? Gespielt? Dorian aber blieb ruhig stehen, blickte aufs Wasser. »Das Licht verliert sich im Meer, würde Frank jetzt anmerken.«

Bellas gute Geister von Gran Monte unterstützten die Hausherrin beim Grillen und Kochen. Sie schmückten die Beistelltische und deckten sie reichlich mit fantastischen Tapas. Alle ahnten, dass jeder heute mindestens ein Kilo zunehmen würde, wobei jedes einzelne Gramm teuer erkauft war. Ob Gambas in heißem Öl, gegrillte Sardinen mit Mini-Kartoffeln, frisch heruntergeschnittener Bellota-Schinken – die Costa Blanca verwöhnte ihre hungrigen Gäste mit allem, was sie aufbieten konnte.

Zum Fisch öffnete Sandro den herausragenden Weißwein »Sorte O Soro«, der durch seinen Barrique-Ausbau herrlich würzig schmeckte. Diese Selektion erinnerte daran, dass Jorge immer mit Frank um die besten Weinauswahl gekämpft hatte. Jeder war überzeugt, dass sein Heimatland die Rangreihe anführte. Heute aber gewann Spanien ohne jede Diskussion.

Als Höhepunkt dekantierte Sandro Jorges Lieblingsrotwein einen alten Pingus. Mit seinen hundert Parker-Punkten war dieser schwere Wein über jeden Zweifel erhaben – der Preis ebenfalls. Natürlich blieb es nicht bei einer Flasche, weil Jorge einen würdigen Abschied verdiente.

Doch lockerte der Alkohol auch die Zungen, was nicht ungefährlich war. Er brachte die Familien wieder nahe zusammen. In warme Decken gehüllt, saßen später alle gemeinsam am Ausblick, lauschten dem Rauschen der Wellen, blickten in den glitzernden Sternenhimmel.

Desiree schmiegte sich an Dorian und flüsterte: »Merkst du nicht, dass Lucia dich dauernd angräbt? Das macht sie aber erst, seitdem das Schreiben aus dem Safe aufgetaucht ist.«

»Desiree, du kannst beruhigt sein. Ich durchschaue ihren Plan. Sie will mich aus dem Rennen werfen.«

»Warum flirtet sie dann aber so demonstrativ mit dir?«

»Das finde ich schon noch heraus«, antwortete Dorian.

»Bitte, geh nicht zu weit, sonst verlierst du mich! Du weißt, dass übermorgen mein Rückflug geht und ich in München entscheiden muss, welchen Weg ich für meine berufliche Zukunft wähle. Zumindest für zehn Tage werden wir uns nicht mehr sehen können. Mach nicht den größten Fehler deines Lebens!«

Desiree erwartete ein Zeichen von Dorian, dass er sie nicht in die USA verlieren wolle. Sie erwartete, dass er sie um ein ausführliches Gespräch bat, bevor sie flog. Doch Dorian gab seiner Desi lediglich einen Versöhnungskuss auf die Wange und drückte sie fest an sich. »Du kannst ganz beruhigt sein. Am besten gehen wir jetzt bald schlafen. Genug getrunken haben wir alle.«

Sandro löste den Abend auf. »Wer noch einen Brandy kosten will, sei herzlich eingeladen. Die anderen können unsere weichen Betten austesten. Bella schlägt ein spätes Frühstück nicht vor zehn Uhr vor. Buenas noches.«

Bis auf Ben und Maria erhoben sich nun alle. Als Lucia an Dorian vorbeiging, streifte sie mit ihrer Hand über seinen Rücken. Wie ein schwarzer Vogel entschwand sie danach im Haus.

Sybille entging diese Berührung nicht. Wie ein Messer schnitt es in ihre Kehle. Sie musste aufpassen, dass kein Unheil passierte.

Maria spürte, dass Ben ihr noch etwas mitteilen wollte. Deshalb blieb sie schweigend mit ihm noch am Ausblick sitzen, bis er schließlich zu sprechen begann.

»Maria, ich habe Dorian mitgeteilt, dass ich kein Interesse an der Leitung von Gran Monte habe. Mir ist es wichtig, das auch dir klar zu sagen. Meine Zukunft suche ich in einem Land außerhalb Europas. Seoul oder Tokio sind die Städte, für die ich brenne.«

»Danke für die offenen Worte. Darauf hatte ich schon gewartet. Lucia muss mit Dorian gemeinsam eine gütliche Lösung finden. Sie hängt so sehr an Gran Monte, dass sie es nicht ertragen könnte, wenn Dorian allein den Ton angibt. Nur können wir zwei diesen Konflikt nicht lösen – das müssen die beiden schon selbst tun.«

»Da stimme ich dir zu. Ich würde gerne mit dir vereinbaren, dass wir beide versuchen, Konflikte innerhalb unserer Familien zu glätten. Denn weißt du, wenn uns das nicht gelingt, können wir alle nur verlieren.«

»Die kleinen Geschwister müssen also wieder den Ausputzer spielen«, lächelte Maria mild. »Auf dein Wohl. Dieser Pingus schmeckt genial. Wenn ich nicht wüsste, dass eine Flasche so viel kostet wie eine Armbanduhr, würde ich gleich noch eine weitere öffnen.«

»Es wäre besser, ins Bett zu gehen. Sonst sitzt morgen ein Kater beim Frühstück.« Ben stand auf. Leicht schwankend suchte er den Weg zu seinem Zimmer.

Kapitel 13

Golfen

»Frühstück!«, rief Bella durch das Haus, als um zehn Uhr immer noch niemand Anstalten machte, zum Essen zu kommen. »Frisch gebrühter Kaffee!«

Verkatert kroch einer nach dem anderem langsam aus dem Bett, warf sich etwas über und erschien murrend auf der Terrasse.

»Verdammt hell heute Morgen«, bemerkte Sandro leicht gequält.

»Verdammt hell, in der Tat«, antwortete Christian.

Langsam kamen auch die Geschwister dazu.

»Kann mir jemand einen Kaffee einschenken?« Maria blickte flehentlich in die Runde. »Einen Kaffee, in dem der Löffel stehen bleibt?«

»Am besten, wir betätigen uns sportlich, um den Kater zu vertreiben«, schlug Sandro vor. »Wie wäre es mit einer Runde Golf zusammen? Der Platz von Las Colinas wartet auf uns.« Diese Tradition hatten alle bis vor zehn Jahren gepflegt, weshalb jetzt jeder die Idee glänzend fand. »Zwei Flights schlage ich vor. Die Jungen gegen die Alten.«

»Ich bin dabei«, freute sich Ben, der ohnehin der Meinung war, dass sie seit ihrer Ankunft viel zu wenig Sport getrieben hatten.

Sandro teilte ein. Sybille mit ihm, Christian mit Bella, Lucia mit Dorian, Ben mit Maria. »Macht es dir etwas aus, Lisa, wenn wir dich im Stich lassen? Weil Desiree nicht golft, muss jemand bei ihr bleiben.« Lisa blieb nichts anderes übrig, als dem Vorschlag ihres Vaters zu folgen. Sie war es gewohnt, als jüngstes Kind hinten in der Reihe zu stehen. »Klar doch, ich leiste Desiree Gesellschaft. Wir werden uns schon etwas ausdenken, wie wir die Zeit verbringen.« Sie nickte freundlich.

Desirees Gesicht aber verfinsterte sich, als sie hörte, dass Sandro Lucia mit Dorian einteilte. Das konnte kein Zufall sein! Natürlich – so dachte sie – wollte Sandro, dass die beiden ihre Geschäftskonflikte auf der Runde beilegten. Aber Lucia würde Dorian sicherlich mit anderen Mitteln bearbeiten. Unbändige Eifersucht kochte in ihr hoch. Womit hatte sie das verdient?

Sybille schien ebenfalls besorgt über Sandros Vorschlag. Ihm war wohl nicht klar, welches Risiko damit verbunden sein könnte. Oder er nahm es in Kauf, um Gran Montes willen. Als guten Vorschlag empfand sie, dass sie Zeit mit Sandro verbringen konnte. Zu vieles war ungesagt geblieben, was sie jetzt ansprechen konnte.

Christian freute sich auf eine Runde mit Bella, weil diese bekanntermaßen deutlich besser als Sybille spielte. So war er für einen kleinen Wettbewerb bestens gerüstet. Er sah in der Einteilung kein Problem.

Ben und Maria freuten sich sehr, dass sie zusammen spielten. Sie nahmen sich vor, den anderen keine Chance zu lassen. Ben schlug weit, Maria sehr präzise. Sie konnten eigentlich nur verlieren, wenn sie die Angelegenheit unkonzentriert angingen. Sie schenkten sich noch Kaffee nach, um den Kater zu vertreiben.

Dorian nahm seine Desi fest in den Arm und drückte sie an sich, bevor er sich auf den Weg zum Golfplatz machte. »Ich liebe dich, mein Schatz!« Desirees Augen blitzten auf. »Ich dich auch!«

Der Caddy Master – natürlich ein Brite – wusste Bescheid. Er hatte die Buggys um ein Uhr bereitgestellt. Je zwei spielten nun als Team gegen die anderen. Das Wetter erwies sich als geradezu ideal für Golf. Den Platz hatten die Greenkeeper morgens frisch gemäht. In der hellen Frühlingssonne sahen die Fairways jetzt wie samtene Teppiche aus. Niedrige Palmen oder Pinien begrenzten den Platz. Das Spiel in dieser friedlichen Natur führte die Gedanken von allen Problemen weg. Jeder konzentrierte sich nur auf den nächsten Schlag oder Put. Sandros Plan, alle zunächst einmal abzulenken und ihnen Zeit für Gespräche zu geben, ging auf.

Die Jüngsten bildete die beste Paarung, weil sie befreit aufspielten. Sie dachten nur an Golf, gaben sich gegenseitig Hinweise, lobten sich.

Christian spielte mit Bella am Anfang konzentriert, fast fehlerfrei. Doch lag ihm ein zu großer Ballast auf der Seele. »Dieser Frühling könnte so schön sein, wenn das Unglück mit Jorge nicht gewesen wäre. Natürlich wussten wir alle, dass wir eine Nachfolgeplanung gebraucht hätten, aber nicht aktiv angingen. Die Alten wollten uns zeigen, dass wir aus ihrer Sicht noch nicht würdig seien, Gran Monte zu führen. Und irgendwie hatten sie recht.«

»Du übertreibst ein wenig«, beruhigte Bella ihn. »Ihr habt schließlich aus einer kleinen Oase ein großes Paradies geschaffen.«

»Aber jetzt stehen wir ohne Plan da. Mir tut es weh, dass sich Dorian in einer Zwickmühle befindet, aus der er keinen Ausweg sieht. Ich im Übrigen auch nicht. Er kann nur verlieren, wie auch immer er sich entscheidet.«

»Du solltest dich lieber gemeinsam mit Sandro darum kümmern, was ihr beide nun mit euch anfangen wollt. Sybille und ich sind mit euch im Netz gefangen. Auch wir brauchen eine klare Perspektive«, warf Bella besorgt ein.

»Lass uns morgen oder übermorgen gemeinsam eine Auszeit nehmen, bei der wir uns besprechen. Gerne würden wir eine Zukunft bauen, in der wir uns gegenseitig unterstützen können. Alle vier.«

Christians nächster Abschlag landete links in den Büschen. Er kassierte einen Strafschlag. Später kamen noch mehrere vermeidbare Fehler hinzu. Zu sehr lenkten ihn seine Gedanken über die unsichere Zukunft ab. Er konnte sich nicht konzentrieren.

Sybille spielte nervös. Ihre Gedanken kreisten um Lucia, die sich gefährlich an Dorian heranrobbte. Beweise dafür konnte sie zwar nicht direkt finden, aber ihre weibliche Intuition täuschte sie nicht. Dass sie selbst letzten Endes an dem Elend schuld war, verzieh sie sich nie wirklich. Nun musste sie sich um Schadensbegrenzung bemühen. Sandro dachte nur ans Golfspiel und spielte dementsprechend gut. Die uralte Vergangenheit, wenn sie überhaupt bedeutsam sein sollte, musste begraben bleiben. »Konzentrier dich doch mal, Sybille. Gerade bei den einfachen Schlägen lässt du Chancen liegen«, ermahnte er sie in rauem Ton.

Lucia versuchte, konstant gut zu spielen, damit Dorians Ehrgeiz nicht enttäuscht würde. Denn er wollte unbedingt gegen seinen jüngeren Bruder gewinnen. Nach neun Löchern jedoch führten Maria und Ben schon deutlich. Die ältere Generation war ohnehin schon chancenlos ins Hintertreffen geraten. Nur Dorian klammerte sich noch an ein mögliches Gewinnen.

Lucias Telefon klingelte. »Tut mir wahnsinnig leid, aber das Gespräch ist dringend. Madrid!« Dorian nickte nolens volens. Mit einem Ohr versuchte er, etwas vom Inhalt des Gesprächs zu erhaschen.

»Abogado. Gibt es Neuigkeiten? Aha. Ich melde mich später.«

Lucia drehte sich zu Dorian. »Unsere Rechtsanwälte aus Madrid möchten später noch mit mir reden. Der Tod von Großvater zieht so viele Konsequenzen nach sich.«

Welche Dinge besprach Lucia mit Rechtsanwälten? Hatte sie vielleicht in Madrid nicht nur Termine in der Klinik wahrgenommen? »Hattest du in Madrid Termine mit den Rechtsanwälten von Gran Monte, Lucia?«, ging Dorian in den Angriffsmodus über. Dass er mit seiner Vermutung ins Schwarze getroffen hatte, konnte er an vielen Details ablesen. Lucias nächster Golfschlag misslang komplett, ihr Gesicht bekam rote Bäckchen; auch zögerte sie bei ihrer Antwort. »Ich habe die Gelegenheit genutzt und noch kurz bei unseren Anwälten vorbeigeschaut. Die brauchten auch die Unterlagen bezüglich des Todes von Jorge.«

Dorian hielt es für das Klügste, nichts weiter zu sagen. Ihm wurde klar, dass Lucia ihm nicht die Wahrheit über die Besuchsgründe mitteilen würde. Besser wäre es, sie durch sein Schweigen aus der Reserve zu locken. Auch wurde ihm bewusst, dass Lucias weibliche Avancen berechnenden Charakter hatten. Da kam ihm eine Idee, die er sogleich in die Tat umsetzte. Er platzierte seine Hand auf ihre Schulter, ließ sie dort eine Weile liegen und sagte in sanftem Ton: »Ich verstehe dich, Lucia.« Danach nahm er die Hand wieder weg, schaute ihr aber tief in die Augen.

Das Golfspiel entwickelte sich danach zu einer klaren Angelegenheit. Maria baute mit Ben die Führung uneinholbar aus, weil sich die beiden nur auf den Sport konzentrierten. Nach der Hälfte der Runde legten alle eine kleine Pause ein. Ein Blick in den Himmel bewies, dass der Herrgott es gut mit ihnen meinte. Leichte Schleierwolken bildeten ein wechselndes Kaleidoskop von Farben bis zum Horizont. Die Bewohner der Villen genossen ihre geheizten Pools, lagen in der Sonne oder lasen dicke romantische Romane mit einem Happyend. Politik und Tagesgeschehen, die normalerweise wie ein Trommelfeuer das Nervenkostüm der Menschen bombardierten, verloren ihre Relevanz oder Bedrohlichkeit. Die harmonische Natur dieses Paradieses wirkte wie Balsam auf die geschundenen Seelen.

Am späten Nachmittag kamen die Spieler wieder ins Clubhaus zurück. Sie hatten ausnahmslos ein Lächeln im Gesicht, nachdem sie sich körperlich ausgepowert hatten. Desiree und Lisa saßen im Clubhaus schon bei einem Kaffee beisammen, um die anderen zu empfangen. Sandro bestellte für alle einen großen Krug frisch gepressten Orangensaft. Die Score-Karten wurden auf den Tisch gelegt, wobei der Gewinner eigentlich ohne Auszählung feststand. Die Jüngsten hatten den Vorsprung im Verlauf der zweiten neun Löcher noch ausgebaut. Dorian räumte zähneknirschend den Sieg seines Bruders ein, der das mit breitem Grinsen quittierte. Beide Elternpaarungen landeten weit abgeschlagen, wobei sie das Endergebnis gar nicht erfahren wollten. Golf entspannte und strengte eben gleichzeitig auch an. Eines aber fühlten alle gemeinsam: Nach fünf Stunden konnte keiner mehr sagen, dass Golfen nur etwas für ältere Menschen wäre.

Ben köpfte sogleich die gewonnene Cava-Flasche. Er bestellte Tapas dazu, ohne die in Spanien ein Spätnachmittag nicht beginnen sollte. Der Blick vom Clubhaus ging über den kleinen See am achtzehnten Loch weit bis zu den Hügeln, die die Anlage begrenzten. Kaninchen zeigten sich ebenso wie die Rothühner, die eifrig auf Suche nach Körnern waren.

Als die Dämmerung hereinbrach, ergriff Dorian das Wort. Die anderen verfolgten aufmerksam jedes Wort, jede Bewegung. »Ihr Lieben! Wir hatten heute einen unglaublichen Golf-Nachmittag, der gezeigt hat, dass wir eine harmonische Gemeinschaft sind. Das wollen wir auch bleiben, wenn ich eure Augen richtig lese. Jorge hat mit Frank nun leider eine Entscheidung getroffen, die diese Harmonie ins Wanken bringen könnte. Ich stehe dabei – auch wenn ich es nicht so gewollt habe – im Zentrum des Geschehens. Da ich noch zwei Tage Zeit habe, mich zu dem Vertrag der Senioren zu erklären, dachte ich trotzdem, ich sollte nicht bis zum Schluss warten. Außerdem fliegt Desiree morgen wieder nach München zurück. Was soll ich lange drum herumreden: Ich will das Angebot annehmen, die Führung von Gran Monte zu übernehmen.«

Das Raunen kam von mehreren Seiten. Mit dieser klaren Ansage hatte keiner gerechnet. Nun war gesagt, was keiner überhören konnte. Ein möglicher Rückweg war verbaut.

»Wie stellst du dir das konkret vor, Dorian?«, ergriff Christian als Erster das Wort, nachdem er seine anfängliche Sprachlosigkeit überwunden hatte. »Willst du ab übermorgen deine Zelte hier aufschlagen, dafür dann die Leitung deines Forstunternehmens abgeben?«

»Nein, natürlich nicht«, antwortete Dorian ruhig und besonnen. »Mein Vorschlag lautet, dass Sandro und du die Firma bis Ende nächsten Jahres operativ weiterführt. Dann blieben ungefähr achtzehn Monate Übergangszeit, um alles zu regeln. Danach würdet ihr etwa als Beiräte für Gran Monte fungieren. Die Einzelheiten eines solchen Beirats können wir noch detailliert bereden. Die ersten Schritte müssen wir aber morgen angehen, weil nicht mehr allzu viel Zeit bleibt.«

»Mein lieber Dorian«, mischte sich nun Lucia in einem schnippischen Ton ein. »Auf dem Papier steht dir formell die Entscheidung frei, uns vor vollendete Tatsachen zu stellen. In einem Familienbetrieb wie diesem kannst du das aber nicht so durchziehen – es sei denn, du willst am Fundament von Gran Monte rütteln. Jeder von uns sollte ein Recht haben, seine Vorstellungen darzulegen. Diese müssen dann diskutiert werden. Dabei sage ich ganz klar aus meiner Sicht: Ich akzeptiere deinen Stil nicht. Auch die Grundlage – dieses ominöse Papier – kann ich so nicht anerkennen. Ob das alles rechtlich unanfechtbar ist, wage ich nämlich zu bezweifeln.«

»Lucia, bitte mäßige deinen Ton«, mahnte Sandro, dem die aufkochenden Emotionen nicht gefielen. »Lass uns morgen deine Perspektive in Ruhe diskutieren. Dazu nehmen wir uns ausreichend Zeit. Das Papier – wie du es nennst – kannst du aber nicht in Frage stellen. Christian und ich betrachten es als Recht der älteren Generation, den Zukunftspfad festzulegen. Wir beiden wurden in sehr jungen Jahren von Frank und Jorge zur Leitung von Monte eingeladen. Wir hätten es ablehnen können, ja. Aber wir begriffen, dass unsere Väter uns vertrauten. Haben wir das Vertrauen verdient? Ich denke schon – zumindest haben wir tagtäglich dafür gearbeitet. Auch für Ben, Maria und Lisa heißt es jetzt vielleicht, dass einige Träume zerplatzen. Für das Große und Ganze muss jeder irgendwo zurückstecken. Ich habe übrigens Abogado Corte für morgen um elf Uhr nach Gran Monte bestellt, damit wir die Formalitäten mit ihm besprechen können.«

Die Diskussionen zogen sich noch über eine lange Zeit hin. Jeder versuchte, die Sichtweise des anderen zu verstehen. Vieles, was als Konflikt hätte gesehen werden können, löste sich im Laufe des Gesprächs. Ben legte seine Pläne einer Auslandskarriere dar sowie seinen Verzicht für den Fall, dass ihm die Leitung angeboten würde. Maria erläuterte ihre naturbezogenen Ambitionen, die noch vage schienen, jedoch nicht an Gran Monte gebunden waren. Lisa erklärte, dass sie erst weitere Ausbildungsschritte überlege, bevor sie sich festlegen wollte. Bellas Sorge drehte sich um eine ausgefüllte Zukunft nach dem offiziellen Berufsleben – für sich und Sandro. Nur Sybille verhielt sich auffällig still, als müsste sie sehr gründlich überlegen, bevor sie sich äußern konnte.

Sie wandte sich jetzt an Desiree, die bisher kein Wort gesprochen hatte. »Wenn es für dich passt, Desiree, dann biete ich dir an, dich morgen zum Flughafen zu bringen.« Dann schaute sie zu ihrem Sohn. »Sag nichts, Dorian – du brauchst jede Minute für die Diskussionen morgen.«

Desiree überlegte erstaunlicherweise nicht lange. Sie nahm Sybilles Angebot an, noch bevor Dorian sich äußern konnte. Die unerträgliche Situation belastete sie zu sehr, als dass sie einen klaren Gedanken fassen konnte.

Man kam zum Schluss, dass alle in der Villa Cerni übernachten sollten, um morgens gemeinsam in den Tag zu starten. Es gab genügend abzuarbeiten. Damit machten sie sich auch bald auf den Weg zur Küste.

Als Lucia aus dem Clubhaus ins Freie trat, holte sie Desiree von hinten ein. »Lucia, hast du einen Augenblick?«

»Klar!«, antwortete diese unschuldig.

»Morgen fliege ich wieder nach München, weil die Klinik mich braucht und weil ich wichtige berufliche Entscheidungen treffen muss. Eines will ich dir vorher noch sagen: Ich habe nicht die Absicht, mich von dir lächerlich machen zu lassen. Ich sehe, wie du um Dorian herumschwänzelst.«

»Du siehst das vollkommen falsch. Ich habe kein Interesse an deinem Dorian. Du sollst ihn behalten. Als Frau bin ich nicht an ihm interessiert.«

»Warum verhältst du dich dann so anmacherisch? Das fällt doch selbst einem Blinden auf.«

»Wir haben uns schon immer geneckt. Schon solange wir uns kennen, seit unserer Kindheit.«

»Mit Necken hat das nichts zu tun, du weißt das genau. Hör also damit auf!«, schimpfte Desiree bitter.

»Stell dich nicht so an«, wischte Lucia diese Anmerkung beiseite, drehte sich weg und würdigte Desiree keines Blickes mehr.

Damit war für Desiree klar, dass sie Lucias Pläne nicht beeinflussen konnte. Sie musste ihre Position bei Dorian stärken, etwas anderes blieb ihn nicht übrig. Sie hatte sich in der letzten Zeit bewusst aus geschäftlichen Fragen herausgehalten. Das mochte ein großer Fehler gewesen sein, der sich jetzt jedoch nicht mehr korrigieren ließ. Morgen würde sie zurückfliegen – eine Tatsache, die sie als Schicksal empfand.

In der Villa Cerni war Ruhe eingekehrt. Fast alle gingen sogleich schlafen. Nur Sybille und Christian gingen im Garten zum Ausblick. Sie schauten schweigend, Arm in Arm, auf das Meer. »Heute gibt es eine milde Nacht. Der Sommer kündigt sich schon an.« Sybille strich Christian durch sein schwarzes Haar und küsste ihn leidenschaftlich auf den Mund. »Wir wollen unsere Familie intakt halten – gleich, was passiert. Versprichst du mir das?«

»Klar doch. Ich weiß nicht, warum du daran zweifelst! Dorian hat sich jetzt entschieden – also klare Verhältnisse geschaffen. Sandro wird das nicht in Frage stellen. Nur für Lucia müssen wir eine Lösung entwickeln, mit der sie leben kann. Irgendwann wird sie sich auch in eine neue Rolle fügen. Die anderen Geschwister scheinen mit Dorians Plan einverstanden zu sein.«

»Du hast mir doch erzählt, dass Dorian Gran Monte zerschlagen möchte, wenn er für seine Forstfirma keine Finanzierung bekommen sollte.« Sybilles Sorge sprach aus ihren Worten, denn der ganze Zusammenhalt der Familien hing an einem intakten Gran Monte.

»Das halte ich noch nicht für ausgemacht. Lass ihn

doch erst einmal in unserem Unternehmen ankommen.«

Sybille überlegte, wie sie ein anderes Thema ansprechen könnte, das ihr weit mehr auf den Nägeln brannte. »Ist dir im Übrigen aufgefallen, wie sich Lucia gegenüber Dorian benimmt? Einerseits greift sie ihn an, andererseits flirtet sie mit ihm.«

»Das ist doch nur Spielerei, Sybille«, wischte Christian das Thema beiseite.

»Desiree nimmt das aber nicht auf die leichte Schulter. Ich befürchte, dass die Hochzeit gefährdet ist, wenn noch etwas vorfällt.«

Christian rollte mit den Augen, war er doch überzeugt, dass seine Frau wieder Gespenster sah. Dorian folgte klaren Prinzipien, die er nicht kurzerhand über Bord warf. Außerdem befand er sich zurzeit eher im Clinch mit Lucia, was auch Desiree klar erkennen musste. »Sei unbesorgt, Liebling!«

Beide blickten lange auf die dunklen Wellen, deren Kämme sich am Strand brachen. Sie hörten auf das Rauschen, das klang, als würde jemand einen Rechen durch Kies ziehen. Die Geräusche kamen ihnen vor wie Zeilen eines Tagebuchs, das alte Erinnerungen aus der Vergangenheit hervorbrachte. Vor dreißig Jahren hatten sie ebenfalls an dieser Küste gestanden, die ihr Schicksal formen sollte. Träume hatten sich damals mit Hoffnungen vermischt. Spanien als Land der Sonne versprach ein abwechslungsreiches Leben, ein von Leichtigkeit geprägtes Dasein. Nicht nur die Touristen, die man hier traf, verhielten sich entspannter als in ihrem Alltag; auch die Einheimischen, die froh waren, der Hektik von Madrid oder Barcelona entfliehen zu können.

Das Spiel der Lichter auf dem Wasser entzerrte die menschlichen Konflikte. Harmonie, Ruhe, Sanftheit breiteten sich aus. »Schau: Das Licht verliert sich im Meer«, lächelte Christian. Sybille konnte nicht umhin, zurückzulächeln.

Dorian und Desiree liebten sich in dieser Nacht innig, fast verzweifelt.

Kapitel 14

Unheil

Über Nacht drehte das Wetter plötzlich. Wind kam auf, es regnete so stark, dass man das Meer nicht sehen konnte. Einige der leichten Gartenstühle hatte der Sturm an den Zaun gedrückt. Die Palmwedel schlugen heftig hin und her. Wasser schoss in Fontänen vom Dach auf die Terrasse. Spanien bewies, dass ihm Regen nicht fremd war.

Keiner war bei diesem Wetter bereit, frische Brötchen zu holen, weshalb es Spiegeleier mit Speck gab, dazu den obligatorischen Orangensaft und frisch gebrühten kräftigen Kaffee. Der Morgen entwickelte sich für alle hektisch. Um Desirees Flug zu erreichen, musste wegen der Schauer die Abfahrt vorverlegt werden. Ob der Rechtsanwalt in Las Colinas rechtzeitig ankam, stand in den Sternen. Auch waren viel zu viele Dinge an diesem Tag gleichzeitig zu klären.

Zum Abschied von Desiree ließ sich Lucia als Einzige nicht blicken, während die anderen ihr alle einen guten Flug wünschten. Dorian drückte seine Desi so fest, als wollte er sie nicht mehr loslassen, was Sybille mit Wohlwollen zur Kenntnis nahm.

Doch diese hörte den leisen Satz nicht, den Desiree ihrem Dorian vor der Abfahrt zuraunte: »Mir scheint, als wärst du hier an der Costa Blanca ein anderer Mensch geworden. Vielleicht warst du das aber auch schon davor, und ich habe es nicht erkannt. Pass auf uns auf!«

Um kurz vor zehn Uhr fuhren alle gemeinsam zur Verwaltung von Gran Monte. Draußen regnete es immer noch ohne Unterlass. Zum allgemeinen Erstaunen erwartete Rechtsanwalt Corte sie dort schon am Eingang.

»Bei diesem heftigen Regen habe ich mich heute Nacht entschieden, das Auto zu nehmen. Ich wollte das Risiko nicht eingehen, unpünktlich zu sein.« Der Rechtsanwalt bestach durch seine korrekte Höflichkeit. »Sie also sind Dorian Michel, guten Morgen!«

Bald saßen alle beisammen. Der Rechtsanwalt strukturierte das Thema der Übergabe ruhig, professionell sowie in bestechender Systematik. »Wenn einer von Ihnen Fragen hat, bitte äußern Sie sich. Der Vertrag lässt wenig Interpretationsspielraum, was für mich die Angelegenheit einfacher macht – aber nicht einfacher für den einen oder anderen von Ihnen.«

Nach geraumer Zeit kam Abogado Corte auf die Eintragung der neuen Geschäftsführung zu sprechen. Lucia wurde klar, dass sie ihre Bedenken hier und jetzt deutlich machen musste, ansonsten würde mit den Unterschriften ihres Vaters und von Christian die zukünftige Machtordnung zementiert.

»Abogado Corte!«, startete Lucia ihren Angriff. »Entspricht die Bevorzugung eines Mannes gegenüber Frauen nicht grundsätzlich dem Diskriminierungsverbot?«

»Ich habe das – wie gewünscht – geprüft, Señora Cassal.« Bei diesem Satz merkte der Anwalt, dass ihm ein Lapsus unterlaufen war, denn die anderen Anwesenden schauten sich zum Teil irritiert an. »Da Sie persönlich aber kein Vertragspartner sind, stellt sich die Frage der Diskriminierung rein rechtlich nicht. Tut mir leid.«

Dorians Vermutung, dass Lucia hinter seinem Rücken einen Rechtsanwalt beauftragt hatte, der gegen ihn arbeiten sollte, bewahrheitete sich nun. Doch da das Ergebnis der Prüfung seine Position stärkte, hielt er es für klug, keine Anmerkung zu machen, sondern konsequent zu schweigen. Weil er sich zurückhielt, schwiegen auch die anderen – eine wunderliche Atmosphäre, aber eine, die Dorians Stellung stärkte.

Für Lucia freilich brach eine Welt zusammen. Sie starrte verzweifelt nach draußen in den strömenden Regen, der ihr als Tränen des Himmels erschien. Ihre Hoffnungen auf eine Übernahme von Gran Monte waren hinweggespült worden. Wie konnte die Familie diese himmelschreiende Ungerechtigkeit geschehen lassen? Doch sie war mit ihrer Verzweiflung allein.

Die Vorbereitungen setzten sich fort. Dorian betonte seinen Willen, dass sein Vater mit Sandro die operativen Geschäfte bis Ende nächsten Jahres weiterführen sollten. Beide nahmen dies naturgemäß erfreut und kopfnickend zur Kenntnis. Auch Bella fiel ein Stein vom Herzen.

Auf der Fahrt zum Flughafen versuchte Sybille, Desirees Gefühle zu ergründen. Um dies aber nicht zu offensichtlich zu beginnen, sprach sie zunächst über die bevorstehenden Aufgaben in der Klinik, über die Herausforderungen des Alltagslebens. Erst als sie bereits an Elche vorbeifuhren, wagte sie ihren Vorstoß. »Die letzten Tage waren für uns alle aufreibender, als wir es uns gedacht hatten. Wie geht es dir damit?«

»Ich habe mir viele Fragen gestellt, seit wir hier ankamen. Dorian hat mir ganz neue Seiten gezeigt, die ich nicht kannte. Eigentlich müsste ich froh sein, weil sie für unsere gemeinsame Zukunft wichtig sind. Erst jetzt verstehe ich, welche Bedeutung die Costa Blanca in seinem Leben gespielt hat. Er ist gewissermaßen Münchner und Spanier zugleich.«

»Du erkennst das richtig. Wir alle sind in beiden Welten groß geworden, nicht nur sprachlich. Dorian muss sich nun entscheiden, wo er – wo ihr – die nächsten Jahre bleiben möchtet.«

»Ich kann und will ihn nicht drängen, weil er sonst vielleicht eine Entscheidung trifft, die ihn unglücklich macht. Auch ich muss mich bald entscheiden, ob ich das Forschungsangebot aus den USA annehmen soll oder auf ein anderes Angebot in Deutschland warten soll. Wenn wir zusammen bleiben, kann ich mir später auch eine Stelle in Spanien suchen. Dazu wäre ich auch bereit, wenn alles andere passt.«

»Dann ist ja alles gut!«

»Nicht ganz, Sybille. Du bist ja nicht blind, und ich bin das auch nicht. Lucias Verhalten geht mir gegen den Strich, aber Dorian wischt das weg, als wäre alles nur Spielerei.«

»Ich verspreche dir, ein Auge darauf zu haben, Desiree!«

»Danke!« Damit beendeten sie ihr Gespräch. Stumm furchte sich Sybille weiter durch den stärker werdenden Regen. Der Scheibenwischer arbeitete auf vollen Touren.

Am Terminal angekommen, luden sie die Koffer auf einen Wagen. Beide Frauen schauten sich in die Augen, umarmten sich, als würden sie beide genau verstehen, was auf dem Spiel stand. »Guten Flug, meine Liebe!«

»Danke.«

Das Flugzeug benötigte keine zehn Minuten, um die graue Wolkendecke zu durchdringen. Wassertropfen flossen am Fenster entlang. Der Moment, in dem die letzten weißen Wolkenflecken im Licht verschwanden, erschien wie ein Traum. Die Sonne leuchtete nun auf die weiße Wattepracht unter ihr. Nach weiteren wenigen Minuten waren die Wolken wie weggeblasen, und Desiree sah unter sich Ibiza vorbeiziehen. Ibiza – auch so ein Traum vieler Menschen. Kurz darauf tauchte Mallorca auf, danach die Küste Südfrankreichs, bis schließlich die schneebedeckten Gipfel der Alpen ihren Zauber versprühten. Jeder Moment ein Moment für die Ewigkeit.

Doch auf Desiree wartete bald der Arbeitsalltag ihrer Münchner Klinik. Der strengte sie an, er lenkte aber auch ab, was in dieser Situation nicht das Schlechteste zu sein schien. Die Entscheidung wegen ihres Forschungsprojekts zögerte sie noch etwas hinaus. Dorian war am Zug, nicht sie. Ihre Wahl hatte sie bereits vor Wochen getroffen.

Sybille steuerte auf dem Rückweg vom Flughafen zielstrebig das Labor in Alicante an, das sie bereits von Deutschland ausfindig gemacht hatte. Man hatte ihr einen diskreten Parkplatz in der Tiefgarage angewiesen. Das bewies, dass sich die Fachleute in ihrem Metier auskannten. Im Display des Fahrstuhls tippte sie die kommunizierte Nummer ein. So erreichte sie das oberste Stockwerk des Gebäudes. Eine höfliche Dame am Empfang erfragte ihre Kontaktnummer, ohne nach ihrem Namen zu fragen. Wenig später wurde sie vorgelassen.

»Haben Sie die Proben dabei? Vergleichen Sie bitte noch einmal die Beschriftungen auf den Röhrchen.«

»Ich habe alles gemacht, wie in der Beschreibung angegeben. Es müsste passen.«

»Gut!«, lächelte die freundliche Dame, die sich benahm, als würde sie in einem Notariat arbeiten. Exaktheit sollte wohl ihr Markenzeichen sein. »Sie hatten ja um eine Eilauswertung gebeten. Wenn das Material ausreichend gute Qualität aufweist, dann bekommen sie eine Information von uns schon am späten Nachmittag. Ihre Kreditkarte benötige ich noch.«

»Ich zahle in bar, wenn das möglich ist.«

»Oh, natürlich! Viele unserer Kunden präferieren Barzahlung. Dann möchten Sie sicherlich auch die Information per MMS?«

»Bitte ja«, antwortete Sybille erleichtert. Dieses Labor verstand sein heikles Geschäft.

Obwohl sie spät dran war, nahm sie auf dem Rückweg die Küstenstraße, weil der Regen urplötzlich aufgehört hatte. Die Sonne strahlte unschuldig auf die durchnässte Landschaft. Tropfen auf den Pflanzen reflektierten das Licht wie Diamanten. Auf der Höhe von Santa Pola schöpften weiß-rosa Flamingos Nahrung aus den Salzseen.

Sybille hatte einen Ball ins Rollen gebracht, den keiner mehr stoppen konnte. Sie wollte endgültig eine Bestätigung ihrer Ahnung, dass Sandro Dorians Vater war. Wenn es so wäre, dann müsste sie Dorian warnen, der dabei war, unschuldig in eine Falle zu laufen. Lieber wäre es ihr natürlich, wenn sich ihre Ahnung nicht bestätigte – doch ihre weibliche Intuition gab ihr wenig Hoffnung dazu. Wie sie die Wahrheit den Männern beibringen sollte, würde sich weisen, wenn es so weit war. Noch blieb ja etwas Zeit.

Ein langes spanisches Mittagessen unterbrach die Besprechung auf Gran Monte. Die Wolken machten der Sonne Platz, die mit ihrer Helligkeit das Meer zum Glänzen brachte. Das Grau der Fluten wich unmittelbar einem hellen Blau. Die Wassertropfen blinkten auf den Nadeln der Kiefern. Eine friedliche, positive Stimmung breitete sich aus. Nur Lucia schwieg, denn sie hatte gerade einen Kampf klar verloren, den sie selbst angezettelt hatte. Nun musste sie einen neuen Plan schmieden, einen Plan, für dessen Implementierung ihr nicht viel Zeit blieb.

»Lasst uns einen Schluck auf Dorian trinken.« Sandro wollte seine Dankbarkeit ausdrücken, dass ihm noch Zeit blieb, den Übergang bewusst zu gestalten. »Salud!«

Es klingelte. Dorian musste ans Telefon gehen, denn

Peter rief an. Er verließ seinen Platz und ging vor die Tür nach draußen. »Grüße dich, Peter. Wie laufen die Geschäfte?«

»Bestens. Heute früh bekamen wir eine Anfrage der Bayerischen Staatsforsten. Sie wollen unsere Software bewerten. Das könnte der Durchbruch sein, den wir uns immer erhofft haben. Gibt es bei dir auch Neuigkeiten?«

»Ja. Ich werde demnächst als Hauptgeschäftsführer von Gran Monte eingetragen. Damit hätte ich den Hebel für die notwendige Finanzierung in der Hand.«

»Da gratuliere ich dir, mein Lieber! Jetzt musst du uns nur noch die Bestätigung schicken.«

Dorian merkte, dass Peter etwas enttäuscht reagierte. Er hatte wohl vermutet, seine eigene und Michaels Stellung im Unternehmen stärken zu können, denn wenn Dorian die Finanzierung nicht sicherstellen könnte, hätten sie selbst ihren Anteil erhöhen können. »In wenigen Tagen habt ihr spätestens Bescheid.« Damit legte Dorian ohne Gruß auf. Schließlich war er jetzt wieder am längeren Hebel.

Dorian kam wieder zurück in den Besprechungsraum, als Sandro Lucia ansprach. »Lucia, du musst dich jetzt mit Dorian auseinandersetzen, ob du möchtest oder nicht.« Lucia schaute aus dem Fenster gen Himmel. Dem Blick ihres Vaters hielt sie nicht stand. »Wie wäre es, wenn ihr Kinder euch heute Abend ins

Strandhaus zurückzieht und dabei alles durchsprecht? Ja, ich glaube, das wäre am besten, denn da könnt ihr nicht weglaufen! Ich habe kürzlich das Haus inspiziert. Alles ist in bester Ordnung.«

Murrend griffen alle die Idee auf, denn sie waren von den Diskussionen des Tages erschöpft. Nur Sybilles Gesicht lief rot an. Am liebsten hätte sie jetzt eingegriffen, hätte diesen Ausflug unterbunden. Doch ohne einen triftigen Grund musste sie sich in das Schicksal fügen.

Maria fuhr mit Lucia in die Villa Cerni, um Proviant und Getränke zu organisieren. Ben und Lisa machten sich mit Dorian auf den Weg nach Las Colinas. Am späten Nachmittag wollten sich dann alle im Strandhaus treffen.

Sybille stand auf der Terrasse, als sich das Labor meldete. »Können sie sprechen?«, hörte sie die bekannte höfliche Stimme.

»Einen Augenblick.« Sybille ging langsam zum Ausblick. »Jetzt können wir reden. Haben Sie die Ergebnisse bekommen?«

»Ja, eindeutige Ergebnisse. Ich wollte Sie deshalb doch kurz persönlich erreichen. Sind Sie sicher, dass Sie für die Informationen bereit sind?«

»Ich denke schon.« Sybilles Gesichtsfarbe wurde noch dunkler. Die Spannung wuchs ins Unermessliche, auch wenn sie eigentlich auf alles gefasst war.

»Dorian Michel stammt von Ihnen und Sandro Cassal ab – mit fast hundertprozentiger Sicherheit. Keinesfalls ist er der Sohn von Christian Michel. Kann ich noch etwas für Sie tun, Frau Michel? Sonst würde ich jetzt auflegen. Das Dokument schicke ich noch per MMS.«

»Nein, im Moment nicht. Vielen Dank.« Die Farbe wich aus ihrem Gesicht. Sybille wurde blass. Eine tiefe Leere breitete sich in ihr aus. Ihre Ahnung hatte sie nicht getrogen, nur wurde sie jetzt zur unumkehrbaren Gewissheit. Sybilles Gedanken kannten keine klare Richtung. Was sollte sie jetzt unternehmen? Lange konnte sie nicht schweigen, weil sie Christian die Wahrheit nicht vorenthalten durfte. Auch Sandro musste sie mitteilen, dass er »Vater geworden war«, damit er sich der aufkommenden Gefahr bewusst wurde.

Dorian fand das Strandhaus nicht auf Anhieb, weil es schon dämmerte. Nachdem er das Auto geparkt hatte, suchte er mit den Geschwistern den Weg von der Straße hinunter zur Küste. Mit der untergehenden Sonne wich die Farbe aus den Büschen und Blumen. Aus Grün wurde erst Braun, dann Grau. Den Pfad zum Haus erkannten sie nur mit Mühe. Erst als sie über einen Hügel liefen, fiel ihr Blick auf ein Schimmern aus den Fenstern des geheimnisvollen Hauses. Maria hatte mit Lucia bereits die ersten Vorbereitungen getroffen.

»Willkommen in der Einsamkeit«, rief Maria den Ankommenden zu. »Wer will, trinkt mit uns frischen Orangensaft oder einen Tinto Verano.« Damit reichte sie auf einem Tablett gut gefüllte Gläser. »Lasst uns für einen Moment ans Meer gehen, bevor die Dunkelheit hereinbricht.« Maria schritt voraus.

Die abendlichen Wellen rollten wie üblich ruhiger und gleichmäßiger. Sie schwappten stetig ans Land, verloren sich in den groben Kieseln der Küste. Der Geruch von Algen verdrängte den der Kräuter und Büsche. Draußen lagen einige Boote an Bojen vertäut. Stimmen drangen leise zum Land: Stimmen gut gelaunter Menschen, die nach einem langen Segeltag nun feiern wollten. Letzte Möwen suchten ihr Quartier an Land, zielstrebig flogen sie an der Küste entlang.

Jeder suchte sich einen Platz, wobei alle, ohne viel zu sagen, auf das Wasser schauten. Ben übernahm die Initiative. »Irgendwie bin ich froh, dass ich heute keine Rolle spielen musste. Meine Zukunftspläne kennt ihr zur Genüge. Sie liegen in Asien. Nur einen Wunsch habe ich trotz allem: Bitte, verbeißt euch nicht ineinander, nur weil ihr euch nicht einigen könnt. Mit ein paar Jahren Abstand wird der heutige Streit eine Nichtigkeit sein.«

»Und wenn ihr euch streiten wollt, dann streitet offen«, ergänzte Maria. »Streitet wie Geschwister: stark, schnell, deutlich, aber immer mit dem Willen zur Einigung.« Das klang fast philosophisch, war aber bitterernst gemeint.

»Es tut alles so weh«, klagte Lucia. »Vor zehn Jahren haben wir uns alle gezofft, aber danach haben wir uns immer wieder vertragen. Könnt ihr euch noch erinnern? Ich jedenfalls kann das. Dorian agierte immer als Schlichter, als großer Beschützer. Jetzt zerstörst du diese harmonische Vergangenheit!«

Dorian fühlte sich angegriffen, doch er verstand es, trotzdem ruhig zu antworten. »Damals waren wir Jugendliche. Es ging um Nichtigkeiten. Mit der heutigen Situation kann man das nicht vergleichen.«

»Kann man eben doch«, protestierte Lucia. »Denn für uns waren diese damaligen Nichtigkeiten genauso wichtig wie die heutigen Wichtigkeiten.«

Lisa beobachtete die aufkommende Spannung. »Ich schlage vor, dass ihr zwei euch einmal gründlich aussprecht. Wir gehen wieder ins Haus und zünden den Kamin an. Es wird schon sehr kalt. Wenn auch ihr euch abgekühlt habt, kommt ihr wieder zu uns.«

»Komm, Luci, wir gehen nach vorne an den Strand. Da können wir uns unterhalten, ohne dass jemand stört.« Dorian ging voran und setzte sich auf den großen Felsen, der die linke Seite des Strandes bewachte. »Ich nehme mir vor, offen und ehrlich mit dir zu sein, also nichts zu verbergen. Wie du gesagt hast, haben wir uns vor zehn Jahren als Jugendliche bestens vertragen – warum soll sich das ändern, nur weil wir einen Konflikt in einer Sache haben?«

»Du hast dich nie für Gran Monte interessiert, nicht dass ich wüsste. Jetzt willst du hier den Ton angeben, ohne das Projekt wirklich zu kennen, ohne über ein Netzwerk an der Costa Blanca zu verfügen, ohne dass die Mitarbeiter dich kennen. Das geht mir nicht in den Kopf. Mir aber nimmst du alles weg, für das ich in den letzten Jahren gearbeitet habe.«

»Dass du sauer bist, leuchtet mir ja ein. Dass du aber hinter meinem Rücken Spiele treibst, ist nicht in Ordnung. Du gehst zu einem Rechtsanwalt, um zu prüfen, was du gegen meine Ernennung unternehmen kannst. Hätte Herr Corte sich gestern nicht verplappert, dann wüsste ich immer noch nichts davon.«

»Eine Frau ins zweite Glied zu verbannen, nur weil sie eine Frau ist, wie es die alten Herren beschlossen haben, widerspricht jedem Verständnis von modernem Management. Das musste ich prüfen.«

»Klar. Aber warum sagst du das nicht offen? Wenn es ungesetzlich wäre, würde ich mich damit abfinden, ob mir das passt oder nicht. Aber wer weiß, vielleicht planst du ja noch andere Dinge, die du mir gegenüber nicht offenlegst?«

»Das Thema Diskriminierung scheint ja nun leider zu deinen Gunsten geklärt.«

»Lenk nicht ab, Luci.« Dorians Stimme wurde scharf. »Hast du noch andere Dinge hinter meinem Rücken angezettelt oder nicht?«

Es trat eine Minute Schweigen ein. Lucia plante zwar keine neue Initiative, weil sie dazu keine Idee hatte. Sie wollte aber nicht zusagen, dass sie dies nicht ohne Dorians Wissen tun würde, wenn sie es für notwendig hielt. »Ich möchte mich dafür bei dir entschuldigen, dass ich den Abogado eingeschaltet habe. Nimmst du das an?«

Ihrer entwaffnenden Art konnte Dorian nichts entgegensetzen. Erinnerungen an eine Vergangenheit stiegen in ihm auf, in der er das nette Mädchen Lucia beschützte, wenn sie es verlangte oder wenn er es für notwendig hielt. Für einen Moment wurde es ihm warm ums Herz, weil er Lucia nicht böse sein konnte. Jetzt stand eine erwachsene Frau vor ihm, in der er immer noch die junge, verwundbare Luci erkannte, auf die er achtgeben musste. »Schon vergessen!«

»Was hast du genau vor, Dorian, und was bedeutet dies für Gran Monte? Vor allem möchte ich aber wissen: Wo komme ich in deinen Plänen vor?«

Dorian legte seine Karten offen auf den Tisch. »Ich strebe die Entscheidungshoheit an, weil ich mich wegen meiner Forstfirma in einer aktuellen Bredouille befinde, die ich mithilfe von Gran Monte lösen kann.« Er erklärte seinen Plan, einen unabhängigen

Investor ins Geschäft einzubringen oder die Firma zu beleihen. »Wenn meine Mehrheit in meiner Forstfirma sichergestellt werden kann, werde ich die Führung von Gran Monte wieder abgeben. Operativ habe ich, wie du weißt, Sandro und meinem Vater garantiert, dass sie bis Ende nächsten Jahres Gran Monte weiterführen sollen. Was rechtlich passiert, wenn ich zurücktrete, müssen wir klären. Entweder greift die festgelegte Reihenfolge. Dann würde zunächst Ben gefragt, der aber schon jetzt abgesagt hat. Danach hättest du die Schlüssel in der Hand. Vielleicht kann ich dir auch die Führung übertragen, ohne jemand anderen zu fragen.«

Lucias Gefühle schlugen Purzelbäume. Bot Dorian ihr gerade an, bald das ganze Geschäft zu übernehmen? Sie überlegte, wie sie reagieren sollte.

»Du verschweigst den Haken bei deinem Vorschlag, mein Lieber. Eine Beleihung würde alle betreffen, was es unwahrscheinlich macht, dass du die Zustimmung erhältst. Ein Teilverkauf aber würde uns in alle Ewigkeit von dem neuen Teilhaber abhängig machen – oder glaubst du, dass er auf Mitsprache bei wichtigen Entscheidungen verzichten würde? Vergiss es.«

In diesem Punkt – und das wusste Dorian natürlich – hatte Lucia recht. Nur sah er keinen anderen Ausweg, um sein Forst-Venture zu finanzieren. »Überleg es dir, Lucia. Mein Angebot steht: Ich biete dir an, die Leitung von mir zu übernehmen, sobald meine Finanzierung steht. Dann kehre ich nach München zurück und werde dich nie wieder behelligen.«

Lucias Verunsicherung war mit Händen zu greifen. »So kann ich dein Angebot nicht annehmen. Du versuchst mich zu erpressen, und das wird dir nicht gelingen.« Ihr trauriger Blick schweifte in die Ferne. Sie fühlte sich von Dorian tief verletzt. Er hatte sie mehrfach angegriffen und keinerlei Verständnis für ihre Situation aufgebracht. Sah er denn nicht, wie verzweifelt sie war?

Als die beiden Streithähne ins Strandhaus kamen, waren die anderen bereits ins Bett gegangen. Für Dorian blieb der Master Bedroom reserviert, sodass Lucia überlegen musste, wo sie unterkommen sollte. Wenn sie Maria nicht stören, blieb ihr nur eine Wahl. »Ich schlafe auf dem Sofa vor dem Kamin. Der gibt mir noch etwas Wärme. Gute Nacht, Dorian – lass uns morgen weiterreden. Heute fehlt mir die Kraft dazu.«

»Gute Nacht, Luci. Ich fühle, was du durchmachst, glaube mir. Lass uns jetzt schlafen gehen.« Er schloss die Terrassentür, verriegelte die Fenster und ging in sein Schlafzimmer. Auch er fühlte sich von der Auseinandersetzung ausgelaugt und matt.

Das Strandhaus bestand aus einer stabilen Holzkonstruktion, die für die Costa Blanca unüblich war.

Dem Bauherrn war wohl schon damals die Illegalität des Gebäudes bewusst gewesen. So wählte er eine unauffällige beigefarbene Außenfassade. Haus und Landschaft sollten sich kaum unterscheiden. Es entstand ein harmonisches Kleinod, das später keine Verwaltung mehr abreißen lassen wollte. Jede äußerliche Veränderung wurde jedoch streng untersagt. Jorge hatte das Objekt dank seiner guten Beziehungen vor langer Zeit erworben und damit vor dem Abriss bewahrt. Danach hatte er es in das Gran-Monte-Projekt eingebracht.

Dorian hörte, wie der sanfte Wind an den Dachschindeln entlangstrich. Wie Luft, die durch eine Graslandschaft weht, wie Federn im Wind. Ihm ging ein Sammelsurium von Gedanken durch den Kopf. Ohne sein Zutun bekam er die Leitung von Gran Monte angetragen, was er nicht ablehnen durfte. Ohne sein Zutun mischte sich Lucia in seine Beziehung mit Desiree ein, versuchte diese zu torpedieren. Ohne sein Zutun wurde das berufliche Ende von Sandro und seinem Vater besiegelt. In den Augen anderer Menschen wurde er so nicht nur der Verantwortliche für diese Entwicklungen – nein, er wurde zum Schuldigen. Er konnte das ablehnen – nur half das weder ihm noch den anderen. Ihm wurde heute Nacht klar, dass er sich nur durch seine aktive Gestaltung wehren konnte. Wer aber gestaltete, dem nützte es nichts, seine Motive zu erklären. Die Tat selbst musste stark genug sein, um die Motive offensichtlich werden zu lassen.

Um den Kopf frei zu bekommen, stand Dorian noch einmal auf. Von Dunkelheit umhüllt, lief er zum Strand. Hier lauschte er in die sich bewegende Wasserlandschaft hinein. Wie schwarze wabernde Ziegel rollten die Wellen an die Küste. Der fahle Mond breitete eine Lichtdecke über den Horizont. Ansonsten Stille, Friedfertigkeit. Kein Windhauch.

Als er zum Haus zurückkehrte, schlich er leise durch den Wohnbereich am noch schwach glimmenden Kamin vorbei zu seinem Schlafzimmer. Er hörte Lucias zarten Atem – sie schlief tief und fest.

Dorian übermannte sogleich bleierner Schlaf. Die salzige Luft des Meeres umfasste seinen Körper. Er träumte. Träumte von Desi und ihrem herzlichen, ehrlichen Lachen. Sonne schien auf sie beide, das milde Wetter wirkte so beruhigend. Desi rannte freudestrahlend auf ihn zu. Er nahm sie in seine Arme. Sie fielen in den Sand – nein, in das weiche Bett. Desi umfasste mit ihren Händen seinen schwarzen Lockenkopf, durchkämmte sein Haar. »Dorian, lieber Dorian!« Sie zerzauste seine Haare, küsste ihn innig. Er jedoch blieb liegen, ließ es geschehen. Er lag nun auf dem Bauch – Desi über ihm. Plötzlich war sie nackt. Er spürte ihren Körper, ihren zarten wohlgeformten Busen, ihre Knospen. Doch er wehrte sich nicht. Dorian atmete schwer.

Sie griff ihm von hinten zwischen die Beine. Er wehrte sich immer noch nicht. Sie packte beherzt zu, wo es einem Mann am besten gefiel. Sie küsste ihn. Er roch ihren sanften, unnachahmlichen Geruch. Sie biss leicht in eines seiner Ohrläppchen. Er wehrte sich nicht, spürte nur ihr federleichtes Gewicht, war erregt, furchtbar erregt. Dies musste Desi jetzt spüren – wollte sie denn nicht mit ihm schlafen? Sie wollte nicht, sondern herzte ihn weiter, blieb aber auf ihm liegen. Er wehrte sich immer noch nicht, sondern spürte, dass er die Erregung nicht mehr aushalten konnte. Jetzt kam er – sanft entfloss der Samen seinem erregten Glied. Ruhe.

Dorian wachte auf. Er hatte geträumt, nass geträumt wie seit langer Zeit nicht mehr. Seine Schlafanzughose war feucht. Er trocknete sein Glied an der Hose ab, warf sie neben das Bett und schlief bald wieder ein. Was mochte Desiree wohl in diesem Moment tun?

Der leichte Wind frischte wieder auf und spielte leise Melodien an der Holzfassade. Welchen Frieden konnte eine stille Nacht für alle erzeugen, die sich ihr ergaben.

Desiree schlief schlecht. Immer wieder erwachte sie und dachte an Dorian, der seinen eigenen Kampf um die Zukunft führen musste. Seine Zwickmühle war bestimmt unerträglich. Es hätte sich alles so schön entwickeln können, wenn sie beide in München geblieben wären, dachte Desiree. Dorian hätte das Angebot der alten Herren abgelehnt und sich auf seine Forstfirma konzentriert. Vor Ort wäre ihm eine erfolgreiche Lösung eingefallen, wie er seinen Finanzierungsengpass in den Griff bekäme. Seine Mitinvestoren würden nicht versuchen, ihn auszubooten. Sie wären seine Freunde geblieben. Lucia wäre ihm egal gewesen – ja, auch Lucia würde ihren eigenen Weg gehen, ohne mit Dorian zu spielen.

Sie wachte erneut auf. Spielen? Lucia spielte nicht mit Dorian, sie versuchte, ihn für ihre Pläne um den Finger zu wickeln. Was aber waren ihre Pläne? Gestern Nacht hatte Desiree versucht, mit Dorian zu sprechen – ohne Erfolg. Er rief später vergeblich zurück, doch da war sie in der abendlichen Klinikbesprechung, in der alle Telefone ausgeschaltet werden mussten. Die Emojis, die sie sich dann noch zuschickten, wirkten kindlich, wie ein lächerlicher Versuch, die Wahrheit zu verdrängen, indem man sich unter die Decke verkroch.

Sie beschloss, den Kampf mit ihren Mitteln zu führen. Als gestandene Frau, die mit beiden Beinen im Leben stand, die täglich Menschen konkret half, brauchte sie sich nicht zu verstecken. Sie hatte eine traumhafte Forschungskarriere vor sich, wenn sie bald zugriff. Substanzielle Wirklichkeit zählte, nicht federleichte Träumerei. Dies sollte auch Dorian nicht übersehen können.

Sie versuchte vergeblich einzuschlafen, weil der morgige Tag anstrengend werden würde.

Dorian schlief tief. Er atmete die kühle Luft, die von draußen ins Haus strömte. Entspannt lag er unter seiner warmen Decke. Wieder begann er intensiv zu träumen. Flamingos hoben mit leichtem Flügelschlag aus der Salzlagune ab. Sie zogen nach Süden über das spanische Festland. Dorian lauschte dem Geräusch sich bewegender Vogelschwingen, die ihn zu berühren schienen. Die dunkle Welt des Schlafes leuchtete changierend rosarot. Flamingos. Ein zarter Duft lag in der Luft. Dorian fühlte sich beschützt, ja aufgehoben in dieser friedfertigen Welt.

Er schlief auf der Seite und spürte ein Wesen, das sich von hinten leicht anschmiegte – sehr leicht, aber deutlich wahrzunehmen. Er träumte davon, dass das Wesen eine Frau sei, die seine Nähe suchte. Konnte es wieder Desiree sein? Erfreut ließ er das Traumgefühl zu. Da er vorher seine Hose ausgezogen hatte, fühlte er eine leichte, aber intensive Berührung. Um den Traum nicht zu unterbrechen, blieb er ohne Regung liegen – so wollte er wieder einschlafen. Sanft schlummerte er bald ein, umfangen von dem Gefühl weiblicher Zartheit.

Als der Morgen kam, vermochten die Sonnenstrahlen kaum durch die dichte Jalousie zu dringen. Trotzdem wachte Dorian langsam auf. Dabei lag er immer noch auf der Seite. Doch der Traum schien sich fortzusetzen, denn er spürte das Wesen immer noch. Verwundert rührte er sich ein klein wenig – und nun wurde ihm klar, dass er nicht träumte. Hinter ihm lag ein Wesen, das ganz leise atmete. Dorians Herz begann zu rasen, während er sich nichts anmerken ließ. Lag Lucia in seinem Bett? Nun nahm er auch einen betörenden weiblichen Duft wahr, der ihm das Stillliegen immer schwerer machte. Unmerklich, als wäre es Zufall, bewegte er seine Hand nach hinten und ließ sie dort liegen. Er hatte sich nicht getäuscht.

Doch auch Lucia bewegte sich nicht. Sie schien noch friedlich zu schlummern. Dorian entschied sich, unbewegt liegen zu bleiben. Sein Herz pochte, weil etwas geschah, was nicht geschehen durfte. Er fragte sich, was Lucia dazu bewog, seine Nähe im Bett zu suchen. Wenn sie etwas von ihm wollte, wäre sie dann nicht aktiver geworden? Wenn sie nur das warme Bett gesucht hatte, weil es ihr im Wohnzimmer zu kalt geworden war, hätte sie dann nicht kurz um Erlaubnis gefragt?

Lucia war lange Zeit ruhig liegen geblieben; hatte sich leicht an Dorian geschmiegt, sodass dieser nicht aufwachte, aber sie doch spüren konnte. Sie hatte ihren Schlafanzug bewusst anbehalten. Dorians Nacktheit überraschte sie, störte sie aber keinesfalls. Seinen männlichen Duft sog sie durch ihre Nase ein. Aus dem

Jüngling von früher war ein attraktiver Mann geworden, der leider dabei war, ihre Pläne zu durchkreuzen.

Minutenlang lag Lucia fast unbeweglich hinter Dorian. Das Gefühl beschlich sie, dass er gerade aufwachte, obwohl er sich eigentlich nicht bewegte. Wenn er wach war, musste er früher oder später erregt sein – das sagte ihr die weibliche Erfahrung. Aber sie wollte keine Anstalten machen, ihn zu berühren.

»Lucia, wo bist du?«, rief da auf einmal Maria laut. Ihre Stimme kam vom Strand, wo sie ihre Schwester vermutete, weil sie nicht mehr im Wohnzimmer auf dem Sofa lag.

Lucia musste sich rühren, weil sie den lauten Ruf nicht hatte überhören können. Sie richtete sich leicht auf, wobei sie mit ihrer Hand – wie unbeabsichtigt – Dorians Bauch berührte. Das steife Glied, das sie für den Bruchteil einer Sekunde spürte, bewies, dass sie recht hatte. Dorian hatte lange Zeit nicht wirklich geschlafen, und da er sie nicht verscheucht hatte, mochte er vielleicht Interesse an ihr haben.

Dorian fuhr auf, künstlich entsetzt: »Luci, was machst du denn hier? Bist du verrückt?«

»Es war so kalt im Wohnzimmer. Ich hab es nicht mehr ausgehalten. Entschuldige bitte – es wird nicht wieder vorkommen.« Damit sprang sie auf, um ins Bad zu laufen. »Ich war gerade im Bad«, rief sie laut Maria zu, die wieder ins Haus zurückkehrte.

Bald saßen alle beim Frühstück beisammen. Rührei

mit Speck, dazu gebratene Tomaten und ein überstarker Kaffee. Das weckte die Lebensgeister. Die Sonne schien bald kräftig auf die Veranda, die Vögel flogen zum Wasser. Es versprach ein herrlicher Tag zu werden.

Dorian lief zum Strand hinunter, um mit seiner Desiree zu telefonieren. Dabei hatte er Glück, sie in ihrer Pause zu erreichen. »Guten Morgen, Liebes!«

»Guten Morgen, schön, dass du endlich anrufst. Ich dachte schon, du wärst verschollen«, lautete die vorwurfsvolle Antwort. »Schon seit fünf bin ich auf den Beinen. Bei uns ist wegen der Urlaubszeit die Hölle los. Vom normalen Klinikalltag ist nichts mehr übrig geblieben. Sechs neue Patienten kamen allein in dieser Nacht auf die Station.«

»Auch hier ist eine Menge los. Soll ich kurz erzählen?«

»Mich interessiert eigentlich hauptsächlich, ob ihr euch geeinigt habt.«

»Gestern hatte ich ein langes, offenes Gespräch mit Luci. Ich bot ihr an, die Firmenleitung zu übernehmen, wenn sie zustimmt, dass ich zur Finanzierung einen Teil von Gran Monte an einen Teilhaber verkaufen kann. Danach würde ich auch bald der Costa Blanca den Rücken kehren und mich in München wieder ausschließlich um meine Forstfirma kümmern. Dann werden wir in München langfristig unsere Zelte aufschlagen. Wie findest du das?«

Dieser klare Vorschlag gefiel Desiree. Vor allem wollte Dorian nicht an der Costa Blanca bleiben, um im Netz der Familien hängen zu bleiben. »Klingt vernünftig. Was sagt Lucia dazu?«, antwortete Desiree mechanisch kühl.

»Sie will es sich überlegen.«

»Ruf mich an, wenn es Neuigkeiten gibt. Es kann aber sein, dass du mich in diesem Trubel schlecht erreichst.« Dorian hatte Lucia »Luci« genannt, was sie eifersüchtig zur Kenntnis nahm. Noch nie hatte er sie so in ihrer Gegenwart genannt.

»Ich melde mich sicher heute Abend.«

»Wo bist du? Es klingt nach Strand.«

»Im Strandhaus.«

»Bis später. Vielleicht berichte ich dann auch von Neuigkeiten wegen meines Forschungsprojekts.« Desiree beendete das Gespräch. Sie hatte genug gehört, um zu verstehen, dass die Diskussionen beileibe noch nicht abgeschlossen waren. Auch spürte sie, dass Dorian sich nicht wirklich darauf vorbereitete, der Costa Blanca für immer den Rücken zuzukehren. Dorian veränderte sich mit jedem Tag, er entfernte sich von München und ließ sie zurück.

Sie musste sich entscheiden, wenn sie nicht zu einer Randfigur in einem traurigen Schauspiel degenerieren wollte.

Dorian gesellte sich wieder zu den anderen. Lisa und Maria bestritten einen Großteil des Gesprächs, weil sie frisch und ausgeschlafen waren. Ihre gute Laune beruhte außerdem auf der aufgehenden Sonne, den unbeschwert mit dem Wind spielenden Möwen, aber auch der Tatsache, dass sie die Konflikte um die Nachfolge für lösbar hielten. »Sollen wir einen langen Spaziergang entlang des Küstenwegs machen?«, schlug Lisa vor.

»Von Torre de la Horadada bis an die Spitze von Las Charcas. Da halten sich jetzt auch eine Menge Flamingos auf. Blendende Idee.« Maria schlug vor, dass sie sich auf die zwei Autos verteilten. »Dorian fährt wohl wieder ins Büro.«

»Da fahre ich auch mit.« Lucia wollte Dorian nicht allein das Feld überlassen.

So lenkte Maria mit Lisa und Ben ihren Wagen nach Torre, um an der Küste entlang bis zu den Salinen zu gehen. Bei ihrem stundenlangen Lauf, der einem Marsch gleichkam, ging es zunächst am Strand entlang; weiter südlich durchquerten sie kleine Dünenflächen in Strandnähe. Sie überquerten die unsichtbare Grenze zur Provinz Murcia. Hier begann die Costa Calida. Immer menschenleerer wurde es, bis sie schließlich die Salinen erreichten, in denen die friedlichen Flamingos eifrig ihrem Fressgeschäft nachgingen. Ben freute sich, dass ihm viele interessante Fotos gelangen, weil er nah an die Vögel herankam. Während die jungen Frauen eine Pause einlegten, fotografierte Ben unermüdlich. In diesem Paradies unterschieden sich all die kleinen Salinenflächen enorm in ihren Farben: blau, rosa, türkis, rotorange.

Der Weg führte sie noch weiter durch eine karge, flache Landschaft, die der Wind geformt hatte. Gräser, Steine, Geröll, eine Gegend zum Meditieren. Ganz im Süden verließen sie den Weg, um an die Landzunge zu gelangen, wo das Mar Menor mit dem Mittelmeer verbunden war. Hier floss das Wasser durch Gola del Charco und Gola la Torre hin und her.

»Man kann sich verstehen, auch ohne zu sprechen. Es ist schön, mit euch diese Tour zu unternehmen«, sagte Ben. »Lass uns ein Selfie machen, das wir in die Gruppe schicken.« Die drei verstanden sich immer besser.

Auf dem Rückweg überlegte jeder für sich, was wohl die nächsten Tage bringen würden. Ben war überzeugt, dass Dorian sein Projekt durchziehen würde, weil er seit einigen Jahren all seine Energie in seine Forstfirma investiert hatte. Ihm war nicht verborgen geblieben, dass Lucia mit ihren Avancen versuchte, Dorian von seinen Plänen abzulenken. Da dieser bei Desiree in festen Händen war, sollte das aber nicht gelingen. Davon blieb er überzeugt.

Maria nahm die Ereignisse zum Anlass, ihren Berufsplan noch einmal zu überdenken. Kunst oder

Mode erwiesen sich in ihren Augen als Umwege zu ihrem eigentlichen Ziel, das sie allerdings noch nicht genau kannte. Es sollte mit Natur zu tun haben – dass schien ihr nun klar zu sein. Immer wieder träumte sie davon, alte, traditionelle Sorten von Früchten zu kultivieren oder zu vermarkten, die ansonsten in Vergessenheit gerieten. Dabei dachte sie zum Beispiel an die kernlosen Trauben, die bei Alicante mit viel Aufwand teuer produziert wurden; diese Tradition ihres Anbaus drohte durch Billigware aus dem Osten verdrängt zu werden. Vielleicht konnte sie dazu beitragen, diese verhängnisvolle Entwicklung zu stoppen.

Lisa, die bei Familienbelangen immer ausgleichend wirken wollte, erkannte, dass sie einen eigenen Standpunkt definieren musste, wenn es um Gran Monte ging. War es ihr wirklich gleichgültig, was mit dem Projekt geschah? Oder konnte sie sich auch vorstellen, selbst eine aktive Rolle einzunehmen? Noch unentschlossen, nahm sie sich vor, diesen Standpunkt bald zu finden. Dazu müsste sie in Zukunft mehr Zeit in Spanien verbringen, dachte sie. Sie nahm sich deshalb vor, in das gute Verhältnis zu ihrer Freundin Maria zu investieren. Sie spürte eine Geistesverwandtschaft mit ihr, konnte alle Themen offen ansprechen.

Nach mehr als vier Stunden kehrten alle drei müde und glücklich an den Ausgangspunkt zurück. Sie gönnten sich Tapas in einem gemütlichen Chiringuito am Strand, bevor sie zur Villa Cerni fuhren, wo Bella schon auf sie wartete. Vor einigen Minuten war sie aus Alicante zurückgekehrt, weshalb sie – ganz entgegen ihrer Gewohnheit – ihren Gästen keine Tapas anbieten konnte.

Mit einem Glas eiskaltem Orangensaft in der Hand legten die Wanderer sich auf die Gartenliegen, um die letzten Sonnenstrahlen einzufangen. Die zahlreichen Schaumkronen glänzten mit der Sonne um die Wette und schickten Blitze an die Küste. Ein buntes Feuerwerk am Tag, das nicht enden wollte.

Kapitel 15

Lodern

Dorian wählte den direkten Weg nach Gran Monte, wo die Väter bereits warteten. Lucia sprach während der Fahrt kaum ein Wort, da sie ihre Gedanken ordnen wollte. Zu viel stürzte auf sie ein. Zunächst bedeutete der Vorschlag von Dorian eine enorme Herausforderung. Sie konnte in absehbarer Zeit die Leitung übernehmen und damit ihren Traum früher erfüllen, als sie je gedacht hatte. Doch die Kröte, die sie dabei zu schlucken hatte, erwies sich als mächtig. Eventuell wusste Sandro einen Weg, damit Dorian zu seinem Geld käme – denn dieses Problem überschattete alles.

Dabei verstand sie auch, dass Dorian nicht auf die Kontrolle seiner Münchner Firma verzichten wollte. Dorians Anspruch war zu hoch, um als normaler Angestellter in seinem eigenen Start-up zu enden.

Lucia merkte zudem, dass noch etwas anderes passierte. Bei dem Gedanken, dass Dorian ihr die Leitung überlassen wollte, kamen wehmütige Gefühle in ihr auf. Der Kampf gegen Dorian löste Emotionen aus, die schmerzten. So sehr sie Dorian verfluchte, zog er sie magisch an. Hatte sie sich etwa in ihn verliebt? Sie wollte ihn doch lediglich bezirzen! Ärgerlich wischte sie den Gedanken beiseite.

Als Dorian zu ihr hinüberschaute, bemerkte er, dass Lucia ihn fixierte. »Du schaust so gedankenverloren, Luci! Was geht dir gerade durch den Kopf? Du hast doch nicht etwa schon eine Entscheidung getroffen?«

»Nichts geht mir durch den Kopf!«, antwortete sie schnippisch, um sich gleich darüber zu wundern, was in sie gefahren sei. Sie schluckte. Warum giftete sie Dorian so an, obwohl sie das eigentlich nicht wollte?

Blühende Orangenhaine zogen an ihnen vorbei. Die strahlend weißen Blüten, gepaart mit den noch an den Ästen hängenden Früchten der letzten Saison, verströmten einen erfrischend herben Duft. Dorian öffnete die Autofenster. Der Frühling verzauberte die Welt mit Licht, Luft und Leichtigkeit. Wer die Palmen sah, die die Zitrushaine einrahmten, verliebte sich in diese grüne Landschaft, die auf den Sommer wartete. Und es gab so viele unterschiedliche Palmen, die miteinander um ihre Wirkung konkurrierten. Alle Arten einte ihre majestätische Ausstrahlung. Viele Menschen, die sich Spanien als braune, karge Landschaft vorstellten, wurden heute Lügen gestraft.

Dorian stoppte. »Lass uns ein paar Zweige ins Büro

mitnehmen!« Er stoppte den Wagen. Zusammen mit Lucia lief er zum nächstgelegenen Orangenbaum, um den Duft einzusaugen. »Diese Welt habe ich zehn Jahre lang vermisst, Luci!« Er brach einige duftende Zweige ab und legte sie auf die Rückbank. Einen blütenreichen kleinen Zweig gab er ihr wortlos in die Hand. »Lieb von dir«, flüsterte Lucia leise.

Die harte Wirklichkeit holte beide jedoch wieder ein, als sie in Gran Monte ankamen. Sandro hatte sie bereits erwartet. »Zeit, dass du kommst, Dorian. Christian hat einige Vorschläge für deine Finanzfragen erarbeitet. Trivial erscheint eine Lösung aber nicht. Komm rein. Lucia, du willst sicher in dein Büro gehen, wo sich Stapel unerledigter Post häufen.«

»Lucia kann ruhig dabei sein, wenn wir die Finanzthemen besprechen. Ich habe nichts dagegen«, sagte Dorian so klar, dass Sandro kaum etwas dagegen einwenden konnte. »Also dann – legen wir los.«

»Willkommen«, begrüßte Christian die beiden. »Kaffee ist schon auf dem Weg. Ihr trinkt doch eine Tasse?«

Dorian warf einen Blick auf sein Handy, das viele vergebliche Anrufversuche zeigte: Peter hatte es mehrfach versucht, Michael getrennt davon ebenfalls, Desiree gerade vor fünf Minuten. Sybille wollte via SMS wissen, ob sie zum Abendessen in die Villa Cerni kämen.

»Fahre nach Las Colinas zurück, um mit den anderen zu grillen«, schrieb er seiner Mutter kurz zurück.

Christian zog als Finanzexperte das Gespräch an sich. »Wir haben deinen Wunsch unter die Lupe genommen, um dir für deine Forstfirma eine Lösung anzubieten. Das Geld, das du brauchst, könnte Gran Monte dir als vorgezogenes Erbe auszahlen. Sandro wäre damit einverstanden. Allerdings müsstest du dann nach der Auszahlung aus der Leitung ausscheiden und jemanden als Nachfolger benennen.«

»Das ist mir bewusst. Doch um das festlegen zu können, müsste ich wissen, wie denn eine Lösung aussehen könnte.« Noch hielt er den Zeitpunkt nicht für gekommen, um das Angebot, das er Lucia gemacht hatte, offenzulegen. Auch brauchte er Lucias Zustimmung, die sie noch nicht gegeben hatte.

»Eine Beleihung kommt aus Gründen der zeitlichen Dringlichkeit nicht infrage. Jede unserer Banken signalisiert, dass ein solcher Prozess mindestens acht Wochen dauern wird. Also kann nur ein Teilverkauf die Lösung sein.«

»Aber das dauert doch garantiert noch länger«, gab Lucia zu bedenken. »Allein die Bewertung von Gran Monte würde Monate in Anspruch nehmen.«

»Wenn wir alternative Angebote haben wollen, dann hast du recht«, stimmte ihr Christian zu. »Allerdings könnten wir mit dem Singapore Trust sprechen, der seit Langem großes Interesse an einem Einstieg bekundet hat. Um den Wert von Gran Monte – auch im Zusammenhang mit eventuellen Erbschaftsangelegenheiten – zu ermitteln, haben wir uns in den letzten Monaten intensiv mit den Vertretern ausgetauscht.«

»Und?«

»Wir haben ein bindendes Gutachten, auf das wir aufbauen können.«

Lucia spitzte die Ohren, denn das war ihr vollkommen neu. Also war sie in den letzten Monaten aus wichtigen Diskussionen bewusst herausgehalten worden. Die beiden Väter behielten die uneingeschränkte Kontrolle über Wohl und Wehe von Gran Monte. Lucia durfte helfen, aber sie durfte nicht mitentscheiden.

»Wir haben diese Verhandlungen aus Vertraulichkeitsgründen mit keinem geteilt.« Christian war Lucias Irritation nicht entgangen. »Natürlich hatten wir nicht geplant, einen Investor mit ins Boot zu nehmen, denn wir sind liquide genug. Wenn wir aber die Anteile auf euch Kinder aufteilen wollen, müssen wir ein solides Wertgutachten zugrunde legen.«

Dorians Miene hellte sich auf: Endlich sah er einen Hoffnungsstreifen am Horizont. Für einen Augenblick schweifte sein Blick aus dem Fenster des Besprechungsraums aufs Meer. In der Ferne zogen Boote mit ihren weißen Segeln am Horizont entlang.

»Es gibt allerdings zwei Haken an dem Verkauf.« Sandro mischte sich ein. »Der Trust verlangt mindestens zwanzig Prozent der Anteile. Außerdem strebt er ein Vetorecht bei allen zentralen Fragen an.«

»Du kannst es drehen und wenden, wie du willst«, ergänzte Christian. »Unsere Unabhängigkeit wäre dahin. Das musst du bedenken.«

»Um keine Zeit zu verlieren und die Option zu sichern, haben wir gestern und heute schon weiterverhandelt. Morgen kommen die Vertragsentwürfe. Entscheiden müssen wir am Tag danach, wenn du wirklich in diese Richtung gehen möchtest. Deine Eintragung als Geschäftsführer von Gran Monte würden wir parallel beantragen.«

»Darf ich kurz unterbrechen, um meine Teilhaber anzurufen?«, bat Dorian aufgeregt, denn es schien, als hätte er wirklich eine Lösung gefunden. Eine Lösung, die zwar Gran Monte belastete, aber die Zustimmung der Väter hatte. Und eine Lösung, die ihm die Kontrolle über sein eigenes Unternehmen sicherte. Er verließ den Besprechungsraum, um auf die Terrasse zu treten.

»Desiree, wie schön!« Nach einigen liebevollen Worten erzählte er, was passiert war. »Wir haben einen Durchbruch für meine Forstfirma gefunden. Durch einen Teilverkauf von Gran Monte kann ich mir die Mehrheit in München sichern!«

»Das freut mich für dich, Dorian. Lass uns später darüber sprechen. Ich bin gerade bei der Visite.« Sie legte auf, ohne dass Dorian erkennen konnte, ob sie ihn wirklich verstanden hatte. Zumindest hielt er sie informiert.

Gleich danach erreichte er Peter und berichtete ihm von der bevorstehenden Lösung. Der schien nicht sonderlich erfreut, wenn er auch beteuerte, wie sehr ihn diese Nachricht begeisterte. Michael, ergänzte er, sei gerade nicht erreichbar; er werde ihn aber unmittelbar informieren. Diese Unehrlichkeit seines Partners zeigte Dorian zweierlei: Erstens durfte er Peter in Zukunft nicht mehr vertrauen; nur mit einer klaren Mehrheit konnte er ihn in Schach halten. Zweitens schien der Wert seiner Firma deutlich gestiegen zu sein. »Morgen oder übermorgen brauchen wir die schriftliche Zusage von dir«, mahnte Peter, der wohl massiven Zeitdruck aufbauen wollte, um Dorians Kontrolle trotzdem noch zu verhindern.

»Ich danke dir, Peter, dass du mich so sehr unterstützt. Gruß auch an Michael.« Diesen Satz versuchte Dorian ohne sarkastischen Unterton auszusprechen. »Morgen melde ich mich wieder bei euch.« Er wartete nicht ab, was Peter noch zu sagen hatte, sondern beendete das Gespräch. Powerplay.

Sandro versprach, morgen die notwendigen Vorbereitungen fortzusetzen. Noch heute wollte er einen Termin mit dem Singapore Trust für den kommenden Tag vereinbaren. Abogado Corte unterstützte mit seinem Team schon seit den Morgenstunden das ganze

Unterfangen und blieb auch heute noch bis spät in die Nacht. Der Ball rollte – schnell, unaufhaltsam.

Eine Weile später verabschiedete sich Dorian, um nach Las Colinas zurückzukehren, wo seine Geschwister mit Maria vermutlich schon die notwendigen Vorbereitungen für das Abendessen getroffen hatten.

»Ich rufe dich morgen an, Dorian, sobald wir hier so weit sind. Dann sehen wir dich wieder. Ich denke, es wird so um die Mittagszeit sein.«

»Super, Sandro. Auch dir vielen Dank, Christian. Jetzt rolle ich mal los zu den Damen. Ben soll sie nicht allein unterhalten müssen.« Dorian lachte herzlich und stand auf, um zu gehen.

»Halt, mein Lieber!«, unterbrach ihn Lucia, die er fast vergessen hätte. »Ich komme mit, schließlich sind meine Grillkünste als sensationell bekannt.« Sie hakte sich bei ihm ein.

Auf der Terrasse der Villa Cerni hatte Bella mit Sybille den Tisch für das späte Abendessen gedeckt. Der Widerschein der Küstenorte färbte den Himmel honiggelb bis rötlich. Weil das Wetter abkühlte, der Wind zum Meer hin blies, hatte sie das Feuer in den Heizpyramiden entfacht. Diese gaben zudem ein warmes Licht ab, sorgten also für Gemütlichkeit. Beide Frauen wollten vor den kommenden stürmischen Ereignissen eine ruhige Atmosphäre schaffen. Sybille hatte die Laborbestätigung bereits mehrfach ausgedruckt.

Um neun Uhr kamen die Männer nach Hause. Sie waren nach dem langen Arbeitstag redlich geschafft. Doch die Sehnsucht nach Ruhe würde bald enttäuscht werden – nur ahnten sie noch nichts davon.

»Ihr wollt bestimmt erst mal ein kaltes Bier, wie ich euch kenne.« Bella reichte jedem ein Glas. »Setzt euch hin. Ihr schaut recht abgearbeitet aus.« Sie ließ beiden Männern Zeit, sich zu erholen, bevor sie das Essen auftrug.

Dann war es soweit: Bella zauberte ihre berühmte Paella mit Meeresfrüchten auf den Tisch. Dazu einen Schluck kräftigen Rioja-Rotwein. Sybille kümmerte sich um ihre Spezialität, eine intensiv schmeckende Crema Catalana, die Erinnerungen an alte Zeiten weckte, in denen sie zusammen gekocht oder gegrillt hatten. Später folgte ein Brandy, um die vollen Mägen zu besänftigen, der aber auch die Ouvertüre für das jetzt folgende Drama einläutete.

»Meine Lieben, ich habe Neuigkeiten für euch, oder eigentlich für uns alle.« Sybille begann in mildem, aber klarem Ton. »Erlaubt mir, etwas auszuholen.« Sandro schaute zu Christian. Beide wussten nicht, was Sybille mit ihren Worten andeuten wollte.

»Habt ihr bemerkt, dass sich Lucia in den letzten Tagen etwas verändert benimmt? Sie flirtet mit Dorian, könnte man sagen.«

»Dorian kommt damit klar«, griff Christian ein, der nicht recht wusste, was Sybille mit ihren Anmerkungen bezweckte. »Er hat sich gerade verlobt, wobei er sich das gründlich überlegt hat. Nun wird er sich auch von Lucias Avancen – sollten diese wirklich ernst gemeint sein – nicht von seinen Plänen abbringen lassen. Ich denke eher, dass Lucia versucht, ihn von seinem Plan abzubringen, Gran Monte zu übernehmen, indem sie ihn ein bisschen verwirrt.«

»Nein, das glaube ich nicht, weil sie genau weiß, dass die ersten Verträge gestern unterschrieben wurden. Trotzdem flirtet sie weiter.« Sybille formulierte ihre Worte jetzt messerscharf und unerbittlich, trotz aller Wärme in ihrer Stimme.

Bella schwieg, da sie ja in das kommende Drama eingeweiht war. Sandro aber, der sich über Bellas Schweigen wunderte, griff ein. »Wenn es so wäre, wie du sagst, Sybille, dann lass doch die jungen Menschen das selbst ausfechten. Wir hätten uns gewehrt, wenn jemand uns Vorhaltungen über unsere Beziehungen gemacht hätte. Das siehst du doch auch so, Bella, oder?«

Bella schwieg eisern. Stattdessen zog sie sich auf ihre Rolle als Gastgeberin zurück und schenkte die leeren Gläser nach.

»Sandro, es geht hier um mehr, viel mehr!« Damit nahm Sybille die Kopien der Laboruntersuchung vom Beistelltisch. »Dorian und Lucia sind Geschwister. Sie dürfen kein Verhältnis miteinander eingehen.«

Wie ein Bleigewicht zogen die gerade gesprochenen

Worte die Gedanken der beiden Männer ins Nichts. Beide versuchten einzuordnen, was Sybille da soeben ausgesprochen hatte.

»Bitte lest den Befund durch, den ich von einem Labor aus Alicante bekommen habe. Sandro ist Dorians Vater. Das Ergebnis lässt keinen Zweifel zu.«

Bilder aus der Vergangenheit kehrten wie ein Blitz zurück. Sandro dachte an das Strandhaus, an die Wanderung, das Zurückkehren, Sybilles Flirten. Er fühlte plötzlich den verbotenen wilden Sex, den er mit ihr im Wohnzimmer gehabt hatte. Alles fühlte sich an, als wäre es jetzt, hier, unmittelbar. Ihm lief es kalt und heiß den Rücken herunter, und er musste an Christian denken, den er hintergangen hatte. Konnte er ihm noch in die Augen schauen? Ihm wurde übel, wenn er an sein Versagen dachte. Gab es überhaupt eine Entschuldigung, eine Rechtfertigung für diesen Betrug?

Christian spürte pure Taubheit. Dieses Laborpapier raubte ihm gerade seinen Sohn. Wie hatte er so viele Jahre aufrichtig glauben können, der Vater dieses gut geratenen Jungen – Mannes – zu sein? Hatte Sandro gewusst, dass er Dorians Vater war? Nein, das hielt er für ausgeschlossen.

Doch auch er erinnerte sich an den Tag, der alles verändert hatte. Vom Strand aus hatte er gesehen, wie Sandro Sybille umarmte, küsste. Jetzt wurde ihm bewusst, dass er diesen Liebesakt geahnt, aber gründlich verdrängt hatte. Eifersucht stieg in ihm auf, als wäre das Ganze nicht Jahrzehnte her, sondern geschähe heute. Nach so vielen Jahren eröffnete ein nüchterner Laborbericht ihnen allen die Wahrheit.

Aber schuldlos fühlte er sich auch nicht, weil er mit Bella geflirtet hatte, um Sybille eifersüchtig zu machen. Hatte er nicht mit der Provokation angefangen? Er konnte sich nicht mehr genau erinnern. In ihm blieb alles taub und benommen.

Bella blieb sprachlos. Sybille fühlte mit ihr, denn ihr Sandro hatte sie hintergangen. Sie hatte ihm dann zwei Töchter geschenkt, aber keinen Sohn. Auch wenn dies in der heutigen Zeit kein Kriterium mehr sein durfte – für sie zählte diese schmerzhafte Wahrheit. Gut, dass sie Bella zuvor eingeweiht hatte, um Schlimmeres zu vermeiden. So blieb zumindest ihr Verhältnis als Frauen einigermaßen intakt. Bereits vor vielen Jahren hatten beide Freundinnen über diese Möglichkeiten spekuliert, die sich nun als Wirklichkeit herausstellte. Und die Gewissheit schmerzte.

»Für alles, was passiert ist, bitte ich dich um Verzeihung, Christian!« Sybille übernahm wieder die Initiative. »Doch jetzt ist nicht die Zeit, das vor Jahrzehnten Geschehene aufzuarbeiten. Jetzt geht es darum, zu verhindern, dass Lucia ein Verhältnis mit Dorian anfängt!«

»Das geht mir zu schnell, Sybille.« Christians Emotionen kochten hoch. »Warum hast du denn die Untersuchung beauftragt? Du musst doch etwas gewusst oder geahnt haben!«

»Ich möchte ehrlich sein. Natürlich habe ich damals gewusst, dass es eine theoretische Möglichkeit gab, dass Sandro der Vater ist.«

»Theoretisch? Ich finde, das ist ziemlich praktisch!«, gab Christian scharf zurück.

»Also praktisch. Ich habe es immer verdrängen wollen. Als Dorian in die Pubertät kam, fing er plötzlich an, sich für Lucia zu interessieren. Ihr habt das vielleicht nicht gemerkt. Aber mein weiblicher Instinkt sagte mir, dass auch Lucia ihm mehr als nur schöne Augen machte. Mich alarmierte dieser gefährliche Flirt, sodass ich beschloss, ihm ein Ende zu bereiten, indem wir erst wieder gemeinsam nach Spanien fahren würden, wenn Dorian oder Lucia in festen Händen wären. Das ist die ganze Geschichte.«

Keiner wagte, das Wort zu ergreifen. Alle schwiegen, um das Gesagte zu verdauen. Das zehn Jahre unerklärte Rätsel füllte sich mit einer massiven Begründung.

»Was schlägst du vor, Sybille?«, fragte Sandro, der versuchte, die bleierne Stimmung zu durchbrechen. »Meinst du wirklich, dass hier eine reale Gefahr besteht?«

»Das tut sie, sagt mein weiblicher Instinkt. Dorians Gefühle Lucia gegenüber sind zwar noch nicht geordnet, doch der Blick, mit dem er Lucia betrachtet, spricht Bände. Wir müssen morgen Vormittag nach Las Colinas fahren, um die beiden aufzuklären. Und ich schlage vor, dass wir dies alle vier gemeinsam tun.«

»Aber morgen verhandeln wir mit den Vertretern des Singapore Trust über den Anteilsverkauf! Wir sollten vormittags im Büro sein«, warf Christian ein, dem es mittlerweile gleichgültig erschien, wer Gran Monte künftig führen sollte. Sollte es sein Sohn sein, der sich als Kuckuckskind herausstellte, so mochte es so sein. Auch über den Anteilsverkauf sollte das Schicksal entscheiden.

Noch einmal ergriff Sybille die Initiative, indem sie in die Runde blickte. Sie fasste das Notwendige in klare Worte. »Erste Priorität muss ohne Zweifel das Gespräch mit Dorian und Lucia haben. Wir würden uns sonst ewig Vorwürfe machen, wenn etwas passieren würde.«

Nach langer Diskussion einigten sich alle vier darauf, am nächsten Morgen nach einem kurzen Kaffee nach Las Colinas zu fahren und dort zum Frühstück aufzutauchen. Sandro schickte noch eine WhatsApp-Nachricht an Lucia, wobei er bemerkte, dass deren Handy schon abgeschaltet war. Nun musste die Nacht die ersten Wunden heilen.

Noch lange sprach Sybille mit Christian, um ihm zu erklären, warum sie den Labortest beauftragt hatte. Natürlich sprachen sie über Dorian, den Christian als Sohn zu verlieren drohte. »Er bleibt unser Sohn, Christian, sei versichert, unser gemeinsamer Sohn.« Tränen, Vorwürfe, Geschrei. Spät in der Nacht nahm Sybille ihren Mann in den Arm, um ihn und sich zu trösten. Lange konnten sie nicht einschlafen, bis dann doch die Erschöpfung ihre Wirkung entfaltete.

Bella war sich unschlüssig, wie sie auf das Geschehene reagieren sollte. Alles war noch zu neu, zu unglaublich. Auch Sandro blieb stumm, weil er keine Antwort auf die Frage fand, ob er Dorian jetzt als seinen Sohn betrachten sollte oder nicht. So umarmte er seine Frau, sie umarmte ihn, bis beide irgendwann Schlaf fanden. Darüber wurde es vier Uhr nachts, wobei sich jede Minute zu Stunden dehnte.

Draußen strich ein leichter Wind an der Fassade der Villa vorbei. Er bewegte die Palmblätter, die ihre sanften Töne abgaben. Nächte an der Küste waren ruhig, aber niemals still. Die Natur sprach mit jedem, der zuhören wollte.

Als Dorian vor dem Haus parkte, war es dunkel geworden. Die anderen warteten schon hungrig mit dem Essen auf sie. Die Steaks saugten noch die Pfeffermarinade auf, als Maria die Pimientos de Padron in die ölgetränkte Pfanne warf.

»Cava für den zukünftigen Chef«, spaßte Ben sehr zum Missvergnügen von Lucia. »Ihr müsst das Unabwendbare als Realität annehmen – dann kommt ihr beide besser damit zurecht.«

»Wenn du nicht so kräftig wärst, würde ich dir einen Kinnhaken verpassen«, gab Lucia mit einem verkniffenen Lächeln zurück. »Aber irgendwie hast du natürlich recht. Lass uns morgen wieder kämpfen, aber jetzt sollten wir für ein paar Stunden das Kriegsbeil begraben.«

»Blendende Idee!« Lisa lagen Grabenkämpfe ohnehin nicht, weil sie fand, dass jeder Konflikt bei gutem Willen eine einfache Lösung finden konnte. »Salud!«

»Salud!«, stimmte Maria aus der Küche kommend mit ein. »Ich bin in fünf Minuten mit den gesalzenen Pimientos bei euch. Einen besseren Start ins Abendessen könnt ihr kaum finden.«

So war es dann auch. Die kleinen, ölheißen grünen Paprikaschoten hatte Maria mit grobem Salz gewürzt, das beim Kauen zwischen den Zähnen knirschte – so wie es eben sein musste. Am besten nahm man sie mit der Hand am Stiel und biss vom grünen Fruchtfleisch ab. Darauf folgten gegrillte Sardinen auf Salat, die köstlich schmeckten, ob mit oder ohne Haut.

Danach versuchte sich Lisa am Schinken, der schnittbereit im Gestell auf seinen Meister wartete. Natürlich gelang es ihr nicht, hauchdünne Scheiben herunterzuschneiden, sodass sie sich Hilfe von Maria holte. Diese legte elegant und mühelos eine Scheibe Schinken neben die andere, als gäbe es nichts Einfacheres. Während Essen in Deutschland oft nur aus einem gut gefüllten Teller bestand, wurde in Spanien schon die Zubereitung zum Vergnügen. Nirgends konnte man so intensiv Belanglosigkeiten mit Emotionen austauschen wie bei einem spanischen Abendessen.

Allen wurde an diesem Abend bewusst, dass die Vergangenheit Wunden gerissen hatte. Sichtbare wie unsichtbare Wunden, die nach Heilung schrien. Als Kinder hatten sie früher unbeschwert zusammen gespielt und Abenteuer unternommen. Sie empfanden sich nicht nur als Freunde, sondern als große Familie. Der Stolz auf ihre spanisch-deutsche Gemeinschaft hatte sie zusammengeschweißt. Keiner ihrer Bekannten konnte auf eine solche intensive Erfahrung zurückgreifen. Ihre Zweisprachigkeit tat ein Übriges. Plötzlich war dann die Gemeinsamkeit auseinandergebrochen, ohne dass sie eine Erklärung dafür erhielten. Ihre Fragen nach Gründen liefen bei beiden Elternpaaren ins Leere. Jedes der Kinder suchte sich deshalb eine eigene Erklärung.

Ben hielt die Erklärung für schlüssig, dass jeder von ihnen einen eigenen Berufsweg im Leben finden sollte, weshalb die Fixierung auf Spanien gebrochen werden sollte. Lisa litt am meisten unter dem Bruch, weil sie gerade Freundinnen in Cabo Roig gefunden hatte, denen sie ihre Sorgen, Träume und Pläne anvertrauen konnte. Sie empfand die Entscheidung der Eltern als blanke Willkür, die sie verletzte – dabei hielt jegliche Begründung einer Überprüfung nicht stand. Maria stimmte Lisa in der Beurteilung zu, weil sie mit Lisa eine enge Freundschaft entwickelt hatte. Ihre Eltern wichen aus, wenn sie nach den Hintergründen forschte, was Maria als Verrat bezeichnete; über die Jahre verblasste der Schmerz zwar, doch er verschwand nie ganz. Lucia aber fühlte, dass andere Gründe wohl ausschlaggebend für die zehn verschenkten Jahre waren. Ihr weiblicher Instinkt sagte ihr, dass die Mütter als die treibenden Kräfte hinter der Entscheidung standen. Sätze wie »das wirst du später verstehen lernen« deuteten auf eine stillschweigende Abmachung der beiden Frauen hin.

Dorian schließlich akzeptierte die Entscheidung als Tatsache. Dachte er an die damaligen Tage, an ihren letzten gemeinsamen Aufenthalt zurück, dann tauchten Bilder romantischer Strandtage auf. Er ging mit Lucia in den Beachclub zum Tanzen, verteidigte sie gegen die jungen Spanier, die sehnsüchtige Blicke auf das nette junge Mädchen warfen. Ihre frische, kecke Art begeisterte ihn. An das Gefühl von Schmetterlingen in seinem Bauch erinnerte er sich nun – ein Gefühl, das er damals nicht hatte einordnen können.

»Für die Steaks seid ihr Männer zuständig.« Maria brachte die großen Stücke marmorierten roten Fleisches aus der Küche nach draußen. Zischend landeten sie auf dem heißen Grill. Ben hatte als Experte seine Stoppuhr aktiviert, damit das Fleisch nicht zu lange gegart wurde. Die Tradition, das Fleisch danach in

Alufolie noch etwas ruhen zu lassen, wurde mit einem Glas schweren Rotweins zelebriert.

Alle lobten das Fleisch und auch das Ofengemüse, das Lisa mit frischen Kräutern verfeinert hatte. »Wir sind die begabteste Kochmannschaft an der Costa!«, behauptete Dorian, ohne Widerspruch zu ernten. »Feiern wir doch die Wiedergeburt unserer Familien-Freundschaft. Zum Wohl und Salud!«

Maria holte die Musikboxen aus dem Haus. Traditionelle spanische Lieder zum Mitsingen begleiteten das Essen. Immer wieder stimmte der eine oder die andere in die Texte ein. Dass es darüber etwas lauter wurde, störte kaum, weil die Villa gut abgeschirmt lag. Zudem waren die Nachbarhäuser, bis auf ein paar Bedienstete, zurzeit ohne Bewohner, was die Stimmung und den Lautpegel hob.

Am Nachthimmel leuchteten bald die Sterne, weshalb nun über die einzelnen Sternzeichen der Anwesenden diskutiert wurde. Natürlich versuchte jeder, die eigenen positiven Eigenschaften nach außen zu kehren. Die anderen konterten mit der Erwähnung negativer Aspekte. Dieses Spiel dauerte bis spät in die Nacht.

Lucia rückte nah an Dorian heran, der dies ohne Gegenwehr geschehen ließ. »Mir wird allmählich kalt«, lautete ihre einleuchtende Erklärung. Ohne Scheu legte sie ihren Arm um Dorian. Die Decken, die Maria bereithielt, fanden schnell ihre Abnehmer.

Maria kuschelte sich mit Lisa in die wärmste Decke, die sie fanden. Langsam wurden alle stiller, als könnten sie so die Sterne besser verstehen, die zu ihnen sprachen. Ein Gemeinsamkeitsgefühl entfaltete sich, brachte alle noch näher zusammen.

»Ihr sagt jetzt sicher nicht Nein zu einem guten Brandy«, schlug Ben vor. Auf eine Antwort wartete er nicht, sondern brachte große, reichlich mit Weinbrand gefüllte Schwenker auf die Terrasse, die er über einer Flamme erwärmte. Glas für Glas führte er diese Zeremonie durch, um in der Reihenfolge des Alters das Ergebnis zu verteilen. »Bruderherz, ich wünsche dir, dass du Kraft für die richtigen Entscheidungen aufbringst. Nicht das Vordergründige zählt, sondern das Nachhaltige. Salud.«

So tiefsinnig kannte Dorian seinen Bruder gar nicht. »Mach nicht so einen Bohei, auch wenn du schon reichlich Rotwein intus hast.«

»Rotwein hin oder her, jeder bekommt jetzt seinen Leitspruch von mir«, entgegnete Ben. »Lucia, dir wünsche ich, dass das zukünftige Gran Monte auch deine Handschrift trägt, weil du moderne, innovative Ideen verfolgst. Salud!«

»Danke, Ben. Und du sollst einfach so bleiben, wie du bist: Ehrlich, offen, energisch.« Lucia war dankbar für die freundlichen Worte, die sie gerne von ihrem Vater gehört hätte.

»Maria, dir wünsche ich, dass du erkennst, was du wirklich willst, nicht, was andere von dir wollen. Salud.«

Dieser Satz traf Maria mitten ins Herz. Ja, sie wollte sich an diese Empfehlung halten, denn schon lange merkte sie, dass ihr Studium sie nicht mehr ausfüllte. »Danke, Ben. Du ahnst nicht, wie richtig du liegst. Ich sollte mein Studium abbrechen, weil es mich nicht wirklich weiterbringt. Du hast mir gerade die Augen geöffnet.« Sie machte ein Zeichen mit ihrer Hand. »Bleib mal hier.«

Der erstaunte Ben blieb stehen. Maria stand auf, umarmte Ben herzlich, gab ihm einen Schmatz auf die Backe, setzte sich wieder hin. »So. Jetzt kannst du mit deinen tiefgründigen Erkenntnissen fortfahren.«

Bens letztes Brandy-Glas samt Trinkspruch galt seiner kleinen Schwester Lisa. »Seinem jüngsten Geschwister einen Rat zu geben, fällt besonders schwer, weil die Jungen ihrer Zeit immer voraus sind. Ich wünsche dir, dass du uns allen zeigst, dass ein handwerklicher Beruf dich glücklicher macht als ein aufgesetztes Studium. Salud!«

Lisa strahlte. »Salud zurück! Diesen Wunsch erfülle ich dir und euch allen sehr gerne. Ben, du bist und bleibst einfach mega!«

Es war schon deutlich nach Mitternacht, als alle spürten, dass es besser wäre, langsam ins Bett zu gehen. Nur notdürftig wurden Teller, Gläser, Platten ins Haus geräumt. Die leeren Flaschen blieben sich selbst überlassen. Der Grill wurde provisorisch gesäubert, die

Lichter in der Villa erloschen eines nach dem anderen. Als Letzter stand Dorian auf und schloss die Terrassentür.

»Kann ich bei dir übernachten Dorian?«, flüsterte überraschend Lucia, die jetzt neben ihm stand. »Mir wird sonst so kalt!«

»Was?« Dorians Erstaunen kam einem Schock gleich. »Ich bin verlobt, Luci, und habe nicht vor, daran etwas zu ändern.«

»Das will ich auch nicht, sei versichert. Wir wärmen uns nur unschuldig zusammen, wie vor zehn Jahren. Wie damals werde ich ganz brav sein.«

Nach einer Weile gab Dorian auf, obwohl er die Gefahr erkannte. Schlussendlich lag es ja an ihm, was passieren würde. Er würde standhaft bleiben, nicht nur wegen seiner Verlobten, sondern auch, weil er Lucia nicht traute. Sie hatte ihn in den letzten Tagen schon mehrfach hintergangen und dabei die Unschuld vom Lande gespielt. Sie kannte das Papier aus dem Safe schon seit Langem, ohne es ihn zu wissen zu lassen. Sie hätte es vernichtet, wenn sie gekonnt hätte. Sie traf sich hinter dem Rücken der Familie mit dem Firmenanwalt, wobei sie den Trip nach Madrid raffiniert hinter einem Klinikbesuch versteckte. Sie flirtete berechnend mit ihm, um ihre Pläne durchzusetzen. Hinter jedem Wort von Lucia lauerte ein geheimer Plan, der nichts Gutes verhieß – davon war Dorian fest überzeugt. Trotzdem ließ er es geschehen.

Erst machte sich Dorian bettfertig, danach Lucia. Als sie aus dem Bad kam, schlüpfte sie lautlos, einer Katze gleich, unter die Decke zu Dorian, ohne ihn zu berühren. Sie blieb wie vereinbart auf ihrer Seite.

»Gute Nacht, Lucia.« Absichtlich vermied er die Anrede »Luci«, was ihr wohl auch nicht entging. »Lass uns jetzt schlafen, denn morgen ist ein entscheidender Tag.«

»Ich hoffe, du schnarchst nicht. Sonst muss ich dich wecken«, neckte sie ihn. Noch wollte sie nicht schlafen. »Eins möchte ich dir noch gestehen, bevor es ans Träumen geht.«

»Und das wäre?«

»Ich glaube, ich habe mich in dich verliebt, Dorian.«

»Spinnst du?«

»Nein. Einerseits hasse ich dich, weil du mir alles wegnehmen könntest. Andererseits ziehst du mich magisch an. Allein dein Duft macht mich verrückt.«

»Zwischen uns läuft nichts, Lucia! Heute Nacht nicht, morgen Nacht nicht, nie. Dein Gefühl ist ja nicht erst vor fünf Minuten entstanden, wo du mir noch gesagt hast, du wolltest wegen der Kälte bei mir schlafen. Warum bist du nie ehrlich zu mir?«

»Du hättest mir sonst ja nicht erlaubt, zu dir zu kommen. Aber ich halte es nicht mehr aus.«

»Sorry, Luci. Wir hatten eine Abmachung. Und daran hältst du dich jetzt, sonst musst du in einem anderen Zimmer schlafen. Gute Nacht.«

Dorian drehte sich von Lucia weg auf die Seite. Auch wenn sie danach ein wenig näher an ihn heranrückte, rührte er sich nicht.

Im Traum flogen grazile Flamingos von den Salzseen auf, um langsam am Horizont zu verschwinden.

Kapitel 16

Vulkanausbruch

Desiree versuchte, Dorian auf dem Handy zu erreichen, doch sein Telefon war noch ausgeschaltet. Sie schickte eine WhatsApp-Nachricht. »Warum meldest du dich nicht? Ich muss wegen Baltimore mit dir sprechen!« Danach eilte sie zur Visite, die sich an die Nachtschicht anschloss. Für Ausruhen oder Schlaf blieb keine Zeit. Aber eine freundliche Nachricht ihres Verlobten hätte ihr gutgetan.

Noch vor Sonnenaufgang klingelte Bellas Wecker. Sie fühlte sich gerädert, als läge ein Zwanzig-Kilometer-Marsch hinter ihr. Sie ahnte aber auch, dass das Beschwerlichste noch vor ihnen allen lag. Wie ein Tsunami hatte der gestrige Abend die Gefühle und Sicherheiten weggeschwemmt, an denen sich alle ausgerichtet hatten. Nun lagen die Trümmer ungeordnet herum und warteten darauf, dass irgendjemand sie wegräumte. Sie fühlte, dass es keinen Sinn machte, die Frage nach der Schuld zu stellen, denn es gab keine Antwort, die die ganze Wahrheit enthüllte.

Vergeblich suchte sie auf ihrem Handy nach neuen Nachrichten. Aber dazu war es ja auch noch viel zu früh. So zog sie sich rasch an, um sich ums Frühstück zu kümmern.

Als Erste gesellte sich Sybille wortlos zu ihr. Mit einem kurzen Kuss auf die Wange schien sie sagen zu wollen: »Lass unsere Freundschaft stärker sein als den Tsunami.« Als eingespieltes Team deckten sie den Tisch im Wohnzimmer in Windeseile. Joghurt mit Früchten, dazu einen starken Kaffee – für die Männer Rührei mit gebratenen Tomaten.

Christian ließ den wohligen Duschregen lange über seinen Körper niedergehen. Er hatte die Musik im Bad auf laut gedreht, um die Welt für einen Moment zu vergessen. Doch das misslang gründlich. So zwang er sich, das Geschehene zu ordnen. Dazu schob er die Vergangenheit erst einmal beiseite. Die Tatsachen ließen sich nicht leugnen. Ob er Sybille zum Seitensprung provoziert hatte oder ob sie auch so mit Sandro geschlafen hätte, änderte nichts am Ergebnis.

Er versuchte, sich die Konsequenzen auszumalen, wobei er mit den Kindern begann. Die mögliche Affäre zwischen Lucia und Dorian – sollte sie wirklich stattgefunden haben – fände ein abruptes Ende. Dorian würde Halt bei Desiree in München suchen. Er würde die Hochzeit beschleunigen, um das Trauma seiner Herkunft zu verarbeiten. Auch würde er die Führung von Gran Monte baldmöglichst wieder abgeben, um sich seiner Münchner Firma zuzuwenden. Eigentlich brauchte er nur die Finanzierung abzusichern. Gran Monte bliebe so oder so nicht mehr das Gleiche, wenn der neue Miteigentümer seine Rechte einforderte. Damit stellte sich die Anschlussfrage, wer auf Dorian als Geschäftsführer folgen würde. Sollte es Lucia sein, würde sie Sandro und ihn vielleicht bitten, einfach weiterzumachen. Damit war ein Knackpunkt erreicht, zu dem er Stellung beziehen musste: Weil die alte Generation irgendwann ohnehin abtrat, sollte man diesen Zeitpunkt nicht hinauszögern. Für sich legte Christian fest, dass er spätestens zum Ende des kommenden Jahres zurücktreten wolle, um der Jugend die Zukunftsgestaltung zu überlassen. Ein großzügiges Angebot der jungen Generation würde er ablehnen. Der Vorschlag der alten Herren erwies sich als perfekte Richtschnur für die Nachfolgediskussion.

Die Kinder mussten auch ihr Verhältnis zueinander neu definieren. Aber bei der Vielzahl von Patchworkfamilien in der heutigen Zeit würde die gemischte Vaterschaft für sie wohl gar kein großes Drama darstellen. Sie würden sich der neuen Wirklichkeit vermutlich schnell anpassen.

Dorian erwachte mit dem ersten Sonnenstrahl. Eng neben ihm lag Lucia wie ein unschuldiges Baby. Ihr Haar floss auf das weiche Kissen. Tief und fest schlief sie. Ihr Atem blieb unhörbar.

Dorian holte sein Handy vom Nachttisch und schaltete es ein. Desirees Nachricht fiel ihm sogleich ins Auge. Warum hatte er nur vergessen, noch abends zu antworten? »Guten Morgen, Desi. Heute wird der Tag der Entscheidungen. Alles ist vorbereitet. Die Papiere müssen nur noch unterschrieben werden. Dir einen hoffentlich nicht so stressigen Kliniktag. Lieben Gruß! Dorian«, schrieb er hastig.

Dann legte er sich noch einmal hin, doch er konnte nicht einschlafen, weil ihm Lucias Anblick keine Ruhe ließ. Irgendwann in der Nacht musste sie ihr Oberteil ausgezogen haben, weshalb sie nun unschuldig, aber aufreizend im Bett lag. Dorian deckte sie wieder zu, damit sie nicht fror.

Sandro konnte ein Stück Stolz nicht verbergen. Er hatte nun den Sohn, den er sich immer gewünscht hatte. Natürlich blieb Christian ebenfalls Dorians Vater, aber sein Freund hatte viel verloren. Trotzdem wollte Sandro darum kämpfen, dass die gewachsene Freundschaft erhalten blieb, denn sie hatten gemeinsam Großes geschaffen. Bei geschäftlichen Entscheidungen gab es praktisch nie Uneinigkeit oder gar Auseinandersetzungen. Ihre klare Arbeitsteilung wirkte sich wohltuend auf Gran Monte aus, das von Jahr zu Jahr stetige Erträge abwarf. Aus der Immobilienkrise 2008/2009 war das Projekt dank eines soliden Finanzpolsters gestärkt hervorgegangen, sodass sogar neue Grundstücke günstig hinzuerworben werden konnten.

Wenn sich der Trubel um die Vaterschaft gelegt hätte, würde er sich gründlich mit Christian aussprechen. Er würde ihm erklären, dass er nicht einen Moment daran gedacht hatte, Dorian sei eventuell sein Sohn. Er würde sich für seinen Fehltritt entschuldigen. Allerdings würde er verschweigen, dass es Sybille gewesen war, die ihn verführt hatte – nicht umgekehrt.

Am Frühstückstisch in der Villa Cerni herrschte zunächst eine Art Katerstimmung, weil alle kaum geschlafen hatten, weil jedem unzählige Gedanken durch den Kopf gingen, aber auch, weil es für spanische Verhältnisse noch ungewöhnlich früh am Morgen war.

»Wir sollten uns einigen, wer nachher das Gespräch beginnen soll«, startete Sybille die Unterhaltung.

»Das solltest du tun, Sybille, weil du es warst, die die Laboruntersuchung in Auftrag gegeben hat.« Christian wollte nicht erklären müssen, dass er nicht Dorians Vater war. Aber auch Sandro sollte nicht Gelegenheit bekommen, diese Nachricht zu verkünden.

»Gut, dann übernehme ich das«, konstatierte Sybille. »Ich werde dann auch erklären müssen, warum wir zehn Jahre lang nicht mehr gemeinsam unseren Urlaub in Spanien verbracht haben. Die Kinder wird das schockieren. Doch wir sollten endlich die ganze Geschichte erzählen.«

»Bitte geh schonend mit den Kindern um«, mahnte

Sandro. »Und sah ihnen, dass wir uns gestern ausgesprochen haben.«

»Ich versuche, mein Bestes zu geben. Hoffentlich wird das reichen, um die Gemüter in Zaum zu halten. Mir ist ehrlich gesagt mulmig zumute.«

»Bitte esst noch etwas, bevor wir uns auf den Weg machen.« Bella drängte zur Eile.

Der Weg nach Las Colinas kam ihnen allen dieses Mal länger vor, als er tatsächlich war. Mit jedem Kilometer, den sie sich dem Haus näherten, stieg die Spannung. Die Nerven lagen blank.

Die Sonne schien selten schön auf die Hügellandschaft. Die Felsen bekamen eine blassorange Farbe, die sich gegen das Grün der Kiefern absetzte. Schäfchenwolken wie aus einem Kinderbuch verteilten sich am Himmel. Doch für die friedliche Natur hatte keiner von ihnen ein Auge.

Sandro parkte unter dem Carport neben dem Haus. Beim Aussteigen hörte er bereits Stimmen von der Terrasse. Maria deckte sicher gerade mit Lisa den Tisch für das Frühstück. Deshalb klingelte er nicht, sondern ging den anderen voran um die Villa herum.

Der Tisch war eingedeckt, doch noch fehlte das Essen. Sandro entschied mit den anderen, dass es jetzt besser wäre, nicht ins Haus zu gehen, um die Kinder zu wecken. So setzten sie sich auf die Terrasse, um in Ruhe zu warten.

Als Erster erschien Dorian, der aus seinem Schlafzimmer kam. Er ging zur Küche, um dort etwas zu holen. Nur mit einer Schlafanzughose bekleidet, lief er durch den Flur, ohne die Neuankömmlinge zu entdecken.

Kurz danach tauchte Lucia auf. Sie blickte nach links auf die Terrasse und erkannte, dass sie nicht allein waren. Sie war nur mit einem Slip bekleidet, weshalb sie schnell ihre Arme über ihren Busen hielt, während sie wieder ins Schlafzimmer zurückhuschte.

Sybille verschlug es wie den anderen den Atem. Sie schluckte heftig, denn sie hatte gesehen, was nicht wahr sein durfte: Lucia hatte bei Dorian übernachtet. Dass es eine unschuldige Nacht gewesen sein könnte, wagte sie nicht zu glauben. Am liebsten hätte sie laut geschrien, doch dafür fehlte ihr die Kraft. Sie fing heftig an zu weinen.

Dorians Telefon klingelte. »Peter, guten Morgen.«

»Guten Morgen, Dorian. Ich möchte dich, daran erinnern, dass heute der letzte Tag ist, an dem du deine Optionen sichern kannst. Ansonsten können wir nichts mehr für dich tun.«

»Mach doch nicht so einen Druck. Mir ist die Situation wohl bewusst, du musst mir das nicht doppelt und dreifach sagen.«

»Dann ist es ja gut. Bitte entschuldige meinen Anruf.« Peter beendete das Gespräch. Für Dorian aber wurde die Vermutung zur Gewissheit: Seine ehemaligen Freunde versuchten, ihn gemeinsam auszubooten. Klar wurde jetzt auch, dass er in Zukunft bei diesen falschen Freunden aufpassen musste. Selbst wenn er seine Mehrheit jetzt absichern konnte, würden die beiden weiter versuchen, ihm Fallstricke zu legen. Er war gewarnt.

»Unsere Eltern sind da!«, sagte Lucia aufgeregt, als sie ins Schlafzimmer zurückkehrte. »Sie sitzen auf der Terrasse.«

»Und?«

»Sie haben mich nackt gesehen, als ich über den Flur lief. Jetzt denken sie sich ihren Teil.«

»Was musst du auch hier herumstolzieren wie hinter dem Laufsteg einer Modeschau! Zieh dich erst einmal. Danach gehen wir hinaus.« Dorian versuchte, Ruhe auszustrahlen, obwohl ihm bewusst war, dass jede unschuldige Erklärung gegenüber den Eltern unglaubwürdig klingen mochte.

»Hast du noch die Kraft, den Kindern gegenüberzutreten, Sybille?« Christian äußerte sich besorgt. »Sonst werde ich das übernehmen.«

»Es geht schon wieder.« Sybille hatte sich gefangen. Sie trocknete ihre Tränen, wobei sie ihr Make-up leicht verwischte. Jeder würde sehen können, dass sie heftig geweint hatte. »Wir müssen aber warten, bis alle Kinder zusammengekommen sind.«

»Weil ein nüchterner Magen die Wahrheit nicht verträgt, sollten wir außerdem warten, bis alle etwas gegessen haben«, mahnte Bella.

»Ich bekomme bestimmt keinen Bissen herunter«, seufzte Sybille.

Lisa kam mit einem großen Tablett voll Essen als Erste auf die Veranda. Maria folgte. »Guten Morgen. Mit euch haben wir eigentlich nicht zum Frühstück gerechnet. Aber wir haben genug für alle. Ich hole nur noch ein paar Teller und Tassen.« Damit verschwand Maria in der Küche, ohne auf eine Antwort zu warten.

Ben brachte den Kaffee heraus. »Das ist ja eine Überraschung! Ich dachte, ihr wärt schon im Büro. Voilá, dann eben nicht. Ein gemeinsames Frühstück kann nicht schaden. Willkommen.« Damit gab er seiner Mutter einen Kuss auf ihre noch feuchte Wange.

Dorian machte gar nicht erst den Versuch, die peinliche Situation von vorher zu kaschieren. Er kam gemeinsam mit Lucia an den Tisch. »Guten Morgen. Seid ihr das Begleitkommando von Gran Monte? Wir kommen gleich mit, nachdem wir gefrühstückt haben. Wir werden uns beeilen.«

Keins der Kinder begriff den Ernst der Lage. Zwar fragten sich alle, warum die Eltern plötzlich gemeinsam hier auftauchten, doch sie nahmen es hin. Das Klappern des Bestecks beim Frühstücken stellte eine Art Normalität her, die fast gemütlich wirkte. Die

Kinder begannen zu schnattern. Der Abend gestern musste wohl sehr unterhaltsam verlaufen sein.

Die Sonne war inzwischen höher gestiegen. Sie wärmte die Luft, färbte die Mauern, lockte die Rothühner aus den Büschen auf die Fairways. Das gleißende Licht forderte schließlich das Ende des Frühstücks. Die Butter schmolz schon unübersehbar dahin.

»Wir sind heute früh zu euch gekommen, um wichtige Angelegenheiten zu besprechen, die euch alle betreffen!« Sybille wählte ihre Worte mit Bedacht. »Ihr werdet jetzt Dinge hören, die euch schockieren werden. Deshalb bleibt gefasst, wenn ich starte.«

Die Kinder schauten sich an, ohne recht zu wissen, wie sie mit der Situation umgehen sollten. Nur Ben ahnte nichts Gutes, weil er sich jetzt an die salzig-feuchte Wange seiner Mutter erinnerte.

»Ihr habt uns oft gefragt, warum wir jahrelang keine gemeinsamen Ferien in Spanien mehr gemacht haben, warum wir vor zehn Jahren plötzlich diese Tradition abgebrochen haben. Dazu schulden wir euch eine Erklärung.«

»Jetzt auf einmal?«, brach es aus Dorian heraus. »Das fällt euch aber reichlich spät ein. Und warum kommt ihr gerade heute auf die blendende Idee, dieses Thema anzusprechen?«

»Weil es jetzt sein muss!« Sybilles Worte klangen messerscharf. »Weil kein Aufschub möglich ist, ohne ein Unglück zu riskieren, Dorian. Denn es geht um dich!«

Diese Worte verfehlten ihre Wirkung nicht. Dorians Gesicht änderte seine Farbe. Blass und hilflos schaute er seine Mutter an, ohne die kommende Erklärung erahnen zu können. Auch in den Augen seines Vaters suchte er vergeblich nach Hinweisen.

»Dorian, du bist mein Sohn. Dein leiblicher Vater aber ist nicht Christian, sondern Sandro.« Sybille wollte weitersprechen. Doch der Tumult, der nun ausbrach, verhinderte das.

Lucia begriff als Erste, dass ihre Welt gerade zusammenbrach. Sie hatte sich in Dorian verliebt – in ihren eigenen Bruder. »Das ist nicht wahr, das kann nicht wahr sein! Du hast alles kaputt gemacht, Sybille – alles!« Wie ein Häufchen Elend begann sie laut zu schluchzen. »Ihr habt alles zerstört! Ihr habt mich zerstört!«

Wilde Worte flogen wie Pfeile durch den Raum. Keiner hörte den anderen noch richtig zu. Jeder wollte nur seine Worte in den Raum schleudern – wie Vulkane, die Asche in die Luft blasen.

Dorian war wie gelähmt. Sollte er seiner Mutter Vorwürfe machen, sollte er Christian oder Sandro fragen, ob sie davon wussten, sollte er Lucia in den Arm nehmen, um ihr Schluchzen zu beruhigen? Seine Gefühle taumelten wie bewegte Bilder in einem Spiegelkabinett. »Warum bist du denn plötzlich so sicher?

Und warum kommst du jetzt mit dieser verrückten Geschichte, Mutter?«

»Ich habe gesehen, dass du dabei warst, dich in Lucia zu verlieben. Etwas, was ich seit zehn Jahren verhindern wollte. Schon damals hattest du dich in Lucia verguckt.« Jetzt brach alles aus Sybille heraus. »Als du dich mit Desiree verlobt hast, dachte ich, dass damit das Risiko gebannt wäre.«

Dorian schluckte. Lucia weinte leise vor sich hin.

»Doch ich habe mich geirrt. Ihr habt beide nur Augen für einander. Weil ich mir nie ganz sicher war, ob Sandro dein Vater ist, beauftragte ich vor ein paar Tagen in Alicante ein Labor mit einer Genuntersuchung. Hier …« Sie holte den Laborbericht aus ihrer Tasche und reichte ihn ihrem Sohn. »Hier hast du es schwarz auf weiß! Ihr könnt kein Paar werden – ausgeschlossen!«

Lucia stand auf. Sie rannte aus dem Garten, den Hügel hinauf. Die Eltern schauten ratlos hinterher.

»Seht ihr, was ihr anrichtet?« Ben griff ein. »Warum sprecht ihr nicht erst mal mit Dorian, statt hier allgemeines Chaos auszulösen?«

Fast erleichtert ging Dorian an sein Telefon, dessen Klingeln das stählerne Schweigen durchbrach. Er dachte, dass sich Lucia vielleicht melden würde. Doch es war sein Kompagnon Michael. »Dorian, dir ist hoffentlich bewusst, dass wir heute deine gültige Unterschrift benötigen, damit du deine Mehrheit behältst?«

»Wollt ihr beide das überhaupt? Ihr habt doch nur Interesse, meine Mehrheit zu brechen!«, blaffte er zurück. »Spielt doch ein einziges Mal ehrlich, Michael!«

»Dorian, das siehst du vollkommen falsch.«

»Nein, Michael, das tue ich nicht. Aber ich werde dir Mehrheit heute absichern. Für deine Anteile sowie die von Peter werde ich dann zukünftig eine Stimmrechtsbeschränkung einführen, damit ihr mich nicht mehr hintergehen könnt.« Damit legte er auf. Ohnmächtige Wut hatte sich aufgestaut, die sich nun gegen seine Partner entlud.

Seine Sorge galt allerdings Lucia, die schon seit einer Stunde verschwunden war. Keiner hatte versucht, sie zu finden, weil alle dachten, die käme von allein wieder zurück.

»Ich werde Lucia suchen gehen. Kommst du mit, Ben?« Ohne auf eine Antwort zu warten, verließ er das Grundstück. Er besprach sich mit seinem Bruder, wo jeder suchen sollte. Auf dem Hügel aber, zu dem Lucia gelaufen war, konnten sie sie nicht finden.

Wieder klingelte das Handy. Desiree nutzte die Zeit zwischen zwei Behandlungen, um mit Dorian zu sprechen. »Dorian, was ist bei euch los? Wir sprechen kaum miteinander, du bist schlecht erreichbar, schreibst kurze Nachrichten – sonst nichts. Gibt es Probleme, von denen ich wissen sollte?«

Dorians Gedanken spielten verrückt. Er wollte Desiree nicht am Telefon berichten, dass er soeben einen neuen Vater bekommen hatte. Aber gar keine Andeutungen zu machen, hielt er ebenso für falsch.

»Hier geht alles drunter und drüber, Desiree. Peter versucht mit Michael, mich aus der Firma zu drängen. Den Streit mit Lucia konnte bislang keiner beilegen. Aber auch in unserer Familie sind Dinge aus der Vergangenheit aufgetaucht, die meine Pläne eventuell aus dem Lot bringen.«

»Kannst du etwas deutlicher werden, Dorian?«

»Nein, das kann ich leider nicht. Am Telefon will ich darüber auch nicht sprechen. Aber wenn ich es dir erzählt habe, wirst du mich verstehen. Bitte, vertrau mir.«

»Am liebsten würde ich gleich wieder in den Flieger steigen. Ich vermisse dich sehr.«

»In einer Woche sollte ich so weit sein, dass ich wieder nach München fahren kann. Dann müsste ich die Verträge unter Dach und Fach haben. Ich umarme dich!«

»Ich umarme dich auch.«

Dorian versuchte angesichts der neuen Tatsachen, sein Leben auf die Reihe zu bekommen. Seine Lust auf Spanien war ihm reichlich vergällt. Er wollte zukünftig möglichst alle Kraft auf seine eigene Firma verwenden. Von der zur Schwester mutierten Lucia musste er sich so schnell als möglich deutlich lossagen, um keine Zweideutigkeiten zu hinterlassen.

Trotzdem dachte er mit Wehmut an sie. Durchaus möglich, dass auch er sich in sie verliebt hatte. Nicht nur, weil sie sich ihm körperlich genähert hatte – nein, sie übte mit ihrer Energie eine unwiderstehliche Anziehung auf ihn aus. Natürlich blieb es auch nicht ohne Folgen, dass er ihre Nähe gespürt hatte, den Duft ihres Körpers eingesogen hatte. Auch wenn die Initiative im Strandhaus oder gestern Abend von ihr ausging, hatte er sich nicht gewehrt. Er konnte seine Gefühle nicht richtig einordnen.

Dabei kamen ihm die Liedzeilen von Katy Perry in den Sinn: »I kissed a girl and I liked it. It felt so wrong, it felt so right, don´t mean that I am in love tonight.« Sie passten nicht und passten doch genau zu dem, was er gerade durchlebte.

Ben und er suchten überall, doch sie konnten Lucia nicht finden. Dass ihr Handy keinen Empfang zeigte, bereitete beiden große Sorgen. Sie vereinbarten, weiter nach ihr zu suchen. Ohne sie gefunden zu haben, würde Dorian nicht zur Verwaltung nach Gran Monte zurückfahren.

Er wählte Sandros Nummer. »Sandro, wir suchen weiter nach Lucia. Wir wollen sie nicht allein zurücklassen. Ich hoffe, du verstehst das.«

»Klar. Dann fahre ich mit Christian in die Verwaltung. Bella bleibt mit Sybille bei den anderen im Haus. Ich werde alles in deinem Sinne weitertreiben. Die Singapurer riefen schon an, um nachzuhaken, ob Sand ins Getriebe gekommen sei.«

»Du kannst mich ja jederzeit am Handy erreichen.«

Lisa schaute auf das Display, wobei sie sich wunderte, dass Desiree versuchte, sie zu erreichen.

»Desiree, welche Überraschung! Wie geht es dir zurück im Klinikleben? Kann ich dir irgendwie helfen?«

»Der Alltag hier belastet schon heftig. Gleichzeitig muss ich mich entscheiden, ob ich bei der Johns Hopkins Universität wegen meines Forschungsprojekts zusagen soll. Doch der Grund meines Anrufs ist ein anderer.«

»Schieß los.«

»Ich möchte ganz offen mit dir sprechen. Dorian benimmt sich in den letzten Tagen seltsam. Er ruft nicht gleich zurück und schickt lauter kryptische Nachrichten.«

»Das erklärt sich wohl aus dem ganzen Tumult um Gran Monte.«

»Nein«, unterbrach Desiree. »Ich werde das Gefühl nicht los, dass sich zwischen Lucia und Dorian etwas angebahnt hat. Sag es mir offen: Läuft etwas zwischen den beiden? Von dir bekomme ich hoffentlich eine ehrliche Antwort.«

»Du hast recht, Lucia hat Dorian angemacht, aber er hat immer cool darauf reagiert.«

»Bist du da sicher?«

»Was heißt schon sicher? Sie hat schon massiv mit ihm geflirtet. Ob da mehr gelaufen ist, kann ich nicht sagen.«

»Es könnte aber sein? Willst du mir das mitteilen?«

»Wenn du so willst, ja. Einen Abend sind sie beide in Dorians Zimmer verschwunden.«

Desiree platzte fast vor Wut.

»Doch deine Sorge hat sich heute Morgen in Luft aufgelöst. Sybille kam mit einer Nachricht, die uns alle schockiert hat. Eine von ihr in Auftrag gegebene Laboruntersuchung hat ergeben, dass Dorians Vater nicht Christian, sondern Sandro ist. Dieser Paukenschlag macht Lucia jetzt zu seiner Schwester!«

Ratlos schwieg nun Desiree. Dann brach es aus ihr heraus: »Das ist doch alles Wahnsinn!« Sie beendete das Gespräch, weil sie genug gehört hatte.

Die Nachricht, die Desiree bald darauf abschickte, hatte sie mit Bedacht formuliert: »Dorian! Die Dinge, die ich heute über dich erfuhr, lassen mir keine andere Wahl. Wir werden uns trennen. Ich werde für zwei Jahre nach Baltimore gehen. Lucia ist jetzt deine Schwester. Aber du hast ein Verhältnis mit ihr gehabt oder geplant. Versuche nicht, mich von meiner Entscheidung abzubringen. Ich gehe nun bewusst meinen eigenen Weg.«

Dorian blickte fassungslos auf sein Display. Es dauerte eine Weile, bis er begriff, dass seine Verlobung hiermit geplatzt war. Er war dabei, alles zu verlieren: seine Verlobte, Lucia, seinen Vater. Auch die Mehrheit an seiner Firma drohte, sich in Luft aufzulösen. Selbst wenn er seine 40 Prozent über Gran Monte absichern konnte, würden seine Freunde ihn zu hintergehen versuchen. Vielleicht hatten sie schon hinter seinem Rücken mit dem Investmentfonds gesprochen, der das Zünglein an der Waage war. Ihm wurde klar, dass er so bald wie möglich nach München zurückkehren musste, um dort Präsenz zu zeigen und aufzuräumen. Er würde seinen ehemaligen Freunden deutlich ihre Grenzen aufzeigen, anders ging es nicht.

Trotzdem blieb er unentschlossen. Einerseits musste er auf der Stelle nach Gran Monte fahren, um die Papiere zu prüfen und abzuzeichnen. Die Uhr tickte. Andererseits wollte er Lucia in ihrer schwierigen Lage nicht sich selbst überlassen.

Eine SMS poppte auf Bellas Telefon auf. »Bitte rufen Sie Dr. Lopez im Labor zurück.«

Bella ging in den hinteren Teil des Gartens, um ungestört telefonieren zu können.

»Hola, hier spricht Bella Cassal Kampmann, kann ich bitte Herrn Lopez … Aha, nicht da … Kann sonst jemand Auskunft … oh … verstehe … dann melde ich mich später wieder.«

Warum erreichte sie den Leiter des Labors nicht, der doch gerade selbst um einen Rückruf gebeten hatte? Warum konnten oder durften die Mitarbeiter keine Auskunft geben? Sie war sich unschlüssig, ob sie mit Sybille sprechen sollte, um über das Undenkbare zu spekulieren.

Doch sie entschied sich abzuwarten.

Maria kochte Tee für ihre Leidensgenossin, die wie ein Häufchen Elend auf der Gartenmauer saß. Lisa sah mit ihren vollen braunen Haaren aus wie eine bezaubernde Statue am Strand.

»Eine Tasse Tee wird dir guttun, Lisa.«

»Danke. Es ist so lieb, dass du an mich denkst. Gerade jetzt, wo alles mit einem Knall auseinanderfliegt. Vor einer Woche noch waren wir zwei sehr glückliche Familien. Oder eigentlich: eine glückliche Familie. Nun löst sich alles in Luft auf.«

»Das dachte ich zuerst auch. Aber müssen wir nicht etwas nüchterner an die Wahrheiten herangehen, mit denen wir konfrontiert wurden? Ändern werden wir die Gewissheiten mit unserer Trauer auch nicht. Wenn du dich in deinem Bekanntenkreis umschaust, siehst du jede Menge Patchworkfamilien, die sich mit den Gegebenheiten bestens arrangiert haben.«

»Du hast gewiss recht, Maria. Ich denke, mit vielem komme ich auch klar.« Sie holte tief Luft. »Aber vorher rief Desiree bei mir an. Sie fragte mich zum Verhältnis zwischen Dorian und Lucia aus.«

»Um Gottes willen. Was hast du ihr denn erzählt?«

»Ich wollte ehrlich sein, weil sie es verdient hat. Ich habe bestätigt, dass die beiden heftig geflirtet haben – aber auch gesagt, dass dies immer von Lucia ausging.«

»Hast du ihr noch mehr erzählt?«

»Ja. Ich habe ihr gesagt, dass die beiden eines Abends in Dorians Zimmer verschwunden sind. Du hast das doch auch mitbekommen. Aber ich habe ihr dann auch erzählt, dass Lucia und Dorian jetzt Geschwister sind.«

»Wie hat sie reagiert?«

»Sie hat das Geschwisterthema gar nicht mehr wahrnehmen wollen. Ich bin sicher, sie wird sich von Dorian trennen. Und ich bin schuld daran, weil ich ihr zu viel erzählt habe. Meine lockere Zunge – verdammt!«

»Wir müssen Dorian helfen.« Maria stand auf und signalisierte Lisa, es ihr gleichzutun. »Er sucht jetzt vergeblich nach Lucia. Eigentlich sollte er aber schon lange in Gran Monte sein. Wenn dort jetzt etwas schiefläuft, dann verliert er auch noch seine Firma in München.«

»Was schlägst du vor?«

»Wir suchen gemeinsam mit Ben nach Lucia. Dorian soll schnell in die Verwaltung fahren. Auf geht´s.«

Die beiden jungen Frauen eilten zu Sybille und Bella. Danach liefen sie zu Dorian, um ihm beizustehen. Der stand auf dem höchsten Punkt von Las Colinas und hielt vergeblich nach Lucia Ausschau.

»Dorian, wir suchen jetzt mit Ben nach meiner Schwester«, sagte Maria hastig. »Mit unserem Fraueninstinkt finden wir sie schneller. Du fährst jetzt nach Gran Monte, sonst passiert dort noch etwas Unvorhergesehenes. Los jetzt!«

Während Dorian zögerlich aufbrach, blieben die beiden Frauen zurück, um sich zu beratschlagen.

»Gibt es hier so etwas wie eine Höhle? Als Kinder haben wir uns immer in einen Unterschlupf versteckt, wenn wir für uns allein sein wollten.« Maria übernahm die Initiative.

»Ich glaube, wir sind hier auf dem Hügel vollkommen falsch. Unten im Cañon vielleicht, bei dem Naturschutzgebiet. Dort ist es einsam. Dort haben wir damals mit den Jungs gespielt. Vielleicht finden wir Lucia da. Das würde auch erklären, dass wir sie nicht mit dem Handy erreichen können.«

Sie machten sich eilig auf den Weg. Ben informierten sie, dass sie wohl bald keinen Empfang mehr haben würden. In exakt einer Stunde würden sie sich aber wieder melden.

Auf dem Weg nach Gran Monte ordnete Dorian seine Gedanken. Am wichtigsten war es jetzt, die Verhandlungen mit den Asiaten abzuschließen. Die notariell beglaubigten Unterschriften würde er nach München schicken, um die Finanzierung sicherzustellen. Danach würde er Sandro und Christian wieder die Leitung der Firma überlassen. Sie sollten entscheiden, wer die Nachfolge antrat. Gran Monte wollte er hinter sich lassen und dazu auch schon in den nächsten Tagen nach München zurückkehren.

Vergeblich versuchte er noch einmal, Lucia am Handy zu erreichen. Lisa und Maria antworteten ebenfalls nicht. Er machte sich große Sorgen, für die ihm aber eigentlich keine Zeit blieb. Seine Gefühle für Lucia konnte er immer noch nicht ablegen, wie sehr er es auch versuchte.

Als er mit dem Auto den Hügel zu Gran Monte hinauffuhr, lag die Anlage friedlich in der Sonne. Bunte Blumen blühten um die Wette. Auch die Büsche leuchteten mit ihren Abertausenden von Knospen. Bevor er das Verwaltungsgebäude betrat, gönnte er sich einige Minuten, um von diesem Ort Abschied zu nehmen, den er wahrscheinlich lange Zeit nicht mehr wiedersehen würde. Er blickte aufs Meer, dessen blaue, türkise, graue, weiße, grüne Wellen um die Wette funkelten. Wehmütig dachte er an die Abende im Garten der Villa Cerni, von der man meilenweit die funkelnden Orte in beiden Richtungen bewundern konnte.

Der Empfangston einer neuen Nachricht unterbrach seine Gedanken. Es war Sybille, doch für sie blieb ihm jetzt keine Zeit. Er betrat die Verwaltung, um den Besprechungsraum zu suchen, in dem die letzten Schritte zu seiner Abnabelung stattfinden sollten.

»Dr. Lopez hier. Spreche ich mit Frau Cassal persönlich?«

Bella, die neben Sybille Platz genommen hatte, nahm das Gespräch an, ohne vorher aufzustehen. Sie musste keine Geheimnisse vor ihrer Freundin haben, auch wenn sie ahnte, dass sich die nächsten Minuten turbulent, vielleicht gar chaotisch gestalten könnten.

»Ja, am Apparat. Haben Sie Ergebnisse für mich?«

»Zunächst bitte ich um Entschuldigung, weil ich Ihren Anruf nicht annehmen konnte. Viele meiner Klienten werden durch die Ergebnisse meines Labors in Turbulenzen gestürzt. Ein solch emotionaler Fall nahm mich vorhin in Beschlag.«

»Können Sie mir nun meine Ergebnisse erklären?«, hakte Bella ungeduldig nach.

»Wir hatten ja vor einigen Tagen die Vaterschaft von Dorian Michel zu klären, wobei ein erstaunliches Resultat herauskam.«

Sybille wurde kreidebleich. Hatte Bella ein ähnliches Gutachten in Auftrag gegeben? Hatte sie die Ergebnisse von Dorians Vaterschaftstests infrage gestellt, ohne sie darüber zu informieren? Sie stöhnte laut auf, weil sie keine Worte für das fand, was gerade passierte. Sie taumelte innerlich.

»Das weiß ich. Aber was hat das mit meinem Problem zu tun?«

»Sehr viel, Frau Cassal Kampmann. Ich weiß nicht, ob es Sie erstaunt, wenn ich Ihnen mitteile, dass wir die Vaterschaft eindeutig klären konnten.«

»Bitte, Dr. Lopez!« Bellas vorwurfsvoller Ton war unüberhörbar.

»Lucia Cassal wurde von Herrn Christian Michel gezeugt – also nicht von ihrem Mann!« Es entstand eine Pause. »Den Laborbericht bekommen Sie vereinbarungsgemäß per Mail. Auf Wiedersehen, gnädige Frau.«

Sybille hatte die letzten Worte deutlich mitgehört. Wer von den beiden Frauen mehr schockiert war, ließ sich nicht ausmachen. Stumm schauten sie sich gegenseitig an, wobei Bella bewusst war, dass sie sich nun zuerst erklären musste.

»Ich habe damals draußen am Strand einmal mit Christian geschlafen. Ich wollte Sandro eifersüchtig machen. Da passierte es plötzlich. Keiner von uns hatte das geplant – aber dabei entstand wohl unsere Lucia.«

»Ich glaube das nicht. Kann das wirklich sein? Warum hast du davon nie etwas gesagt?«

Bella antwortete vorsichtig, weil sie ihre Freundschaft nicht zerstören wollte: »Ich habe nie geglaubt, dass ich von dieser Strandepisode schwanger geworden sein könnte. Danach war ich nur noch mit Sandro zusammen. Wir haben uns so häufig geliebt, dass Lucia nur von ihm stammen konnte.« Bella stand auf, um Sybille in die Arme zu nehmen. »Verzeih mir, Sybille bitte verzeih mir!«

»Wir müssen jetzt unbedingt unsere Männer informieren«, antwortete Sybille spröde.

»Das können wir noch heute Abend tun. Aber Lucia muss es gleich erfahren.« Bellas Sorge um ihre Tochter war unüberhörbar. Sie steigerte sich weiter, als sie weder Lucia noch Maria oder Lisa erreichten. Schließlich versuchten sie es erfolgreich bei Ben, der von der Suche im Cañon berichtete. Bella verschwieg die neue

Nachricht, um nicht noch mehr Chaos anzurichten. Sie mahnte lediglich, dass Ben die Mädchen bitten solle, dringend zurückzurufen, da es wichtige Neuigkeiten gäbe.

Lucia verließ das Haus und wählte den weiten Weg ins trockene Tal des Naturschutzgebiets, welches zu Las Colinas gehörte. Sie wollte ihre Frustration, die Emotion durch langes Laufen herausarbeiten. Schon als Kinder hatten sie in dieser Schlucht gespielt, der sie damals an Indianerland erinnerte, weil die geheimnisvolle Einsamkeit ihnen einen Unterschlupf gewährte. Kein Erwachsener hätte je Lust gehabt, diese karge, trockene Gegend zu erkunden – Kinder jedoch schon.

Am untersten Punkt des trockenen Tales lag ein großer Felsblock, der sie schon seit ihrer Jugend beeindruckte. Seine Gestalt erinnerte an einen Saurier, der sich zum Schlafen niedergelegt hat. Seine runde, harmonische Form strahlte Ruhe, aber auch Kraft aus. Hier wollte sie sich sammeln.

Lucia ließ die Vergangenheit an sich vorüberziehen. Sie kannte Dorian seit ihrer Kindheit, hatte ihn aber vollkommen neu entdeckt, als er vor einigen Tagen hier wie aus dem Nichts aufgetaucht war. Schon seine imposante, kräftige Figur beeindruckte sie sofort. Da sie vor Monaten schon im Safe der Villa in Las Colinas das Nachfolgepapier entdeckt hatte, ahnte sie, dass ihr in ihm ein mächtiger Gegenspieler erwuchs. Jorges plötzlicher Tod löste allerdings die Lawine weit früher aus, als sie erwartet hatte.

Wenn sie ehrlich mit sich ins Gericht ging, merkte sie, dass Dorian vom ersten Moment an starke Emotionen in ihr ausgelöst hatte. Sie deutete diese zunächst als Wut, fühlte dann aber bald eine enorme Zuneigung. Tatsächlich hatte sie sich wider alle Vernunft in Dorian verliebt. Doch je stärker ihre Verliebtheit wuchs, desto mehr steigerte sich auch ihre Wut gegen ihn.

Durch den Kampf gegen ihn wollte sie ihre Gefühle unterdrücken. Dies erkannte sie nun deutlicher denn je. Lucia begann zu weinen. Schwere Tränen liefen ihr trauriges Gesicht herab. Ihr Handrücken, mit dem sie sie zu trocknen versuchte, erwies sich als zu klein dafür. Die Tränen benetzten jetzt auch ihre weiße Bluse.

Lange starrte Lucia in das einsame, unberührte Tal. Träne nach Träne beruhigte sie sich erst langsam. Ihr wurde klar, dass sie das Geschehene hinter sich lassen musste, um einen neuen Weg einzuschlagen. Sie folgte den Wolken, die am Horizont vorüberzogen, lauschte dem seichten Wind, der durch die Pinien strich.

»Lucia! Wir hatten uns schon Sorgen gemacht.« Marias Stimme drückte ihre Erleichterung aus. Sie eilte zu ihr, um die große Schwester stumm zu umarmen.

Nach einer Weile überzeugten sie Lucia, gemeinsam zur Villa zurückzukehren. Als ihr Handy sich wieder ins Netz einklinkte, wurde deutlich, wie viele Nachrichten sowie vergebliche Anrufversuche die Sorge der Familie ausdrückten.

Als Ben, der sich am höchsten Punkt des Golfkurses platziert hatte, die Frauen kommen sah, lief er ihnen entgegen.

»Hallo! Schön, dass wir dich gefunden haben, Lucia. Ich habe mit Dorian schon ganz Las Colinas abgesucht, ohne dich zu finden. Dorian ist jetzt schon Richtung Gran Monte unterwegs, weil er nicht warten konnte. Ihr sollt aber unbedingt Sybille oder Bella anrufen. Sie müssen euch dringend sprechen.« Ben schrieb nebenbei eine kurze Nachricht an seinen Bruder: »Lucia wohlbehalten gefunden. Gehen zurück zur Villa.«

Kapitel 17

Das Licht verliert sich im Meer

Als Dorian den Besprechungsraum betrat, sah er seine »Väter« mit einer größeren Gruppe Asiaten intensiv diskutieren.

»Guten Morgen, Dorian, darf ich dir die Herren vom Singapore Trust vorstellen.« Die Regeln asiatischer Höflichkeit einhaltend, berichtete jeder der Manager über seine Funktion im Trust, bevor der Leiter den Zwischenstand der Diskussion zusammenfasste. Danach bat Sandro um einen kurzen Moment Unterbrechung, damit die Verhandlungsparteien sich intern besprechen konnten.

Während die Singapurer im Raum blieben, ging Sandro mit den anderen auf die Terrasse. »Die Herrschaften riechen die gute Gelegenheit. Sie haben gerade vor einigen Minuten ihre Forderungen geändert. Statt zwanzig Prozent verlangen sie nun ein Drittel. Damit hätten sie die Sperrminorität. Sie könnten jede wichtige Entscheidung blockieren, wenn sie wollen. Sie geben uns bis nächste Woche Zeit, darüber intern zu beraten.«

»Aber über diese Zeit verfügen wir gar nicht mehr, wenn wir Dorians Finanzierung absichern wollen«, warf Christian ein. »Gleichzeitig dürfen wir uns auch nicht erpressen lassen.«

»Ich schlage vor«, griff Dorian in das Gespräch ein »wir diskutieren die vertraglichen Details – bis auf die Anteilsfrage – zu Ende, als wären wir einverstanden. Dann drehen wir den Spieß um, indem wir ihnen zwanzig Prozent anbieten, die aber nur noch heute gültig bleiben. Dann werden wir sehen, wer am längeren Hebel sitzt. Sie müssen den Eindruck bekommen, dass wir nicht auf sie angewiesen sind. Sonst fangen sie an, uns die Bedingungen zu diktieren.«

»Willst du dann die Leitung der Verhandlung übernehmen? Wir haben unsere Machtposition eigentlich schon verspielt, indem wir zugegeben haben, dass es dringlich sei.« Sandro schaute zu Christian, der zustimmend nickte.

»Dann werde ich es versuchen.«

Gemeinsam gingen sie wieder in den Besprechungsraum. »Meine Herren …« Sandro versuchte eine geschmeidige Überleitung. »Herr Dorian Michel wird als zukünftiger Managing Director von Gran Monte die Leitung der Diskussion übernehmen.«

Damit begannen intensive, hitzige Auseinandersetzungen um die Verträge. Es wurde um Details gerungen, obschon jeder der Beteiligten wusste, dass es ums Ganze ging.

Sandro hatte sein Sekretariat angewiesen, keine Anrufe durchzustellen, gleich, wer es versuchte. Handys sollten ausgeschaltet oder stumm gestellt werden, damit die Verhandlungen zügig vorangetrieben werden konnten.

Dorian blickte auf sein Handy und bemerkte erleichtert, dass Lucia wohlbehalten zurückgekehrt war. Dann legte er sein Handy beiseite, um in den Angriffsmodus zurückzuschalten. Von Vorteil waren seine beeindruckend guten Englischkenntnisse, die er sich während seines Auslandsstudiums angeeignet hatte.

»Wir möchten heute zu einem Ergebnis kommen. Nicht weil es wirtschaftlich drängt, sondern um festzustellen, ob wir in Ihnen einen soliden verlässlichen Partner gefunden haben. Andere Optionen haben wir vorbereitet, die in den nächsten Tagen verhandelt werden können, wenn wir uns nicht einigen. Der Terminplan lässt sich nicht mehr verändern. Sie haben bestimmt Verständnis dafür.«

Mit seiner offensiven Art veränderte Dorian die Verhandlungsbereitschaft des Trusts. Das Ziel, schnell zu einem Abschluss zu kommen, beherrschte bald die Atmosphäre der Gespräche. Ein wenig mischte sich ein Hoch in Dorians Gefühle. Trotz aller chaotischen Umstände würde er seine Firmengenossen in München bald in die Schranken weisen. Als stabiler Mehrheitseigner plante er dann seinerseits, Peter und Michael langsam aus der Firma zu drängen. So wie die beiden sich verhalten hatten, indem sie seine Notsituation ausnutzten, musste er Konsequenzen ziehen.

Wieder brummte das stumm geschaltete Handy. Dorian würdigte es jedoch keines Blickes, sondern beschleunigte das Verhandlungstempo – er ließ den Asiaten keine Zeit zum Denken.

Bella nahm Lucia in ihre Arme, als sie in den Garten kam. Wortlos hielten sich beide minutenlang fest umschlungen. Die Frühlingssonne strahlte honiggelb – sie legte einen weichen Teppich über die hügelige Landschaft.

Lucia fand die ersten klaren Worte. »Ich wollte euch keine Angst einjagen. Unten im Tal hatte mein Handy keinen Empfang. Sorry.« Allem Anschein nach hatte sie sich wieder gefangen.

»Wir müssen dich über wichtige Neuigkeiten unterrichten, die dich betreffen.« Bella blickte zu Sybille, die keine Anstalten machte, den Satz fortzusetzen. »Sag du´s ihr, Bella!«

Bella deutete mit ihrer Hand an, Lucia solle sich besser hinsetzen. Danach formulierte sie vorsichtig: »Wir haben einen weiteren Labortest für unsere Familie gemacht. Das Ergebnis kam heute Morgen, kurz nachdem du weggelaufen warst.«

»Und?« Lucia schaute ihre Mutter verwirrt an, nach Hilfe suchend. »Rede schon!«

»Du bist nicht die Schwester von Dorian.«

»Ich habe es gespürt!«, rief Lucia »Es konnte nicht sein. Ich hätte das gemerkt. Also war der Test falsch.«

»Der Test war nicht falsch. Ein zweiter Test zeigt, dass dein leiblicher Vater nicht Sandro ist, sondern Christian!«

»Ist das euer Ernst? Seid ihr sicher?«

»Ja! Die Laborergebnisse lassen keine Zweifel. Deshalb wollten wir dich dringend erreichen.«

Gut, dass Lucia saß. In ihrem Inneren kämpften jetzt Leere und Erleichterung. Konnte ein normaler Mensch diese Situation überhaupt verdauen? Alles drehte sich, weil die Welt Kopf stand. Ihr wurde schwindelig. Gedankenfetzen zerrissen gewachsene Gefühle. Zu viel war passiert. Wie sollte sie jetzt eine Struktur in dieses Durcheinander bekommen?

Sie machte einen Versuch: Was Freunde oder Bekannte jetzt über sie denken würden, schien die unwichtigste Frage zu sein, sie mussten ja nicht einmal davon erfahren. Ihre Geschwister würden zwar Probleme mit der neuen Situation haben – doch auch das konnte warten. Fragen der Erbschaft wischte sie sogleich als unwichtig beiseite.

Doch jetzt drängten ihre Gefühle für Dorian nach oben. Sie spürte, wie die verbotene Zuneigung zu ihm mit neuer Kraft zurückkehrte.

Wie wird Dorian mit dieser Nachricht umgehen?, fragte sie sich. Sie musste sofort mit ihm sprechen!

»Wie hat Dorian reagiert?«, fragte sie drängend ihre Mutter. »Hat er irgendwas gesagt?«

»Wir erreichen ihn nicht, er geht nicht ans Handy. Sandro hat seines ganz ausgeschaltet, ebenso wie Christian.«

»Dann ruf doch über Frau Diaz an.«

»Das Sekretariat hat strikte Anordnung, keine Telefonate durchzustellen. Auch mich stellt sie nicht durch, keine Chance.«

»Ich muss sofort nach Gran Monte!«, forderte Lucia mit Nachdruck. »Ben muss mich hinbringen. Ich bin nicht in der Lage, zu fahren.« Sie stand auf, ohne die Reaktion der anderen abzuwarten.

Die Verhandlungen machten gute Fortschritte. Das Team um Abogado Corte hatte alle Hände voll zu tun, die Detailanmerkungen in den Text einzupflegen, wobei die mangelnden Englischkenntnisse seiner lokalen Mitarbeiter die Sache nicht einfacher machten.

Bevor nun eine endgültige Fassung – bei der nur die Frage des Anteils bewusst offen gelassen wurde – für alle zur Verabschiedung vorlag, benötigte die Kanzlei noch etwas Zeit.

»Lassen Sie uns eine kleine Pause vor dem Endspurt einlegen«, schlug Dorian vor. Dankbar nahm die Gegenpartei an. »Draußen auf der Terrasse haben wir einige Leckereien sowie frisches Obst für uns alle vorbereitet.«

Sie traten gemeinsam auf die Terrasse, und jeder nahm sich eine Kleinigkeit. Die Gruppe sammelte sich danach automatisch am südlichen Geländer, von dem man den besten Ausblick auf die Anlage genoss. Sandro erklärte mögliche Expansionspläne, die mit Blick auf die Natur behutsam ausfallen sollten.

»Zwischen den neu geplanten Häusern soll ein Naturpfad angelegt werden, der die ganze Anlage ohne Unterbrechung durchzieht. Wir verlieren zwar Baufläche dadurch, gewinnen aber langfristig an Wertigkeit. Meine Tochter Lucia ist für die Zukunftspläne verantwortlich, kann heute aber leider nicht dabei sein.« Sandros Stolz sprach aus seinen Worten.

»Unsere Finanzkraft wird helfen, das nördliche Gelände hinzuzukaufen.« Der Verhandlungsführer des Trusts deutete mit einer weit schweifenden Handbewegung an, dass er für Gran Monte noch mächtiges Potenzial erkannte. »Auch bei Ihrer soliden Finanzausstattung war es eine richtige Entscheidung, mit uns abzuschließen. Sie werden es garantiert nicht bereuen. Zudem werden wir Sorge dafür tragen, dass chinesische Käufer angelockt werden.«

Als Dorian kurz auf sein Handy blickte, sah er eine Flut von Nachrichten. Nur wenig Zeit blieb ihm, um einen Überblick zu bekommen. Peter mahnte wie erwartet. Er zog die Deadline auf 18 Uhr vor – angeblich verlangten dies die Investmentpartner. Michael wiederholte diese Nachricht, verlangte dabei sogar eine Bestätigung von Dorian, die dieser natürlich nicht geben konnte oder wollte. Bella drängte auf einen Rückruf.

Sybille ebenso – dringlich. Aber das musste alles warten. Von Lucia keine Nachricht. Er spürte eine leichte Enttäuschung in sich aufsteigen.

»Lassen Sie uns die Verträge jetzt final gegenlesen. Danach führen wir die Verhandlung um die Höhe Ihres Anteils. Ich denke, dass wir heute noch eine Lösung finden werden«, postulierte Dorian, der die Führung wieder übernahm. Die Vertreter des Trusts nickten.

Dorians Väter waren stolz, mit welcher Zielstrebigkeit er vorging. Beide dachten dabei das Gleiche: Sie hofften, er würde doch noch ein dauerhaftes Interesse für Gran Monte entwickeln. Wenn sein Forstunternehmen in ruhigeres Fahrwasser überging, würde er sich hoffentlich dem spanischen Paradies zuwenden.

Eine Stunde später lichtete sich der Verhandlungsnebel, sodass Dorian konstatieren konnte: »Wir sind uns also jetzt einig. Bei einer gesicherten Überweisung der Investmentsumme in Relation zum zukünftigen Anteil auf das Treuhandkonto erhält der Singapore Trust einen Anteil von zwanzig oder dreiunddreißig Prozent. Unabhängig davon wird der Trust einen von drei Direktoren stellen. Die Frage einer Sperrminorität verbunden mit einem Vetorecht diskutieren wir gleich im Anschluss. Wir freuen uns auf eine langfristige Partnerschaft.«

Dorian griff unbemerkt zu seinem Handy, um Peter eine schnippische Nachricht zu schicken. »17:40. Deal done in 10 minutes. Ihr dachtet doch nicht, mich ausbooten zu können – Smiley!«

Lucia spornte Ben an, schneller zu fahren, denn sie ahnte, was auf dem Spiel stand: Ihre Liebe zu ihm, zu Dorian, die keinen Aufschub erlaubte. Ben hetzte den BMW über die für Spanien typischen Bumps auf den Straßen gen Gran Monte. Die Orangenbäume flogen an ihnen vorbei, die Kreisverkehre dienten als Driftvorlage, Überholverbote existierten nicht mehr.

»Was willst du, Lucia? Willst du die Welt auf den Kopf stellen?«

»Wenn es sein muss, ja!«

Der wolkenlose Himmel stand ganz im Gegensatz zu ihren heftigen Gefühlen. Jede Minute kam ihr wie zäher Honig vor, in dem sie zu schwimmen versuchte. Dieses Bild hatte sie als Kind oft geträumt: Sie wollte in einem See aus Honig schwimmen – eine süße und unendlich schwere Aufgabe, bei der man leicht ertrinken konnte.

Ben dachte klarer, weil er erkannte, dass Lucias Träume sich demnächst in Luft auflösen würden. Gran Monte würde durch das Geld des Trusts deutlich stärker aufgestellt, aber auch auf Ewigkeit belastet sein. Die Unabhängigkeit der Familie würde Geschichte sein – ein klares, nüchternes Urteil. Selbst wenn Lucia

Dorians Freundschaft, seine Liebe zurückgewinnen konnte, Dorian würde in München seinen Lebensmittelpunkt wählen, weil seine Firma dort all seine Energie verlangte. Und wenn sie die Costa Blanca aufgab, würde sie bei aller Liebe unglücklich werden.

Ben parkte auf dem Randstein, weil er keinen freien Parkplatz mehr fand. Lucia wartete nicht einmal, bis das Auto zum Stillstand kam; sie öffnete die Tür und rannte zum Verwaltungsgebäude.

Ihr Herz pochte vor Verzweiflung, aber auch vor Erwartung, Dorian die Wahrheit eröffnen zu können. Keine Augen hatte sie für Frau Diaz, die versuchte, sie aufzuhalten. Sie stürmte an ihr vorbei.

Plötzlich flog die Tür zum Verhandlungsraum auf. Alle Blicke wandten sich erschrocken um, als eine junge Frau mit zerzaustem Haar eilig hereinplatzte. Für einen Moment trat Stille ein.

»Dorian, ich muss dich sprechen – jetzt!«

Lucia übersah alle anderen Anwesenden einschließlich Sandro und Christian – ganz zu schweigen von den verwirrt schauenden Gästen, die den spanischen Satz nicht verstanden. Sie lief auf den hilflos blickenden Dorian zu.

»Dorian, ich bin *nicht* deine Schwester!«

»Was?«, fragte Dorian irritiert. In dieser Sekunde verlor er – der doch die letzten Stunden souverän agiert hatte – jegliche Kontrolle. Seine Sinne torkelten.

»Christian ist mein Vater! Bella hat einen Test machen lassen, und heute kam das Ergebnis aus dem Labor.«

Es entstand eine lange, peinliche Pause. Die Singapurer verbuchten die Szene zwar unter »typisch spanisch«, trotzdem traf die Heftigkeit der Ereignisse auch sie wie ein Schlag.

Am Horizont zogen einige harmlose Schleierwolken vorbei. Ein leichtes Rot mengte sich mit einem brachialen Stahlgrau. Das Licht der Costa Blanca konnte bei all seiner Schönheit, seiner Unschuld auch grausam sein.

»Können wir für einen Moment unterbrechen?« Dorians Versuche wirkten fast verzweifelt. Doch die asiatischen Manager verließen ohne Kommentar den Raum und gingen hinaus auf die Terrasse. Sandro griff Christian am Arm – beide folgten den Singapurern.

Lucia stand Dorian allein gegenüber. Sie fing leise an zu weinen. Dann schlang sie ihre Arme fest um ihn, der keinen Widerstand leistete. »Ich liebe dich. Ich kann nicht von dir lassen Dorian!« Sie drückte ihn, gab ihm einen sanften Kuss auf seine Lippen.

»Luci! Stimmt das alles, was du sagst? Es klingt so verrückt.«

»Ja! Bella hat mir die Laborergebnisse gezeigt. Unsere Eltern waren nicht so unschuldig, wie sie uns immer erzählt haben. Ja, es ist wahr. Christian ist mein Vater und Sandro deiner.«

Dorian küsste Lucia zum ersten Mal auf den Mund. »Ich bleibe bei dir, mein Schatz! Wenn du das möchtest.«

»Ja, das möchte ich!« In Lucias Augen sammelten sich Tränen. »Und jetzt bring zu Ende, was du für notwendig hältst. Ich werde deine Entscheidung mittragen, wie auch immer sie aussehen mag.«

Sandro hatte alle Hände voll zu tun, seine Verhandlungspartner zu beruhigen. Sein Instinkt riet ihm, die aktuellen Ereignisse auf das Thema »Familie« zu schieben.

»Bitte entschuldigen Sie die Vorkommnisse. Familiäre Komplikationen – Sie verstehen. Am besten, wir trinken einen Café Carajillo.« Señora Diaz erschien wie ein Geist mit dem gewünschten alkoholisierten Kaffee, den sie den Gästen servierte. »Eine Spezialität Spaniens. Er wird Ihnen schmecken.«

Weil Bella seit gefühlten Stunden keine Antwort von Sandro erhalten hatte, verabredete sie mit Sybille, in die Villa Cerni zurückzukehren. Wie immer suchte sie die Lösung von Problemen in einem opulenten Abendessen, das gründliche Vorbereitung benötigte. Die als Feinschmecker bekannten Singapurer wollte sie mit dem Besten beeindrucken: Angulas, Glasaale mit Pilzen, sollte einen der Höhepunkte markieren. Außerdem gab es Fisch in Salzkruste und vieles mehr.

Die Vorbereitungen für ein unvergleichliches Abendessen liefen – allem Chaos zu Trotz – bald auf Hochtouren. Beide Frauen freuten sich über die Ablenkung nach diesem stressigen Tag. Auch konnten sie, ohne miteinander viel zu sprechen, gegenseitig ihre Wunden pflegen.

Als Dorian ihm ein Zeichen gab, bat Sandro die Manager des Trusts wieder in den Besprechungsraum. Señora Diaz fragte höflich nach Wünschen für Getränke, bevor sie den Raum verließ. Sie zitterte, weil sie Dinge gehört hatte, die sie nicht einzuordnen vermochte.

Lucia hatte sich neben Abogado Corte an den Tisch gesetzt. Nun wartete jeder gespannt auf die Fortsetzung der Diskussion. Dorian räusperte sich leicht, bevor er mit seinem Statement begann. »Meine Herren. Aktuelle familiäre Ereignisse verändern unsere Position. Wir nehmen von unserem Plan Abstand, einen Investmentpartner aufzunehmen, weil wir unsere Zukunft ohne Beeinflussung Dritter gestalten möchten. Ich bitte in aller Form um Entschuldigung für die Mühen, die Sie und der Trust sich vergeblich gemacht haben.«

Eine tiefe Stille breitete sich im Raum aus, die man fast mit Händen greifen konnte. Die Asiaten waren auf diese Wendung ebenso wenig vorbereitet gewesen wie Sandro oder Christian. Auch Abogado Corte meinte zunächst, sich verhört zu haben. Seine Mitarbeiter starrten ihn Hilfe suchend an.

Sandro überlegte, ob es sich um eine Taktik von Dorian handelte, um die Singapurer dazu zu bewegen, auf den Direktorenposten zu verzichten. Denn er wusste, dass die Finanzierung für das Forstunternehmen an dem Vertragsabschluss hier und heute hing. Doch Dorian fuhr fort: »Wir brechen die Verhandlungen endgültig ab. Es tut mir leid.«

Jeden Versuch der Trust-Manager, die Diskussionen wiederzubeleben, erstickte dieser Satz im Keim. Señora Diaz hatte danach nur noch die undankbare Aufgabe, die entsetzten Manager hinauszubegleiten.

Lucia fiel ein Stein vom Herzen, als sie Dorians Entscheidung vernahm. Nicht im Ansatz hatte gedacht, dass er diesen radikalen Schritt gehen würde, der auch seine Stellung in dem Forstunternehmen massiv beschnitt. Still verlor sie jetzt einige Tränen. Allmählich wurde das alles heute zu viel für sie.

»Señor Corte …« Dorian hielt es für wichtig, dem Anwalt zu danken. »In den letzten Tagen und Stunden haben sich Ereignisse zugetragen, die mich zu dieser Kehrtwende bewegt haben. Es hat sich herausgestellt, dass mein leiblicher Vater Sandro Cassal ist, Lucias leiblicher Vater aber Christian Michel. Unsere Familien müssen diese Fakten jetzt gründlich verarbeiten, bevor wir langfristige Schritte festlegen.«

»Das verstehe ich sehr gut, Herr Michel«, erwiderte

der sichtlich verwirrte Anwalt, von dem es hieß, er verlöre nie die Fassung. »Ich nehme an, Sie wollen jetzt unter sich sein. Wir werden am besten direkt nach Madrid zurückfahren.« Mit einer kurzen Handbewegung in Richtung seiner Mitarbeiter stand er auf, um sich zu verabschieden.

Dorian atmete einmal tief durch, bevor er den nächsten Schritt ging: Er rief Peter an, der wohl schon gespannt auf Nachrichten wartete. Dieser meldete sich denn auch sofort. »Peter? Ich werde die Finanzierung nicht sicherstellen. Frag nicht, warum, ich habe gute Gründe dafür. Damit bleibt mein Anteil bei zwanzig Prozent eingefroren. Ich melde mich morgen wieder bei dir.« Er beendete das Telefonat, ohne auf eine Antwort zu warten. Die darauf eintreffenden Nachrichten ließ er ins Leere laufen.

Dann blies er zum Aufbruch. »Sandro, Christian, lasst uns zum Abendessen fahren. Wir wollen die Unabhängigkeit und die große Zukunft von Gran Monte feiern!«

Bella stand mit Sybille in der Tür der Villa Cerni, als Lucia und die Männer die Auffahrt heraufgefahren kamen. Sandro hatte sie telefonisch über die Wendung bei der Verhandlung unterrichtet. Außer sich vor Freude über die Ereignisse lief Bella jetzt ihrem Mann entgegen, nahm seinen Kopf in beide Hände und gab ihm einen intensiven Kuss, wie sie es schon lange nicht mehr in aller Öffentlichkeit getan hatte.

»Ich kann dir gar nicht sagen, wie ich mich freue, dass Gran Monte in der Familie bleibt!«

Auf der Terrasse erwartete alle ein festlich gedeckter Tisch, der eigentlich zu Ehren der Singapurer so fein bereitet worden war.

»Nach einem Glas Cava fangen wir mit den Angulas an, die ich vorhin noch frisch ergattern konnte. Heute soll es ein Festessen geben. Nach all dem Chaos schlage ich vor, dass wir die offenen Fragen heute nicht mehr ansprechen. Seid ihr dabei?«

»Ein solch kluger Vorschlag kann nur von einer klugen Frau kommen«, stimmte Sybille zu. Also hatte sie sich mit ihr abgesprochen. Doch ihren Männern schien der Vorschlag ebenfalls mehr als recht zu sein, denn der Tag hatte ihre Kräften aufgezehrt. Jegliche Art der Konfliktbewältigung durfte gern aufgeschoben werden.

Nachdem der erste Hunger gestillt war, die Gläser zum dritten Male geleert waren, heiterte sich die Stimmung zusehends auf. »Dann wollen wir jetzt ein Glas auf Dorian trinken!« Christians Stimme klang ein wenig pathetisch. »Danke, dass du dich im letzten Moment umbesonnen hast. Damit rettest du nicht nur Gran Monte, sondern auch den Zusammenhalt unserer Familien. Ich weiß, dass du dafür die Mehrheit an deiner eigenen Firma aufgegeben hast. Salud.«

Dorian schüttelte den Kopf. Ich habe zu danken. Mein Eigensinn hätte fast die Eigenständigkeit von

Gran Monte riskiert. Lucia hat mir die Augen geöffnet. Ihr sollten wir danken.«

Lucia saß peinlich berührt neben ihm und wurde ein wenig rot. Nur ein leises »Salud!« fiel ihr ein.

Das Essen dauerte Stunden, weil Bella es mit den Asiaten gut gemeint hatte. Vor allem die Fischgrillplatte war einfach ein Gedicht. Geschmorte Wachteln schlossen den letzten Hauptgang ab, sodass die süßen Köstlichkeiten kaum noch Platz in den Mägen fanden.

Vorne am Ausblick hatte Sybille einen Tisch mit weiteren Getränken platziert. Jeder fand hier etwas für den Abschluss des Abends. Vor ihnen breitete sich das dunkle aufgewühlte Meer aus, von dem nur die Schaumkronen das Licht von Cabo Roig auffingen. Ein einsamer, verspäteter Vogel flog wild flatternd über den Strand. Von der Promenade drangen die Gespräche der Menschen herauf und mischten sich mit dem rasselnden Geräusch der Palmwedel im Garten.

Jeder blickte mit seinen eigenen Sorgen, Hoffnungen und Träumen gen Horizont. Lisa sprach intensiv mit Maria – die beiden waren in den letzten Tagen zu engen Freundinnen zusammengewachsen. Bens Blick ging über den Horizont hinaus nach Korea – innerlich befand er sich schon auf seiner Reise. Bella legte Sandro ihren Arm um die Hüfte – beide versuchten, sich heute ohne Worte zu unterhalten. Ähnlich erging es Sybille mit ihrem Christian – er strich ihr zärtlich übers Haar.

Lucia ergriff Dorians Hand. Beide schauten verträumt auf den Mond, dessen Licht durch die Schleierwolken hindurch weißlich mild leuchtete.

Es war lange nach Mitternacht, als Dorian und Lucia als Letzte ins Haus gingen.

»Ich habe keinen Schlafanzug mitgenommen. Er liegt in Las Colinas.«

»Meinetwegen brauchst du heute Nacht auch keinen«, lächelte Lucia.

Epilog

Einundzwanzig Monate später stand Dorian in der Küche der Villa Cerni und beobachtete, wie Bella und Sybille spezielle Vorbereitungen für den nächsten Tag trafen: Heiligabend, »La buena noche«. Er konnte sich immer noch nicht daran gewöhnen, dass die spanischen Sitten derart von den deutschen abwichen. So erinnerte er sich noch dunkel daran, wie sie als kleine Kinder zum ersten Mal den 24. Dezember in Spanien feierten und enttäuscht auf ihre Geschenke warteten. Dass sie auf den 6. Januar vertröstet wurden, erschien ihnen als deutsche Kinder fremd, ungerecht und ganz und gar unverständlich.

»Ich mache mich jetzt auf den Weg, Ben mit seiner Yuna abzuholen. In einer Stunde müssten sie landen. Ich bin schon gespannt auf seine Freundin!«

»Wir freuen uns auch schon, Yuna kennenzulernen«, antwortete seine Mutter.

Dorian streichelte über den runden Bauch von Lucia, die gerade aus dem Wohnzimmer in die Küche trat. »Pass mir gut auf die Kleine auf.«

Lucia strahlte etwas angestrengt, weil die letzten Wochen bis zur Geburt des Töchterchens zunehmend Kraft kosteten. »Ich würde mir wünschen, die Maus käme bald. Sie strampelt schon so, als wollte sie unbedingt raus. Sie sehnt sich bestimmt nach der Sonne Spaniens. Gute Fahrt, Schatz, bis gleich.«

Das Wetter meinte es gut. Trockener leichter Wind blies von Westen, die Sonne drängte sich an den kleinen Wolkenfetzen vorbei. Dorian erreichte den Flughafen in kurzer Zeit, weil wenig Verkehr herrschte. Die meisten Familien verbrachten ihre Zeit mit Verwandten wohl schon in ihren Häusern und Wohnungen, um letzte Vorbereitungen für die Festtage zu treffen.

Dorian musste eine Weile auf seinen Bruder warten. Als Ben dann durch die Schiebetür des Ankunftsbereichs kam, drei Koffer vor sich her rollend, im Schlepptau eine freundlich lächelnde junge Frau, musste er lachen. »Bist du jetzt unter die Kofferträger gegangen?«, rief er ihm zu, um ihn dann herzlich zu umarmen.

»Lästere nicht, Bruderherz, ich bin eben höflich. Darf ich dir Yuna vorstellen? Sie ist zum ersten Mal in Spanien.«

»Hi – willkommen an der Costa Blanca!«

Dorian wusste nicht, ob er sie umarmen sollte. So hielt er ihr seine Hand zur Begrüßung hin, die sie mit Freude ergriff.

»Ich habe mich schon lange darauf gefreut, Bens großen Bruder kennenzulernen. Ich heiße Yuna.«

Bald saßen sie im Auto, um über die Küstenstraße mit den Flamingos in Richtung Cabo Roig zu fahren. Ben hatte mit seiner Freundin einen langen Flug von Seoul über München hinter sich, schien aber fit und energiegeladen. Er berichtete, dass er jetzt seinen Doktor an der Top-Universität KAIST anstrebte und das Managerleben noch einmal hinausgeschoben hatte. Hier hatte er auch die Koreanerin kennen und lieben gelernt.

»Ich habe gehört, dass Lisa absagen musste?«, fragte Ben betrübt. »Lass sie uns wenigstens anrufen.«

»Lisa anrufen!«, sagte Dorian zu seinem Auto, das den Befehl brav ausführte.

»Lisa hier. Hallo, Dorian. Ich wollte dich eigentlich schon längst anrufen. Sorry.«

»Ben ist bei mir im Auto. Ich habe ihn und seine Freundin gerade vom Flughafen abgeholt.«

»Hallo, ihr drei. Ich will mich entschuldigen, weil ich nicht komme. Mein Arzt hat mir davon abgeraten, so kurz vor der Geburt noch zu fliegen, und wahrscheinlich hätte die Fluggesellschaft auch schon Schwierigkeiten gemacht. Wie gerne hätte ich mit Lucia verglichen, wer den runderen Bauch hat.«

Lisa wechselte auf Englisch und erzählte Yuna, dass sie ihre Arbeit beim Inneneinrichter unterbrochen hatte, um ihr Kind zu bekommen. Dass sie jetzt zum Geldverdienen Teilzeit in Dorians Forstunternehmen arbeitete. Dass der richtige Mann irgendwann auftauchen würde, denn der Vater ihres Kindes hätte sich in ihren Augen nicht als der Richtige herausgestellt. Yuna nahm den Ball auf. Beide sprachen, als würden sie sich schon ewig kennen.

»Es wäre schön, wenn wir uns bald sehen. Vielleicht zur Taufe, Yuna?«

»Gerne. Aber da musst du Ben fragen, ob er Zeit hat.«

Maria begrüßte den neuen Gast als Erste; sie hatte neugierig am Tor vor der Villa gewartet. Sie umarmte sie, als wären beide Spanierinnen. Auch Ben wurde heftig von ihr gedrückt, denn sie hatte ihn seit Monaten nicht mehr gesehen. Plaudernd liefen die beiden Frauen zur Villa hoch, wo auch die Mütter warteten. Den Brüdern blieb nichts anderes übrig, als allein das Gepäck ins Haus zu tragen.

Ben dachte sich verwundert, dass die Mütter ihn fast nicht beachteten, als wäre ein Gespräch mit einer neuen Frau im Haus wichtiger als der Sohn. Yuna konnte den Damen vielleicht mehr Geheimnisse verraten als Ben – so kalkulierten sie vermutlich.

»Ben!«, rief in diesem Moment seine Mutter. »Dich habe ich ja fast übersehen.« Sie drückte ihn kurz, aber heftig, um ihn dann auf die Terrasse zu bugsieren, wo Sandro und Christian bei einer Tasse Kaffee saßen.

Nicht nur die asiatische Höflichkeit, sondern auch Ehrfurcht vor dem Alter leitete Yunas Verhalten. Sie wartete ab, bis die Männer das Wort an sie richteten, sie indirekt aufforderten, sich vorzustellen.

»Darf ich mich vorstellen: Lee Yuna. Ich freue mich, Sie kennenzulernen.«

»Wir nennen uns hier alle beim Vornamen«, brach Christian das Eis. »Nenn mich bitte Christian. Und das ist Sandro, mein Freund und Geschäftspartner.«

Beim Abendessen lösten sich die Zungen. Fetzen dreier Sprachen flogen über den Tisch hin und her. Die Familien waren froh, nach einigen Monaten hektischer Betriebsamkeit wieder an einem Ort zusammenzukommen.

Maria konnte jetzt allen berichten, dass sich ihr kleines Unternehmen, das sie mit ihrem Kompagnon in der Stadt Alcoy betrieb, den ersten Monat einen Gewinn abwarf. Der Handel mit spezifischen Früchten der Region unter einem neu geschaffenen Markennamen schien allmählich zu funktionieren. Nach Alicante mussten sie zwar immer eine Stunde Fahrt auf sich nehmen, wohnten aber dafür näher an den Erzeugern.

Bellas Kochkünste verzauberten wieder einmal die ganze Familie. Alle aßen reichlich, eigentlich zu viel angesichts der Tatsache, dass man noch eine Woche Völlerei vor sich hatte. Doch die Freude des Wiedersehens behielt die Oberhand.

Erst spät am Abend richteten Sandro und Christian sehr formell das Wort an Lucia und Dorian. »Liebe Familie«, begann Sandro. »Dorian hat sein Versprechen eingehalten. Er hat mir und Christian die Möglichkeit gegeben, eineinhalb Jahre die operative Leitung für Gran Monte weiterzuführen. Jetzt ist es an der Zeit, ihm und Lucia unser Familienprojekt komplett zu übergeben. Dorian hat nie seine ihm zustehende Macht als eingetragener Geschäftsführer uns gegenüber genutzt – oder gar ausgenutzt. Dafür möchten wir uns bedanken.«

»Morgen Vormittag nach dem Frühstück werden wir unsere Büros räumen, ohne dass alle Mitarbeiter dies mitbekommen«, ergänzte Christian mit leicht schwankender Stimme. »Wir würden gerne zusammen mit der ganzen Familie unseren Abschied vollziehen. Dann sind wir pünktlich zum weihnachtlichen Abendessen beide freie Männer – das größte Geschenk, das wir uns selbst machen können.«

Die Feierlichkeit, mit der die Senioren sprachen, führte zu einer leicht beklemmenden Atmosphäre. Vor allem Bella und Sybille schluckten heftig, weil für sie bald das Lebensabenteuer mit nicht permanent arbeitenden Männern begann – ein neuer Abschnitt, der ihre ganze Kraft erfordern würde. Auch wenn Sandro jetzt im Vorstand des Tourismusverbandes engagiert war, auch wenn Christian einen Lehrauftrag an einer renommierten Business School in München angenommen hatte: Im Privatleben lag Neuland vor ihnen.

Maria löste die Beklemmung, indem sie scherzhaft anmerkte, »dass wir Jungen jetzt von unseren Eltern lernen können, wie Zukunft gestaltet wird, nicht erlitten. Dann wissen wir, wie wir es später anstellen sollten. Außerdem brauchen einige von uns euch ja bald dringend als Großeltern.«

Der Morgen des Weihnachtstages kam früher als gewünscht, weil die Nacht sich mit Gesprächen gefüllt hatte, die unbedingt geführt werden mussten – vor allem geschwisterliche Gespräche.

Als dann alle zum Frühstück zusammenkamen, fehlten zum allgemeinen Erstaunen Dorian und Lucia. Sie hatten eine Notiz hinterlassen, dass sie schon vorausgefahren wären, um in Gran Monte noch etwas zu erledigen. Ein Herzchen am Schluss der Notiz, das sicherlich von Lucia stammte, beruhigte die Familie.

Die Sonne im Dezember war an der Costa Blanca immer für eine Überraschung gut. Heute strahlte sie gleißend weißgelb vom azurblauen Himmel herab, ein verrücktes Schauspiel an einem Weihnachtstag.

Die Familie verteilte sich nach dem Frühstück auf zwei Autos, mit denen sie zügig den kurzen Weg nach Gran Monte zurücklegte. Hier warteten Dorian und Lucia bereits am Eingang. Sie hatten einen Fotografen mitgebracht, der sogleich emsig mit seiner Tätigkeit begann.

»Guten Morgen zusammen! Wir haben eine Überraschung für euch.« Mit diesen Worten traten sie vor ein mit Samtstoff verhülltes Etwas. Gemeinsam zogen sie an der Schnur, die den Blick auf eine Bronzeplakette freigab.

Gran Monte dankt seinen Gründervätern
Jorge Cassal Romero und Frank Michel
für deren Gestaltungskraft und Weitsicht.
Sowie seinen Behütern und Entwicklern
Sandro und Christian

Dorian und Lucia mit allen Familien
Dezember 2024

Sandro umarmte Bella. Unwillkürlich liefen ihm Tränen über die Wangen. Christian tat es ihm gleich, als er Sybille bei der Hand nahm.

»Ihr habt beide die Leitung von Gran Monte mehr als verdient«, war alles, was Christian mit stockender Stimme über die Lippen brachte, bevor sie sich gemeinsam zu einem Gruppenbild versammelten.